FRIEDERIKE SCHMÖE

Dohlenhatz

Katinka Palfys 11. Fall

GMEINER SPANNUNG

Bisherige Veröffentlichungen im Gmeiner-Verlag:
Von Zimtsternen und Zimtzicken (Hrsg., 2016),
Die viel zu lange Lüge (E-Book Only, 2016),
Die Bernsteinburg (E-Book Only, 2016),
Stille Nacht, grausige Nacht (2015), Kirchweihleichen (2015),
Zuträger (2015), Ein Toter, der nicht sterben darf (2014),
Wer mordet schon in Franken (2014), Schaurige Weihnacht überall (2013),
Du bist fort und ich lebe (2013), Still und starr ruht der Tod (2012),
Rosenfolter (2012), Oberfranken (2012),
Wasdunkelbleibt (2011), Wernievergibt (2011),
Süßer der Punsch nie tötet (2010), Wieweitdugehst (2010),
Bisduvergisst (2010), Fliehganzleis (2009), Schweigfeinstill (2009),
Spinnefeind (2008), Pfeilgift (2008), Januskopf (2007),
Schockstarre (2007), Käfersterben (2006), Fratzenmond (2006)
Kirchweihmord (2005), Maskenspiel (2005)

Personen und Handlung sind frei erfunden.
Ähnlichkeiten mit lebenden oder toten Personen
sind rein zufällig und nicht beabsichtigt.

Besuchen Sie uns im Internet:
www.gmeiner-verlag.de

Im Ehnried 5, 88605 Meßkirch
Telefon 07575/2095-0
info@gmeiner-verlag.de

1. Auflage 2017

Lektorat: Claudia Senghaas, Kirchardt
Herstellung: Julia Franze
Umschlaggestaltung: U.O.R.G. Lutz Eberle, Stuttgart
unter Verwendung eines Fotos von: © Pecold / fotolia.com
Druck: GGP Media GmbH, Pößneck
Printed in Germany
ISBN 978-3-8392-2048-1

Der Schwache kann nie vergeben. Vergebung ist ein Merkmal der Starken.

Mahatma Gandhi

PROLOG

29.12.1989

Es scheint alles möglich! Seit vier Tagen! Vier Tage ohne Regeln!

Am 25. Dezember haben sie die Mauer für die Westler eingerissen. Endlich dürfen die BRDler auch reisen. Nur den Pass vorzeigen und rübermachen, in umgekehrter Richtung! Davon hat er geträumt, sein Leben lang. Und gerade jetzt, wo er studiert, Gefallen findet an den verrücktesten Zukunftsplänen, machen sie die Grenze auf. Das verspricht Geschäfte. Alles ordnet sich von selbst!

Am Straßenrand bieten die Thüringer Begrüßungsbratwurst für BRD-Bürger an. Reichen Weihnachtsschmuck ins Auto. Man redet kurz, ist sich fremd, der Dialekt aber kommt ihm ähnlich vor wie drüben im nördlichen Oberfranken. Das sind ja nur wenige Kilometer, du liebe Zeit! In der Euphorie schwingt die Angst. Es ist noch zu ungewohnt, einfach in den Osten zu fahren. Das dunkle Land hinter dem Zaun.

Er macht sich nichts aus Weihnachtsschmuck, und der kommt auch ein bisschen spät, aber egal, alles ist neu, alles anders, und haben sie hier nicht von alters her so eine Christbaumkugeltradition? Scheiß drauf. Er ist im Land hinter der Grenze, er fährt, er tritt aufs Gas!

Wie gern wäre er jetzt allein. Der Schnee drückt harsch auf die Äste der Bäume, in den tiefen Talfalten versickert das Licht, im Schein des Abblendlichts wirkt die gebirgige Landschaft wie eine unterbelichtete Fotografie. Graue Schemen, die Straße, die Bäume. Weiße Flecken, der Schnee. Dörfer. Städtchen. Berge, ein Schneepflug im Straßengraben, auch nicht im Sinne des Erfinders. Kein Wunder, im Osten kriegen sie das nicht so gebacken. Oder die Ersatzteile fehlen. Oder …

Die Clique wollte unbedingt rüber nach Thüringen, gegen Mittag haben sie das ausbaldowert, nach einem Katerfrühstück, zu fünft sind sie, haben die Nacht durchgemacht und den Vormittag verpennt. Er besitzt den Wagen seit einem halben Jahr, Ehrensache, ihn zur Verfügung zu stellen. Restalkohol hin oder her, er hat sich sofort ans Steuer gesetzt.

Sie sind ohne Proviant losgezogen, da kam die Begrüßungsbratwurst gerade recht. In langen Schlangen standen sie auf den schmalen Sträßchen in der Kälte. Zur Bratwurst wurde Glühwein durch die Fenster gereicht, trinkfest ist man hier, und er hat natürlich auch einen Becher runtergezischt, man kann ja nicht schlappmachen vor den anderen. Außerdem, in diesen Tagen machen die doch keine Alkoholtests, und nachher, an der Grenze, da hat er längst Kaugummi gekaut und Kräuterli gelutscht.

»Lass uns mal halten! Da geht was ab!«

Sie rollen durch eine Ortschaft, eine Straße, gesäumt von meterhohen Schneewänden rechts und links, und

Häusern, die sich an steile Hänge ducken. Ein Feuer brennt in einem Vorgarten. Leute stehen im Schnee und winken ihnen zu.

Er bremst vorsichtig. Der Wagen rutscht ein Stück. Verdammt glatt! Sein Kopf schmerzt ein wenig, nur ein leichtes Pochen im Hinterkopf, aber das stört ihn nicht, er verträgt schon was.

»Kommt mal rüber! Wir machen Party!« Ein Mädchen beugt sich zum Beifahrerfenster herein, dunkle Locken spielen um ihre Schläfen. Sie hat eine Schnapsfahne. »Für euch reicht das Grillgut noch.«

Sie steigen aus. Er hat weiche Knie. Grillgut klingt nicht übel, nur eine Bratwurst seit Stunden, davor ein Katerfrühstück, das für ihn aus einem Knäckebrot bestand.

»He, da sind ein paar Freunde von drüben!«, ruft das Mädchen. Das Kieksen in ihrer Stimme markiert das Ausrufezeichen.

»Immer her mit denen, die kriegen wir schon satt!«, ruft ein Kerl.

Sie mischen sich unter die Leute. Gut zwei Dutzend. Keiner älter als Mitte 20. Es wird gelacht, Bierflaschen werden geköpft, man stößt an. Verbrüderung zwischen Ost und West. Heiseres »Hallo!« und »Hurra!«.

Das Bier ist bitter und eiskalt, frisch rinnt es seine Kehle hinunter. Die Kopfschmerzen lösen sich auf. Es beginnt, leicht zu schneien. Das Mädchen stülpt sich eine Kapuze über den Kopf. Lachend und kieksend reicht sie ihm eine Bratwurst. »Gefällt's euch im Osten?«

»Klar doch!« Mein Gott, wie hungrig er ist.

»Sören hat heute Geburtstag. Der Knabe mit dem roten Bart. Unser Wikinger.« Sie zeigt zum Feuer, von wo ihr ein Typ zuwinkt, dessen Gesicht hauptsächlich aus Haaren und einer Pudelmütze besteht.

»Ist er dein Freund?«

»Interessiert dich das?« Jemand reicht Schnaps herum. Das Mädchen drückt ihm ein Glas in die Hand. »Prost, auf Volk und Vaterland. Bist ein Schnuckelchen.« Sie küsst ihn auf die Wange. Er kippt den Schnaps.

»Noch eine Runde!«, ruft jemand. »Auf Sören! Auf das erste Vierteljahrhundert deines Lebens, Mann! Das dir von der Stasi verpestet wurde. Ab jetzt geht's aufwärts!«

Ein großes Hallo, es wird angestoßen, jemand gießt die Schnapsgläser wieder voll. Das Feuer prasselt.

Ihm wird plötzlich schlecht. Das Mädchen wendet sich ab, wankt auf Sören zu und küsst ihn auf den Mund. »Glückwunsch, Sören, alter Knabe! Jetzt kommen neue Zeiten. Die können dich nicht mehr fertigmachen. Nie mehr!«

Ein anderes Mädchen lacht schrill auf. Jemand stimmt ein Lied an. »Zum Geburtstag viel Glück«.

Niemand achtet auf ihn. Er geht ein paar Schritte, hockt sich hinter einem Busch in den Schnee. Kämpft den Würgereiz nieder. Er friert, die Nässe kriecht ihm in die Knochen, aber nach und nach beruhigt sich sein Magen. Das Lachen, das Prasseln des Feuers und Klingen der Gläser kommen ihm weit weg vor. Es hört auf zu schneien. Der Mond kriecht zwischen den Wolken hervor. Er sieht die schartigen Spitzen der Berge, hätte nie gedacht, dass sie im Thüringer Wald so hoch sind und das Klima so rau. Er greift in den Schnee, reibt sich das Gesicht ab.

»Na, bläst du Trübsal?« Einer seiner Kumpel ragt plötzlich neben ihm auf. »Die Kleine ist süß. Ran an den Speck! Ich würde vorschlagen, wir übernachten hier. Sören sagt, sie haben Platz genug.«

»Klingt ziemlich gut.« Er rappelt sich auf. Sucht das Mädchen. Sieht die Locken neben ihren Schläfen auf und ab hüpfen. Ihre Kapuze hängt auf Halbmast. Jemand spielt Gitarre und singt »Take me home, country road«. Ob das hier in Thüringen schon als subversiv gilt? Das Mädchen hüpft und hüpft, die Schnapsflasche in der Hand.

»He, singen wir unseren Brüdern aus dem Westen mal was aus der Taiga vor«, kichert ein Mädchen mit Pudelmütze.

Dunkle Männerstimmen steigen in den Nachthimmel. Töne, die wie Träume umherschweifen und Tränen in die Augen steigen lassen. Ganz plötzlich.

Das Lockenmädchen kommt auf ihn zu, mit kurzen Tanzschritten, schwingt den Oberkörper, streicht sich die Locken aus dem Gesicht. Sie lässt die Schnapsflasche in den Schnee fallen. Greift nach seinem Nacken. Eiskalt umschließen ihre Finger seine Haut. Er küsst sie. Sie schmeckt nach Schnaps und Bratwurst, nach dieser denkwürdigen Dezembernacht, in der keine Regeln gelten, nicht mehr, er küsst sie heftiger, tastet mit der Zunge durch ihre Mundhöhle, die Jungen singen noch, finstere Lieder von weit im Osten. Viel weiter, als es ihn je treiben wird, dieser Gedanke schießt ihm mit einem Mal durch den Kopf, und er wird sich ein Leben lang daran erinnern.

Er bemerkt, dass etwas nicht stimmt, weil die Gitarrenmelodie mit einem Mal verstummt. Dann setzen auch die Stimmen aus. Nur einer, ein tiefer, röhrender Bass, singt ungerührt weiter.

»Lass mein Mädchen in Ruhe!«

Er wird weggerissen von der warmen, weichen, schnapsigen Mundhöhle, der feuchten Zunge, dem Alles-ist-möglich-und-es-gelten-keine-Regeln-Gefühl. Eine Faust trifft ihn an der Wange, nicht fest, denn da sind plötzlich andere, greifen nach ihm, nach dem anderen, trennen sie, noch bevor sie prügelnd im Schnee liegen. Manuel spuckt aus.

»Bilde dir bloß nicht ein, weil du mit deinem Westwagen hier rüberkommst, kannst du dir nehmen, was du willst!«, brüllt der Mann ihn an, der behauptet hat, das Mädchen mit den dunklen Locken gehöre zu ihm. Ein Gigant mit wild um den Kopf stehendem schwarzen Haar.

Jetzt ist es still hier im Garten. Irgendwo schlägt ein Fenster. Das lauteste Geräusch in der Nacht.

»Nein«, murmelt er. Schlagartig ist er nüchtern. Die Übelkeit kommt zurück, aber nicht zu stark. Ihm ist kalt, er zittert. Wo sind die anderen? Was machen sie eigentlich hier? Er wischt sich übers Gesicht, die Haut ist ganz nass.

»Kriegt euch mal wieder ein«, sagt jemand.

Matt dreht er sich um, lässt alle stehen. Für Momente ist er orientierungslos. Dann taumelt er zur Straße. Hinter ihm nehmen die Gespräche Fahrt auf, Gelächter, die lachen über ihn, klar, weil er es nie schafft, mit Mädchen was anzufangen, immer funkt ihm ein anderer dazwischen, wenn er mal eine findet, die er wirklich mag.

»Warte doch mal! Wo willst du denn hin!« Einer von den Kumpels.

»Ich fahre heim.«

»Jetzt? Bist du blöd? Es wird gerade erst interessant.«

»Für dich vielleicht.«

»Mimose! Du hast was getrunken. Du kannst gar nicht mehr fahren!«

»Schließ nicht von dir auf andere.« Er hat den Autoschlüssel in der Hand und stapft auf seinen Wagen zu.

»Spinner!« Der Kumpel wendet sich ab.

Er sinkt auf den Fahrersitz. Lässt den Motor an. Das sanfte Schnurren tut gut. In diesem Auto ist alles so, wie er es kennt. Wie es sein soll. Er stellt die Heizung auf höchste Stufe. Schneeflocken fallen. Ganz viele, urplötzlich.

Langsam gibt er Gas. Die Reifen schlittern kurz, dann greifen sie.

Jemand ruft nach ihm. Es klopft an das Fahrerfenster. Ein roter Bart flammt auf.

Er tritt aufs Gaspedal. Der vom Feuer erleuchtete Garten gerät außer Sicht. Dann erkennt er schon das Ortsschild. Nur weg hier.

Die Frauenbeine sieht er zu spät.

Was für ein Schlag! Etwas Dunkles, Massiges wirbelt an ihm vorbei. Er verreißt das Lenkrad, der Wagen prallt gegen einen Schneehaufen, der weiß im Scheinwerferlicht aufstrahlt. Das Auto hat sich einmal um die eigene Achse gedreht.

Er tritt das Gaspedal durch. 100 Meter vor ihm leuchtet das Ortsschild im Licht der Scheinwerfer auf.

1

13.6.2017, früher Abend

Es wurde immer schlimmer. Anders konnte man die Nachrichten nicht nennen.

Europa gab es nicht mehr. Zerfallen. Von einer Union nichts zu ahnen. Nur noch Zank. Entzweiung. Nationale Interessen und jeweils eigene Interpretationshoheit.

Frustriert schaltete Philipp Heller den Fernseher aus. Mit großem Tamtam hatte er das Gerät hier zu Hause aufgebaut! Natürlich selbst, die Technik anzuschließen, stellte für ihn doch kein Problem dar! Sandra sollte stolz auf ihn sein. Nach Martins Auszug litt sie am leeren Nest. Er, Philipp, hatte angenommen, ein paar neue Dinge im Haus würden ihr Freude machen. Schließlich war es nur normal und mithin wünschenswert, dass ein junger Mann in die weite Welt zog. Philipp knurrte unwillig vor sich hin. Für seinen Sohn wünschte er sich etwas Besseres als einen Hilfsjob in einer Möbelfirma und ein Zimmer zur Untermiete. Aber gut, gut – jeder hatte mal klein angefangen.

Der Korken ploppte aus der Weinflasche. Ein guter, ein teurer, ein ausgezeichneter Chardonnay. Das Geld war nichts mehr wert, daher investierte man am besten in die Genusswerte. Wofür rackerte man sich auch dermaßen ab? Gluckernd floss der Wein ins Glas. Spezialbeschichtete Gläser hatte er für Sandra und sich gekauft. Vor allem für Sandra. Sie war ja so eine Weinliebhaberin, eine, die viel wusste. Ihr Onkel Peter hatte kürzlich einen Weinberg gekauft, drüben in Unterfranken, nur eine Parzelle, aber sein Eigen. Ein Hobby für einen frühverrenteten Finanzbeamten. Ts.

Philipp trank einen Schluck. Unglaublich, wie diese Gläser den Duft und den Geschmack steigerten. Nur nahm Sandra immer noch den alten, angeschlagenen Römer aus dem Schrank, wenn sie sich spätabends einen Schluck gönnte. Zu einer Zeit, in der Philipp längst im

Bett lag. Zum Henker, er hatte einen Job, er hatte zu tun, seine Tätigkeit war anspruchsvoll, schon seit Jahren in Vorbereitung der Bayerischen Landesausstellung, und vor allem seit einigen Wochen, da die Gäste nach Coburg strömten. Es wurden täglich mehr, Philipp war als Guide beliebt, er konnte gut erklären, humorvoll, er überschlug sofort, wo die Schwachstellen im Wissen seiner Gruppen lagen, er glich das aus, hakte ein, schob Hintergrundinformationen nach … Vor allem die Schulklassen lagen ihm zu Füßen. In seinen Führungen gab es kein Herumalbern, er nahm die Jugendlichen ernst und erreichte dadurch, dass sie auch ihn respektierten. Das war belebend. Nach den langwierigen Editionsaufgaben, die hinter ihm lagen, tat ihm der direkte Kontakt mit Besuchern gut. Sein schauspielerisches Talent kam ihm dabei sehr zupass. Wobei er natürlich auch die Schreibtischarbeit zuvor gemocht hatte. Ausgerechnet ihm war die Herausgabe dieser Mordgeschichte, die sich zu Luthers Zeiten auf der Veste zugetragen hatte, zugemutet worden; er hatte Tage und Wochen an den alten Texten gearbeitet, um sie für den heutigen Ausstellungsbesucher nicht nur verständlich, sondern auch spannend zu machen. Er würde es Sandra gegenüber nie zugeben, aber er war stolz, dass man ihn mit dieser Aufgabe betraut hatte. Zumal in der letzten Samstagsausgabe der Zeitung ein Ausschnitt abgedruckt worden war.

Der Wein belebte ihn. Sandra würde schon noch merken, wie toll die neuen Gläser waren. Vielleicht räumte er die Römer einfach weg, ab ins Altglas damit. Wenn er dazu kam. Nur nicht gerade jetzt. Sandra surfte im Netz, in ihrem Zimmer, das war ihr altes gemeinsames Schlafzimmer. Vor einem halben Jahr war Philipp ins Gästezimmer gezogen, hatte es sich dort gemütlich gemacht, die alten Möbel raus, die waren noch von seinem Vater, unglaublich, wie lange man bereit war, den alten Schrott anzusammeln! Statt der von Würmern angenagten Schränke aus dunkler Buche hatte er moderne Kunststoffmöbel angeschafft, mit Milchglastüren für den Kleiderschrank und gelben Blenden für die Kommode. Sein Reich! Nur seins. Tja. Er und Sandra, sie waren beide der Ansicht, dass es besser so war. Das mit den getrennten Zimmern.

Philipp beschloss, sich in den Garten zu setzen. Der Sommer fing gerade erst an. Die letzten Tage hatten die Wolken ihn bedrückt, obwohl er doch gefühlte 20 Stunden am Tag in der Veste verbrachte, in der Ausstellung, in seinem Büro, mitten unter den Gästen. Er sehnte sich nach frischer Luft. Ganz plötzlich. Das lag wahrscheinlich an den erstickenden Nachrichten. Nur Krisen! Wie Mega-Trucks rollten sie auf einen zu. Die Medien heizten das Grauen noch an, indem sie rund um die Uhr über Scheußliches berichteten, das aber mit einem selbst kaum zu tun hatte. Das Leben ging doch immer weiter, oder? Insofern konnte er auf die Nachrichten wirklich verzichten. Sie vermittelten einem nur das Gefühl, in wenigen Tagen, vielleicht sogar Stunden, unter die Räder zu kommen. Einfluss hatte man sowieso auf so gut wie nichts.

Er stellte die Flasche in einen Cooler. Der Terrassentisch draußen war übersät mit Sandras Sachen. Rasch räumte Philipp gekappte Zweige, Sandras Arbeitshandschuhe und die Gartenschere weg und setzte sich. Der Zeitungsstapel störte ihn nicht. Vielleicht würde er noch ein paar Takte lesen. Köstlich, der Chardonnay, wirklich, Weißwein sollte ja kaum dick machen. Er musste mal wieder joggen. Irgendwas tun für sich und seinen Körper. Er war 45, das Haar wurde schütter, der Bauchansatz trat sichtbar hervor, obwohl er sich ansonsten gut hielt. Aber er kam ja nicht zum Sport. Und jetzt noch durch die Gegend rennen, wo die Nacht so samten den Festungsberg herabsank? Nein danke. Dann lieber dem Wein zusprechen. Kurz flammte in Philipp Neid auf Sandras Onkel auf. So einen Weinberg zu pflegen, würde ihm, Philipp, gewiss auch Spaß machen. Noch mal ein ganz neues Gebiet, in das er sich einarbeiten könnte …

Er schloss die Augen, genoss den Chardonnay, und als er die Lider wieder aufschlug, wurde drüben auf dem Festungsberg die Beleuchtung der Veste angeschaltet, und er fühlte sich glücklich. Was für ein Blick für ihn, den Historiker! Diese mächtige, uneinnehmbare Festung, diese Trutzburg, dieses wunderbare Stück Geschichte, gebaut aus Steinen, die heute noch von Mut und Tapferkeit, Kampf und Entschlossenheit zeugten. Und von der Liebe … Philipp lächelte.

Ja, die Liebe. Da war auch einiges gewachsen in letzter Zeit, und wenn es nur ein schnelllebiges Kraut war, so doch eines, das ihn aufmöbelte, sein Selbstvertrauen polierte.

Ja, er liebte die Geschichten, die die Steine jenen erzählten, die hinzuhören verstanden. Für das Lauschen in die Historie war Philipp prädestiniert. Er, der seine Leidenschaft für vergangene Zeiten zum Beruf gemacht hatte. Geschichte hatte er studiert, gegen den Willen der Eltern, die sein Fach als brotlos ansahen, als sinnlos, als nutzlos. Sein Vater war Handwerker gewesen, Klempner, das brachte was, Klempner wurden immer gebraucht.

Philipp schenkte nach. Er *wurde* gebraucht. Dort oben. Auf der Veste, die über der Stadt saß wie ein Thron. Ein sehr alter Thron, die ersten Schutzanlagen um das seinerzeit auf dem Berg befindliche Kloster waren vermutlich gegen Ende des 11. Jahrhunderts entstanden. Er lächelte. So war das Leben. Eine endlose Abfolge von Geschehnissen, von denen manche noch Einfluss auf die Menschen späterer Jahrhunderte nahmen. Ähnliches befürchtete er von den Ereignissen, die zurzeit von den Medien aufgerührt wurden. Das mühevoll erarbeitete Geld verlor seinen Wert, Menschen anderer Herkunft begehrten Einlass in Europa, dem Kontinent ihrer Hoffnungen, und man fürchtete als Alteingesessener die anstehenden Veränderungen, wagte jedoch gleichzeitig nicht, die Hoffnungen der Geschundenen zu enttäuschen. Immerhin war man doch Mensch! Man gehörte zu denen, die alles hatten. Durfte nicht Nein sagen, wenn andere um Hilfe baten.

Wie lange würden all diese Krisen und Zerwürfnisse noch hingeschleppt werden können, bevor es zur Explosion kam? Alles hatte seine Sollbruchstellen. Jedes Jahrhundert, jedes Jahrzehnt wartete auf den einen kleinen oder großen Umbruch. Selbst eine winzige Verschiebung der Lebensumstände konnte Gewaltiges auslösen. Philipp sprach ja täglich darüber, wenn er Gruppen führte. Über die Zeit um 1500, die die Landesausstellung zum Thema hatte, über die damals bahnbrechenden Erfindungen wie Globus und Taschenuhr, über die drastisch gestiegenen Bevölkerungszahlen, Menschen, die ernährt werden wollten, das erinnerte ihn doch sehr an heute. Wer sollte in der erforderlichen Schnelle für all diese Leute sorgen? Verantwortungsvoll? Er trank und goss nach. Umbrüche gab es zu allen Zeiten. Zu schnelle, zu krasse Veränderung trieb die Leute in die Panik. Panik war der schlechteste Ratgeber überhaupt. Sie funktionierte nur für Sekunden. Danach musste man planvoll vorgehen. Um 1500 hatten die Mächtigen nichts anderes zu tun, als den Druck zu verstärken, um die Kontrolle zu behalten. Die Zwangsallüren der Kirche hatte alsbald ein Augustinermönch auf dem Kieker. Einer, dessen persönliches Leben eng mit dem der Stadt Coburg und vor allem seiner Veste verbunden war: Martin Luther. Ein halbes Jahr hatte er hier gelebt, zwei Dutzend Psalmen übersetzt, Briefe geschrieben,

Texte verfasst … Seine Intelligenz und seine Schöpferkraft hatten dazu beigetragen, die Welt zu verändern. Wo waren heute die Menschen, die etwas Substanzielles beitrugen? Nicht nur Empörungsrhetorik, damit war man ja heutzutage schnell bei der Hand. Die Politiker ritten auch nur auf Stimmungswellen. Eine vernünftige Position überlegte sich keiner mehr, geschweige denn, dass er sie vertrat … und die Risse in der Gesellschaft taten sich längst auf, selbst im engsten Umfeld nahm er das wahr!

Die Flasche war halb leer. Wut stieg in Philipp auf. Die Welt wirkte so getrieben auf ihn, und er trieb mit, wirbelte, strudelte, tat sein Bestes, aber er kam ja nicht mal mehr an Sandra heran! Vielleicht war es eine gute Idee, was sein Kollege Rolf ab und zu vorschlug: Nachrichtenfasten. Einfach nicht mehr fernsehen, keine Zeitung mehr lesen, nicht mehr im Internet herumkriechen. Man erstickte doch fast an Tristesse und Belanglosigkeit. Gereizt stieß Philipp gegen den Zeitungsstapel. Weg mit dem Müll! Alles nur Abfall. Absonderung von Worten, die morgen bereits nichts mehr galten!

Die Zeitungen rutschten vom Tisch, aufreizend langsam, eine nach der anderen, und fächerten sich auf den Terrassenfliesen auf. Fotos, Schlagzeilen, Werbung. Verdammt! Philipp kickte mit dem Fuß nach dem Wust von Papier.

Da lag ein Zettel. Eher ein Text. DIN A4. Ordentlich bedruckt. Sandra arbeitete seit drei Jahren nicht mehr in der Schule. Eine Unterrichtsvorbereitung konnte es nicht sein! Philipp griff danach.

Ich habe deine Daten gehackt. Du hast eine schöne Zeit mit affaerchen.de. Ich gebe die Daten raus. An deinen Arbeitgeber. Deine Frau. Deinen Sohn. Man wird sich für dich interessieren. Es sei denn, du tust, was ich dir auftrage. Töte Gerald Höchst.

Philipp erstarrte. Daten gehackt? Konfus sah er sich um. Das war ja lächerlich.

Er goss Wein nach und trank das Glas in einem Zug leer. Sein Kopf schwirrte. Okay, er hatte diesen Account bei dem Datingportal. Seit ein paar Wochen. Okay, er hatte eine Nacht mit dieser Blonden verbracht, in Erfurt, das schien ihm sicherer, in Coburg kannte ihn ja jeder. Aber wer konnte das wissen? Übelkeit übermannte ihn. Das panische Gefühl, beobachtet zu werden. Jetzt. In diesem Augenblick.

Daten gehackt?

Pah! Wo war der Beweis? Kopfschüttelnd knüllte Philipp das Papier zusammen. Ein säuerlicher Geschmack saß in seinem Mund fest. Eine Amsel hüpfte über den Rasen und tschilpte. Weiter weg spielten ein paar Kinder Fußball. Ab und zu krachte der Ball gegen einen Zaun. Leise zauste der Abendwind den Bambus, der den Weg vom Gartentor zum Haus umrahmte. Nicht allzu fern, die Straße runter, lachten Leute. Die typischen, geliebten, geachteten Geräusche eines Sommerabends. Sie wurden übertönt vom brutalen, schmerzenden Schlag seines Herzens.

Gehackt. Töte.

»Philipp?« Sandra erschien in der Tür.

»Schatz!« Er bückte sich und sammelte hektisch die Zeitungen auf. »Ein Schlückchen Chardonnay?«

»Warum nicht.« Sie kam barfuß über die Fliesen auf ihn zu.

Unauffällig schob Philipp die Papierkugel in die Taschen seiner Shorts. Er rappelte sich auf. Es knackte in seinen Knien, als er die Zeitungen zusammenraffte.

»Warte, ich hole dir ein Glas!«

Sandra setzte sich.

»Lass doch die Zeitungen«, sagte sie. »Ich lese die sowieso nicht mehr. Die nehme ich nur noch für den Kompost. Zum Einwickeln.«

»In Ordnung.« Er warf den unordentlich zusammengerafften Papierhaufen auf einen Stuhl. »Ich bin gleich wieder da.«

Im Haus zerriss er das Blatt und warf die Fetzen in die Toilette. Er spülte und wartete darauf, dass der Tank sich erneut füllte. Spülte noch mal. Geschafft, jetzt war wirklich jedes Krümelchen weg.

Er kehrte in den Garten zurück, und erst, als Sandra ihn erwartungsvoll ansah, fiel ihm ein, dass er vergessen hatte, ein Glas für sie mit hinauszunehmen.

2

19.6.2017, vormittags

»Es ist so eine Sache mit der Einsamkeit.«

Katinka sah verdutzt auf. Sie hatte es sich vor zehn Minuten vor der Eisdiele am Markt bequem gemacht, genoss das Plätschern des Brunnens und ihren Latte macchiato und spielte an ihrem Handy herum.

»Ich will nur sagen: Einsamkeit hat viele Gesichter.« Die Alte kam näher heran. Sie war gebaut wie ein Bus, trug ausgebeulte Jeans, Crocs und eine weite Bluse. Ein Kopftuch umspannte ihren breiten Schädel. Unter dem Stoff quoll drahtiges graues Haar hervor. Am auffälligsten jedoch war eine Narbe, die sich schräg über die Stirn bis unter ihr Kopftuch erstreckte. Feuerrot. Bösartig.

Katinka blickte sich um. Ein warmer Frühsommervormittag umhüllte sie. Leute mit Einkaufstüten schlenderten über den Markt, zwei Jungs rannten mit hüpfenden Ranzen den Gehsteig die Gasse hinunter. Ein Pärchen stand vor der Eistheke und konzentrierte sich auf die Geschmacksauswahl. Doch auf der Freischankfläche war sie der einzige Gast. Die Frau konnte also nur mit ihr gesprochen haben.

»Ja, manche wollen es nicht wahrhaben. Sie sind todeinsam. Merken es erst mal nicht. Jahrelang. Aber dann ist Schluss. Plötzlich bricht es über sie herein, stimmt's?« Und als habe sie eine außerordentlich wichtige Mission beendet, navigierte sie mitten durch die Ansammlung von Cafétischen und -stühlen, schob einige unsanft mit der Hüfte beiseite und marschierte davon.

»Wer war das denn?«, fragte Katinka die Chefin der Eisdiele, die eilfertig an Katinkas Tisch kam.

»Mit denen müssen wir leben.«

»Mit denen? Sie meinen – ist sie eine Pennerin?«

»Nein, nein. Sie hat ein Haus draußen im Itzgrund.«

»Verstehe.« Katinka verstand nichts.

»Möchten Sie nicht doch noch ein Eis? Oder ein Tiramisu?«

»Danke, mir ist nicht danach.« Katinka trank den Kaffee aus.

War sie einsam? Wie ein quirliger Floh begann der Gedanke in ihrem Kopf zu tanzen. War sie nicht. Blödsinn! Sie hatte Hardo!

»Sie hat bestimmte Fähigkeiten. Hat sogar vor einem halben Jahr oder so einen Kriminalfall aufgeklärt.«

Katinka zog die Augenbrauen hoch.

»Sagen wir mal so: Sie hat dabei geholfen, den Fall zu lösen. Wäre ohne sie übel ausgegangen.« Die Eisfrau tippte sich bedeutungsvoll an die Stirn.

Katinka stutzte. »Sie meinen die Narbe?«

»Genau die. Sie hat einen Gangster aufgehalten, der eine andere Frau umbringen wollte. Der Irre hat ihr einen Knüppel auf den Kopf geknallt. Sie ging k. o., hat aber eine Minute Zeit schinden können. Bis dahin war die Polizei da und hat die Frau gerettet.«

Katinka schüttelte den Kopf. Überall Prekäres!

Ein Mann mit Laptoptasche ließ sich an einem Tischchen nieder, rief: »Einen Espresso!«, und die Chefin eilte, die Bestellung auszuführen.

Auf ihrem Handy klickte Katinka sich zu den Infos der Stadt Coburg über die Bayerische Landesausstellung durch. Endlich fand sie die Öffnungszeiten. Als gelernte Historikerin und Archäologin verpasste sie ungern Veranstaltungen, in denen sie sich wie früher im Studium voller Elan in eine andere Zeit werfen konnte.

Dass Hardo sie in die Ausstellung begleiten würde, brauchte sie nicht anzunehmen. Sie war mit dem Zug nach Coburg vorausgefahren. Hardo würde am Nachmittag nachkommen, damit sie anschließend durch den Thüringer Wald weiter nach Berlin fahren konnten, wo Katinkas Schwester Melissa nach eigenem Dafürhalten das Glück gefunden hatte. Das Glück hieß Hotte, war 1,97 Meter groß und arbeitete als Basketballtrainer. Katinka seufzte. Melissa war jünger als sie und hatte einiges an Anläufen gebraucht, um eine längerfristige Beziehung hinzubekommen. Was mit Hotte noch wurde, wusste niemand, aber Melissa schwärmte von ihm in höchsten Tönen. Katinka fand, es war Zeit, den Knaben kennenzulernen, immerhin bestand die Möglichkeit, dass die Flamme der Liebe bald wieder verlosch.

Sie grinste in sich hinein. Hardo war leitender Polizeihauptkommissar bei der Bamberger Mordkommission. Heute wollte er vor dem Kurzurlaub als letzte Amtshandlung seinen Büroschreibtisch aufräumen. Was bei dieser Aktion alles noch aus den Papieren der letzten Monate an Durcheinander aufsteigen und ihre Pläne durchkreuzen könnte, war ihr nur allzu bewusst. Ein paar Stunden blieben ihr also für sich. Sie würde zusehen, einen Bus zu erwischen, der sie auf die Veste Coburg zur Ausstellung brachte. Sie griff nach ihrem Portemonnaie.

Ein Schatten fiel über sie. Ein knochiger Arm tauchte in ihrem Gesichtsfeld auf, legte etwas auf ihren Tisch und verschwand rasch wieder.

»Was zum …« Schon war sie aufgesprungen. Ein Mann rannte ein paar Meter Richtung Hofapotheke und bog dann rechts ab. Katinka setzte ihm nach. Doch als sie um die Ecke des Optikerladens bog, war der Mann außer Sicht.

Sie rief sich das Aussehen des Unbekannten in Erinnerung. Ein Kapuzenpulli. Und die Kapuze natürlich tief in die Stirn gezogen. Joggingschuhe. Jeans.

Katinka seufzte. Die Eisfrau stand misstrauisch neben ihrem Rucksack, als Katinka zu ihrem Tisch zurückhastete.

»Alles in Ordnung. Ich dachte nur, ich hätte einen Bekannten getroffen.«

Ein argwöhnischer Blick funkelte hinter den Brillengläsern. Katinka setzte sich. Unauffällig schob sie das

Latteglas über den Fetzen, den ihr eigenwilliger Besucher zurückgelassen hatte. Der Mann mit dem Laptop bestellte noch einen Espresso.

Kaum wandte die Chefin ihr den Rücken zu, schnappte sich Katinka das Blatt. Ein aus einem DIN-A5-Block rausgerissener Zettel. Kariert. Blauer Kugelschreiber. Spitze Buchstaben.

Melden Sie sich bei mir. In einer halben Stunde hinter der Morizkirche bei dem Brunnen. Ich zahle.

Na vielen Dank, dachte Katinka nur.

3

19.6.1530, später Abend

Sie sah ihn nun schon den dritten Abend auf der Löwenbastei umherstreifen. Die Hitze schien hier oben weniger mörderisch. Ein sanfter Wind kam von den Bergen herübergeweht. Es wurde nicht richtig dunkel. Veronika hatte den Eindruck, der Doktor liebe diese Zeit des Tages besonders. Nun, da die

Nacht nur wie ein flüchtiger Schatten über allem lag – über der Burg, dem Städtchen, den Feldern. Graublau schimmerte die Landschaft, bevor sie in Dunkelheit versank.

Sie mochte ihn, wie er da so ging, in wehender Kutte, den Kopf gesenkt. Sie bewunderte seine Versunkenheit, die Gabe, ganz mit sich allein sein und sich seinen Gedanken hingeben zu können. Stundenlang hätte sie ihn beobachten können. Am liebsten verbarg sie sich gleich bei der Kapelle, von wo aus sie all seinen Bewegungen voller Sehnsucht folgte.

»Ist es nicht vielmehr so«, hörte sie ihn murmeln, »dass es darauf ankommt, die Menschen heute fühlen zu machen, was jene damals fühlten?«

Veronika wischte sich den Schweiß von der Stirn. Sie war barhäuptig, sogar die Zöpfe ließ sie heute locker herabhängen. Ihr war heiß, sie hatte beim Brotbacken geholfen, hatte den Sauerteig gerührt, Teig angesetzt, gehen lassen, geknetet und geknetet, bis ihr Tuch vor Schweiß an der Stirn klebte. Zusammen mit Gesche hatte sie die Laibe in den Holzofen geschoben, blind vor Hitze die Brote bewacht, schließlich alle mit dem Brotschieber herausgeholt und neue eingeschossen. Keines war ihnen verbrannt. Sie arbeiteten gut zusammen, sie und Gesche. Dabei schwiegen sie zumeist. Anders als früher, da sie hofften, beim Plappern verginge ihnen die Zeit schneller. Nun spielte die Zeit keine Rolle mehr. Sie, Veronika, würde vor ihren Schöpfer treten und sein Urteil hören, und da wäre kein Erbarmen. Die ewige Verdammnis drohte ihr. Es sei denn, der Doktor hätte recht.

Heilige Veronika, bitte für mich beim Herrn, der mein Richter ist, dass er mich nicht der ewigen Verdammnis anheimgibt. Heilige Maria, Muttergottes, bitte für uns Sünder …

Früher, vor der Sache mit Daniel, da hätten sie und Gesche beim Backen geplaudert, sich dem Klatsch und Tratsch des Lebens auf der Burg hingegeben. Dem beständigen Kichern der Mägde, den Gerüchten über Liebschaften, Besucher und dies und das. Über den Tod des Wachmanns hatten sich alle für eine Weile gar nicht beruhigen können, doch mittlerweile war die Aufregung gewichen, und andere Geschehnisse drängten sich in den Vordergrund. Die Hitze aus dem Backofen mochte die Gefühle eine ganze Weile zudecken, machte jedoch das, was sich in Veronikas Augen gebrannt hatte, niemals unsichtbar. Die Dämonen blieben. Und mit ihnen tropfte das Gift der Angst Nacht für Nacht in ihr Blut.

»Denn wem ist geholfen, wenn wir die gleichen Wendungen, die gleichen Sätze auswählen, dem Vorgefundenen gerecht werden, nicht vom ihm abweichen, jedoch«, der Doktor blieb stehen und betrachtete seine Handflächen, »niemand zu verstehen imstande ist, was wir damit meinen?«

Der Doktor kam nun ganz nahe an Veronika vorbei. Ob auch er wusste, wie es war, Bilder zu sehen, die man nie loswurde? Die einem anhafteten, die einen quälten, zerrissen, vor allem dann, wenn der Mantel der Nacht alles andere zudeckte?

Sie kauerte im Schatten der Kapelle. Er schritt auf die schmale Treppe zu, die hinunter in den Hof führte, und sie bedauerte, dass er gehen würde. Wenn sie ihm zusah, wie er nachdachte, wie er seinen Kopf marterte, dann hatte sie das Gefühl, ein klein wenig in seine Welt hineinschauen zu dürfen. In die Welt derjenigen, die sich in den Büchern und Schriften so selbstverständlich bewegten wie sie selbst sich auf ihren Füßen, und die Dinge aus den Buchstaben herauslasen, die sie, Veronika, sich niemals würde vorstellen können. Wo sie sich doch so sehr wünschte, einmal die Befriedigung zu verspüren, die den Doktor erfüllte, wenn er einem Boten einen Brief mitgab. Wenn er dastand, dem verklingenden Hufgeklapper lauschend, die Fäuste geballt, das Gesicht in den Himmel gereckt … dann ging etwas in ihm vor, das sie voller Sehnsucht zu begreifen suchte.

»Wen haben wir denn da!« Sie hatte gar nicht bemerkt, dass er zurückgekommen war. Nur ein paar Schritte. Neugierig richtete sich sein Blick auf sie.

Eilig sprang sie auf, knickste, strich sich die Zöpfe hinter die Ohren. »Verzeiht, Doktor, ich …« Ihre Wangen brannten. Sosehr sie auch ersehnte, mit ihm zu sprechen – bislang hatte sie das noch nie getan – sosehr schämte sie sich nun, da er vor ihr stand, ihrer Armseligkeit. Sie war nur eine kleine Küchenmagd, die es gerade so verstand, Sauerteig anzusetzen und Brote in den Holzofen einzuschießen. Die ab und zu beim Schlachten half, wenn auch widerwillig. Was sollte einer wie Doktor Luther mit ihr anfangen!

»So, so. Heiß ist es wahrhaftig, mein Kind.« Er verschränkte die Hände auf dem Rücken. »Habe ich dich schon einmal hier gesehen?«

»Ich arbeite in der Küche, Doktor.«

»Hm, in der Küche.«

»… und bin zuständig für das Brotbacken.«

»Ach, sieh an. Es ist also dein Verdienst, dieses wunderbar rösche, knusprige Brot, das sie mir stets reichen?«

Veronika senkte den Kopf. Ihre Wangen glühten. »Danke«, murmelte sie kaum hörbar. Sie wollte nur fort von hier. Weiter weg auf dem Wehrgang hörte sie Stiefelabsätze. Die Wache machte ihre Runde. Das harte Geräusch trieb ihr die Tränen in die Augen.

»Nun gute Nacht, mein Kind.«

Er wollte nichts mit ihr zu schaffen haben. Selbstverständlich nicht! Einer wie der Doktor.

Freundlich nickte er ihr zu, drehte sich um. Seine Kutte wirbelte um seine Beine.

Veronika presste die Hand auf ihren Magen. Wenn sie ihn fragen könnte … wenn sie gerade ihn fragen könnte … Ob es wahr sein konnte, dass Jesus auch ihr Erlöser war.

Als habe er die Kraft ihrer Gedanken gespürt, sah er zurück. »Wie heißt du?«, fragte er.

»Veronika, Doktor.«

»Veronika. Wie jene Frau, die unserem Herrn das Schweißtuch reichte?«

»Ja, Doktor.«

»Ein schöner Name, Kind. Sei deinen Eltern dankbar, dass sie so einen schönen Namen für dich ausgesucht haben.«

»Das bin ich, Doktor.«

»Gute Nacht.« Er eilte die Treppe hinunter.

Veronika beugte sich vor. Sie sah, wie er durch die Tür zum Fürstenbau schritt. Die Tür schlug zu. Die Stiefeltritte der Wache entfernten sich.

4

19.6.2017, später Vormittag

Den Rucksack locker über der Schulter, schlenderte Katinka durch die schmalen Coburger Gässchen zur Morizkirche. Die bunten Fachwerkwinkel waren ihr vertraut, hatte sie in der kleinen Stadt doch vor einigen Jahren einen abgefeimten Fall rund um eine Werbeagentur gelöst. Eine der beteiligten Personen hatte hier neben der Morizkirche gewohnt.

Die ungewöhnliche asymmetrische Bauweise der Kirche und das lange Kirchenschiff hatten Katinka schon damals fasziniert. Heute, während die Sommersonne Laune machte und die Kastanienbäume ihre grünen Blätter sanft im Winde schaukelten, fühlte sich die Atmosphäre im Kirchhof jedoch ganz anders an als seinerzeit im Winter. Der Brunnen plätscherte fröhlich, zwei Dohlen stillten ihren Durst, und aus den Fenstern des Gymnasiums hörte man den Tumult von Schülern, die nach einem Leben außerhalb der Anstalt gierten.

Katinka setzte sich auf eine Bank. Sie war nur neugierig. Der Typ konnte ein Spinner sein. Einer, der Aufmerksamkeit wollte. Einer, der an einem irreparablen Webfehler litt. Es gab solche Leute. Psychos, Fälle für die Therapie, doch in ihrer konfusen Verzweiflung wandten sie sich an eine Privatdetektivin statt an einen Psychiater. Erst vor einigen Wochen hatte Katinka eine bittere Erfahrung mit einer Schizophreniepatientin gemacht, die sich von ihren Nachbarn bedroht und ausgehorcht fühlte. Nach ein paar Tagen Ermittlungsarbeit war Katinka endlich aufgefallen, dass das Problem nicht in einer realen, sondern nur in einer erfundenen Bedrohungslage bestand. Was allerdings auch Gesunden passierte: sich Dinge einzureden, die nicht existierten, sich aber in rasender Eile zu einer gigantischen Gefahr auswuchsen. Es konnte nicht schaden, diesen Reinfall zur Steigerung ihrer Menschenkenntnis zu nutzen.

Sie kramte im Rucksack nach der Sonnenbrille.

Er kam wieder wie aus dem Nichts.

»Frau Palfy?«

Dünne Beine in engen Jeans, ein Bauchansatz unter dem Kapuzenshirt, ansonsten drahtiger Körperbau. Der Mann war höchstens Mitte 40. Das schüttere blonde Haar, das zum Vorschein kam, als er sich die Kapuze vom Kopf streifte, stand in seltsamem Kontrast zu seinem jugendlichen Gesicht.

»Und Sie sind?«

»Philipp Heller.« Er setzte sich neben sie. »Entschuldigen Sie, das war eine etwas blöde Herangehensweise. Ich meine, wie ich Sie angesprochen habe. Ich habe mich zufällig, also aus der Situation heraus, dazu entschieden, Sie zu beauftragen.«

»Zu beauftragen.«

Er wippte mit beiden Beinen.

»Ich sah Sie zufällig da sitzen. Und da dachte ich: Sie sind die Lösung für alle meine Probleme. Ich habe mich ohnehin schon im Internet umgeschaut nach Privatdetekteien, aber mir fehlte der Mut. Na ja, erst neulich habe ich über Sie was in der Zeitung gelesen, da war auch ein Foto von Ihnen dabei. Der Artikel stammte von diesem Redakteur aus Bamberg. Darwin Wischnewski oder so ähnlich.«

»Dante. Dante Wischnewski.«

»Ja, und im ›Coburger Tageblatt‹ liegt ja am Wochenende immer der ›Fränkische Sonntag‹ bei. Da schreibt der viel, dieser Wischnewski. Heißer Vogel.

Tolle Meinungen. Kann subtil vorgehen. Finde ich gut.«

Katinka unterdrückte ein Lachen. Philipp Heller würde sich was denken, wenn er erführe, dass Dante seit Neuestem bei ihr als Mieter wohnte. Über ein halbes Jahr lang hatte er sich für die Renovierung der Wohnung im Obergeschoss ins Zeug gelegt, Parkett abgeschliffen, Wände verputzt und gestrichen, Fliesen verfugt. Hardo gewöhnte sich zunehmend an den neuen Mitbewohner, zumal Dante mit weiblicher Verstärkung eingezogen und dadurch Hardos latente Eifersucht auf ein kaum mehr messbares Maß heruntergefahren war.

»Dieser Wischnewski weiß, was Denkverbote sind. Es gibt ja Unmengen davon. Besonders, wenn Umbrüche bevorstehen. Man hört förmlich das Knacken des Erdbodens.«

Katinka ertappte sich, wie sie fragend auf ihre Schuhe sah. Ihre Sneakers standen allerdings fest auf dem Asphalt.

»Wussten Sie, dass die Leute vor 600 Jahren, als das Bild von der Erde als Scheibe und Mittelpunkt des Universums in die Tonne getreten wurde, sich reihenweise umgebracht haben? Die haben das nicht verkraftet. Das heliozentrische Weltbild hat ihnen zu viel abverlangt. Und heute?« Eifrig ruderte Heller mit den Armen. »Da bleibt den Politikern nicht mal Zeit, sich zu einem Weltbild eine passende Position zu überlegen. Schon hat sich die Weltlage wieder verschoben. Die reiten doch nur noch auf Stimmungswellen.«

Herrje!, dachte Katinka. Er sucht einen Zuhörer, den er betexten kann. Sie griff nach ihrem Rucksack.

»Danke, Herr Heller. Ich habe es nicht mit der Politik.«

»Nein, warten Sie!« Ehrlich erschrocken griff er nach ihrem Arm.

Katinka riss sich los. »Anfassen ist nicht!«

»Verzeihen Sie, natürlich nicht.« Panik im Blick. »Bitte gehen Sie nicht. Ich brauche Sie. Es ist nur so – es geht manchmal mit mir durch. Ich bin völlig zerrüttet.«

»Schießen Sie los.«

»Ich werde erpresst.« Er schnaufte. »Allein so einen Satz auszusprechen!« Er sprang von der Bank auf, ging ein paar Schritte. »Ich hätte niemals gedacht, dass mir mal so was passiert. Dabei hatte ich nur eine Nacht mit ihr.«

»Sie hatten eine Nacht mit einer Frau, und jetzt erpresst die sie?«

»Ich weiß nicht, wer mich erpresst.« Er fuchtelte herum, als müsse er einen Schwarm blutdürstender Moskitos abwehren. »Jemand. Ein Hacker.«

»Ein Hacker.«

»Ja. Sie glauben das vielleicht nicht.«

»Dann erklären Sie es mir.«

Er ließ sich auf die Bank fallen. Sah sich um. Trommelte mit den Fingern auf seinen Oberschenkeln.

»Ich habe einen Account bei affaerchen.de. Schon mal gehört?«

»Ist es das, wonach es klingt?«

»Es ist ein Datingportal. Aber für Leute, die in festen Beziehungen leben. Es geht nur um eine Affäre, nicht um mehr. Keine Beziehung, kein gemeinsames Leben, keine Kredite und Baugrundstücke.«

»Ist speziell, aber wer's mag.«

»Eben. Ich liebe meine Frau. Sandra ist ein wunderbarer Mensch. Aber ich …«

Er erging sich in Erklärungen. Katinka ließ ihn schwadronieren. Der Mann brannte von allen Seiten. Nach ein, zwei Minuten lenkte sie ihn behutsam zum Thema zurück.

»Ein Hacker, sagten Sie.«

»Ja. Er hat mir einen Brief geschickt. Dass er meine Daten aus diesem Portal gesaugt hat und alles meiner Frau verrät, wenn ich nicht tue, was er will.«

»Was will er?«

»Ich soll jemanden umbringen.«

»Was?« Katinka wäre beinahe von der Bank gekippt.

»Ist mein voller Ernst. Ich habe das Blatt vernichtet. Aber ich kann Ihnen auswendig aufsagen, was da stand. ›Ich habe deine Daten gehackt. Du hast eine schöne Zeit mit affaerchen.de. Ich gebe die Daten raus. An deinen Arbeitgeber. Deine Frau. Deinen Sohn. Man wird sich für dich interessieren. Es sei denn, du tust, was ich dir auftrage. Töte Gerald Höchst.‹«

»Wie kam das Blatt? Mit der Post?«, fragte sie.

»Nein, es lag eines Abends einfach auf dem Zeitungsstapel bei mir im Garten.«

»Wer ist Gerald Höchst?«

»Ein Stadtrat. Ziemlich engagiert und beliebt, Hansdampf in allen Gassen! Es ist schon sein dritter Turnus, und bei jeder neuen Wahl wird er mit einer stattlichen Anzahl Stimmen bestätigt.«

»Warum sollen Sie ihn töten?«

»Woher soll ich das denn wissen!« Heller heulte fast. »Übernehmen Sie den Fall? Geld spielt keine Rolle.«

5

19.6.2017, nachmittags

Nach vier Stunden, die sie, in eine andere Welt vertieft, in der Ausstellung verbracht hatte, stand Katinka auf der Hohen Bastei der Veste im Sonnenlicht und blickte, anders als die meisten Touristen, nicht über die grün bewaldeten Fernen des Thüringer Waldes. Ihr Blick ruhte auf dem Rechteck zwischen Steinerner Kemenate und Fürstenbau. Direkt dort unten, wenige Meter entfernt, war Hardo in einer Winternacht angeschossen worden. Ein Querschläger hatte einen seiner Lungenflügel durchschlagen. Er hatte überlebt, sich erholt, war wieder zur alten Hochform aufgelaufen – doch die Nähe des Todes, der sich in jener Nacht herangeschlichen hatte, ließ sich nicht mehr abschütteln. Der kalte Hauch schien zu bleiben. Zurückgedrängt, aber vorhanden. Das Frösteln jederzeit abrufbar.

Dass ihr Handy klingelte, bemerkte sie erst, als ein Mädchen mit Pippi-Langstrumpf-Zöpfen an ihr vorbeihüpfte und flüsterte: »Dein Telefon hat aber einen komischen Klingelton.«

Hardos Nummer blinkte auf. Ausgerechnet.

»Hardo?«

»Schlechte Nachrichten.«

»Sag nichts.« Sie rieb sich die Augen. Das grelle Sonnenlicht schmerzte mit einem Mal. Sie ging ein paar Schritte in den Schatten der Bäume, die die Bastei zum Burghof hin abschirmten.

»Mein Golf hat es nur noch bis Breitengüßbach geschafft. Die Lichtmaschine ist abgeschmiert.«

»Ach, du Schande!« Er war also gerade mal zehn Kilometer weit gekommen. »Und jetzt?«

»Du hättest deinen ›Beetle‹ nicht verkaufen sollen.«

Sie knurrte unwillig. »Danke für den Tipp. Das Angebot war zu gut, das konnte ich nicht ausschlagen. Aber jetzt? Wie kommen wir nach Berlin?«

»Mietwagen, Bahn, Fernbus. Denk dir was aus. Ich habe den Abschleppdienst angerufen. Am besten, wir suchen uns in Coburg ein Hotel und planen neu.«

»Aye, Captain.« Katinka spürte, wie sich ganz von selbst ein Lächeln auf ihre Lippen schlich. »Ich könnte da noch einige Tage länger einplanen.«

»Ist die Ausstellung so grandios?«

»Beruflich.«

»Du hast …«

»Einen Fall, ja.«

Er lachte. »Sag noch ein Mal, ich würde den Beruf über mein Privatleben stellen.«

»Das ist wirklich nicht mein Text.«

»Du hast recht. Hast du nie behauptet.«

»Da wird einer erpresst. Er soll einen Politiker umbringen.«

»Ich komme mit dem Zug. Besorg uns ein Hotel.«

»Aber es ist mein Fall.«

»Unserer. Bis dann!«

Perplex legte Katinka auf. Benommen von dem langen Aufenthalt in den Ausstellungsräumen, den verstörenden Erinnerungen an Hardos Verletzungen und den Grübeleien über Philipp Hellers Erpresser ließ sie sich auf einer Bank an der Lutherkapelle nieder.

Gesetzt den Fall, Heller war kein Spinner, der den Text selbst geschrieben hatte, dann war dieser Politiker in Gefahr. Man hörte ja immer wieder, dass sich Hacker Zugang zu Daten wie denen von affaerchen.de verschafften. Doch üblicherweise waren das keine Einzeltäter, sondern konspirative Grüppchen, die ihren fragwürdigen Erfolg in den Medien ausschlachteten und Angst erzeugten, indem sie die potenziellen Opfer im Unklaren ließen, wer betroffen war und wer nicht. Zudem: Wenn man einen Politiker beseitigen wollte – würde man nicht eher einen echten Killer anheuern? Und welcher Hacker legte sein Erpressungsschreiben schon persönlich auf den Gartentisch seines Opfers! Sofern Hellers Version stimmte, musste es sich um einen Hacker handeln, der ihn kannte und in der Stadt oder zumindest in der näheren Umgebung lebte.

Katinka schloss die Augen, lauschte dem Kreischen der Dohlen über ihr und den fröhlichen Stimmen der Touristen. Ihr Herz hämmerte, und ihr wurde schwindelig. Ihr Nervenkostüm bekam allmählich Schlagseite. Sie hätte nie damit gerechnet, dass dieser Ort ihr dermaßen aufs Gemüt schlagen würde. Hardo selbst schien die Attacke von damals körperlich wie seelisch gut überstanden zu haben. Bei ihr selbst sah es anscheinend anders aus. Die Verzweiflung und Hilflosigkeit jener Minuten in der eisigen Nacht, in der das Leben aus dem Mann, den sie damals schon liebte, wich, drängten sich mit Macht in ihr Bewusstsein. Ihr Herz raste. Sie zwang sich, ruhig zu atmen. Das wäre noch die Höhe, in aller Öffentlichkeit durchzudrehen und womöglich zu heulen anzufangen. Sollte sie die Finger von dem Fall Heller lassen und Coburg so schnell wie möglich verlassen? Die Stadt tat ihr vielleicht nicht gut.

»Fuck!« Sie sprang auf, schnappte sich ihren Rucksack und drängte sich an einer Gruppe Touristen vorbei, die sie erstaunt anstarrten. Schnell die Treppe hinunter in den Burghof gesprintet! Wie von selbst streichelte ihre Hand kurz den steinernen Satyr an der Mauer. Da: der Brunnen, in dessen Schutz sie die Hände auf die Schusswunde gepresst hatte, um die Blutung im Zaum zu halten. Jetzt beugten sich Kinder über den Brunnenrand und starrten fasziniert in die Tiefe. 42 Meter, glaubte Katinka sich zu erinnern, reichte der Schacht. Sie blieb stehen, atmete tief durch. Das hier war die Wirklichkeit von heute! Touristen und Besucher aus der näheren und weiteren Umgebung, die sich die Landesausstellung ansehen und auf den Spuren von 1500 wandeln wollten, bummelten umher. Da lauerte nirgends der unmittelbare Tod, kein kalter Hauch, keine dräuende Vernichtung, keine Gefahr!

Ich mache den Fall, schwor sich Katinka. Ich löse ihn, und dann ist der schwarze Coburg-Zauber gebrochen.

6

19.6.2017, später Nachmittag

»Hurra! Sie kommen!« Philipp Heller begrüßte Katinka am Gartentor. »Hat Ihnen die Ausstellung zugesagt? Sie müssen wissen, ich bin Historiker, und ein guter Teil des Konzepts geht auf mein Konto!« Er lachte fröhlich.

Das Kapuzenshirt hatte er gegen ein Hemd mit Button-down-Kragen ausgetauscht. Die langen Ärmel flatterten um seine Handgelenke.

»Ich bin Experte für das 15. Jahrhundert. Was vielen nicht klar ist, aber das wird sich bis zum Herbst schon noch ändern: Diese Epoche weist enorm viele Parallelen zum 21. Jahrhundert auf. Genauer gesagt zu der Ära, in der wir gerade feststecken. Alles um uns ändert sich viel zu schnell! Die neuen Technologien, die Krisen, die neuen Weltbilder – das haben die Menschen damals auch schon schlecht verkraftet.« Rote Flecken krochen über sein Kinn und seine Wangen. »Ich liebe mein Fach. Entschuldigen Sie, wenn ich Sie gleich mit so einem Vortrag überfalle. Ich darf vorausgehen?«

Über bunt glasierte Terrakottafliesen gingen sie durch ein Bambusspalier, rechts und links erstreckten sich Rosenbeete. Dazwischen leuchtete grüne Wiese voller Löwenzahn und Hahnenfuß. Von Unkrautvernichtungsmitteln schien hier niemand etwas zu halten. Ein winziger runder Tisch und zwei Stühle behaupteten sich zwischen den Rosenbeeten, beladen mit Büchern und Zeitschriften. Katinka dachte kurz an den feuchten Innenhof ihres Eigenheims. Sie wollte es keinesfalls eintauschen, aber so ein Garten …

»Meine Frau Sandra hat den sprichwörtlichen grünen Daumen«, erläuterte Heller. »Hinten haben wir einen professionellen Gemüsegarten. Und auch im Haus ist sie so was von fantasievoll. Meins ist das nicht. Ich liebe es, mich in andere Welten abzusetzen und danach wieder aufzutauchen und …« Er blieb abrupt stehen. Drehte sich um. Katinka wäre beinahe gegen seine Brust geprallt.

»Es bleibt doch dabei? Niemand erfährt von unserem Gespräch?«

»Sie haben mein Wort.«

»Gut. Meine Frau ist bei ihrem Yogakurs.« Er sah auf die Uhr. »Wir haben noch ein Stündchen.« Mit einer ausladenden Armbewegung stieß er die Haustür auf. Es roch stark nach etwas Süßlichem. Im Hintergrund sang Andrea Bocelli.

»Folgen Sie mir nur!« Er stürmte durch eine Diele in ein helles Wohnzimmer. Die hintere Wand bestand vollständig aus Glas. Eine Schiebetür war bis zum Anschlag geöffnet. Der Garten schien beinahe ins Zimmer zu wuchern. Japanischer Ahorn, Ginkgo, Clematis, Pfingstrosen und Rhododendron wetteiferten miteinander. Eine hohe Hecke grenzte das Grundstück zum nächsten Haus hin ab. Ein kleiner Teich lockte mit Lichtflecken auf den Seerosen.

»Wunderschön haben Sie es.« Katinka hoffte, man würde den Neid in ihrer Stimme nicht so deutlich hören.

»Hier im Pilgramsroth lässt es sich gut leben, nur die Nachbarn rücken einem mitunter auf die Pelle. Wir mussten die Hecke im Vorgarten neu pflanzen, da war ein Schädling am Werk, und die jetzige ist noch nicht hoch genug. Hier hinten lebt es sich diskreter. Kommen Sie mit raus?«

Auch hier glasierte Terrakottafliesen, ein rundes Tischchen, Bistrostühle.

»Wir haben es gern unkonventionell. Nicht so die massigen Terrassenmöbel.« Heller lachte. »Ich habe Zitronenwasser im Kühlschrank. Mögen Sie das?«

»Gern.«

Katinka setzte sich in den Schatten des Japanischen Ahorns. Eine Drossel hüpfte vor ihren Füßen herum. Bienen umschwirrten die Pfingstrosen. Es herrschte eine zarte, fröhliche Geschäftigkeit in all dem Grün, die Katinka verwirrte und heiter und traurig zugleich stimmte. Als wäre sie gern ein Teil all der Fülle und könnte es doch niemals sein.

»So, hier sind die Getränke.« Heller hastete herbei und stürzte, ein Tablett mit einer Karaffe und zwei Gläsern balancierend, beinahe über die Schwelle. »Schön kalt. Wird ein heißer Sommer, meinen Sie nicht?« Er goss Zitronenwasser in die Gläser und warf ein paar Minzeblätter hinterher.

»Mag sein.«

»Unser Sohn ist im Winter ausgezogen. Will endlich auf eigenen Füßen stehen. Ich dachte schon, der schafft den Absprung nie.«

»Wie alt ist er?«

»22 Jahre. Hotel Mama. Kennt man ja. Die jungen Männer mögen's bequem. Meine Frau hat das auch irgendwie genossen. Ich dachte schon, er findet nie eine Freundin. Aber jetzt hat es geklappt, und er ist weg. Einfach abgeschwirrt.«

»Fällt es Ihrer Frau schwer? Dass Ihr Sohn ausgezogen ist?«

»Was denken Sie! Empty-Nest-Syndrom. Furchtbar. Deswegen steigert sie sich so in den Garten rein. Sie hat die Arbeit immer gern und schön gemacht, aber jetzt wird sie geradezu furchterregend professionell.«

Katinka grinste. Heller in seiner linkischen Art begann, ihr zu gefallen. Er erweckte den Eindruck von Schusseligkeit und Chaos, aber das Herz schien er am rechten Fleck zu haben.

»Herr Heller, ich werde Ihren Fall übernehmen. Wir müssen uns zuvor aber besprechen, in welche Richtung die Ermittlungen gehen sollen.«

»Meine Frau, mein Sohn, meine Kollegen – keiner darf etwas mitbekommen! Das ist meine Bedingung.«

»In Ordnung. Akzeptiert. Aber es kann natürlich sein, dass im Lauf der Arbeit Informationen ans Tageslicht kommen, die ich der Polizei übergeben muss. Und was die damit machen, liegt nicht mehr bei mir.«

»Der Polizei?«

»Immerhin ist ein Mensch in Gefahr.«

»Gerald Höchst.«

»Hatten Sie mit dem Mann je zu tun?«

»Überhaupt nicht.«

»Und er ist in Coburg eine Nummer?«

»Ist er. Er steckt viel mit Degenhard zusammen. Frank Degenhard. Schon gehört?«

»In der Presse liest man einiges über ihn.« Katinka war keine begeisterte Zeitungsleserin, aber bestimmte Meldungen wurden einem ja tagtäglich um die Ohren geschlagen.

Ein Schwarm Dohlen flog, zänkische Schreie ausstoßend, in geringer Höhe über den Garten.

»Wusste ich es doch. Über den steht mehr in der Zeitung als über Höchst. Überregional!« Heller nickte frenetisch. »Trinken Sie doch. Ich habe mehr im Kühlschrank. Also, Degenhard ist ein wichtiger Unternehmer in der Stadt Coburg. Bauunternehmer. Einer, der die Stadt mit Gewerbesteuereinnahmen versorgt. Einer, der umschmeichelt wird. Einer, den man gern halten möchte. Bei Gelegenheit signalisiert er natürlich, dass er nach Thüringen abwandern könnte. Aber das sind Scheinkämpfe. Ein kleiner Ausfall, um zu testen, wie verteidigungsbereit der Gegner ist.«

»Degenhard hat eine megagroße Geldspende gemacht, um eine Flüchtlingsunterkunft zu bauen, wenn ich mich recht erinnere.«

»Korrekt. Solche Projekte liebt Frank Degenhard. Da kann er sich als Menschenfreund präsentieren. Im Übrigen soll ihm für seine großartige Tat in Kürze die Mauritius-Medaille der Stadt Coburg verliehen werden. Stand erst heute wieder in der Presse. Apropos: Ich habe Ihnen die letzte Samstagsbeilage mitgebracht!« Er zog eine zusammengerollte Zeitungsseite aus der Gesäßtasche. »Ein kleiner Ausschnitt meiner Edition eines alten Textes, der im Zuge der Vorbereitungen für die Landesausstellung gefunden worden ist. Ich hatte die Ehre, ihn zu prüfen und zu edieren. Echt ist er, kein Zweifel. Eine ergreifende Geschichte über Schuld, Verzweiflung und drei Morde, die sich auf der Veste zutrugen, als Martin Luther dort weilte. Sie wissen, die Reichsacht. Jedenfalls, das Besondere an dem Text …«

Katinka nahm ihm das Blatt aus der Hand. »Danke. Warum sollen Sie Gerald Höchst umbringen?«

»Wenn ich es doch wüsste!« Hellers Gesichtszüge zerfielen. Voller Verzweiflung sah er sich im Garten um. »Ich werde das niemals tun, Frau Palfy. Eher verkrafte ich, dass meine Frau von meiner Affäre erfährt. Aber das ist … wie soll ich sagen … unsere Ehe ist schon belastet. Meine Güte, einmal habe ich mich mit dieser Frau getroffen! Ein einziges Mal!«

Katinka seufzte. Sie ahnte, dass Heller einfach nicht aus seinem bisherigen Leben geworfen werden wollte. Umsorgt von einer fantasievollen Frau, der Sohn endlich im eigenen Leben angekommen … Heller hatte sich schon auf einen gemütlichen neuen Lebensabschnitt in lauschiger Umgebung vorbereitet. Der stand nun auf dem Spiel.

»Haben Sie Feinde?«

»Ich doch nicht.«

»Auf der Arbeit?«

»Ich bin beliebt.« Er streckte die Brust raus. »Wirklich! Okay, meine Schusseligkeit ist sprichwörtlich, und manchmal versemmle ich etwas, aber man mag mich. Echt!« Er trank sein Glas leer. »Warum trinken Sie nicht? Also ich sage Ihnen was: Dieser Hacker hat einfach einen Blöden gesucht, den er unter Druck setzen kann. Ist es denn nicht möglich herauszufinden, wer an meine Daten herangekommen ist?«

»Hat der Hacker einen Beweis geliefert, dass er wirklich Ihre Daten hat?«

»Nein. Und ich weiß auch nicht, wie so ein Beweis aussehen soll.«

»Sie hatten ein Date mit einer Frau. Kann sie das Leck sein?«

»Lara?« Er schlug die Hand vor den Mund.

»Lara«, sagte Katinka gedehnt. »Ist das ihr richtiger Name?«

»Natürlich nicht. Das ist doch die Idee dahinter. Du kannst unter einem anderen Namen Spaß haben. Keine Verpflichtung.«

»Was nur funktioniert, solange kein Kind entsteht.«

Heller starrte sie an, als habe er noch nie gehört, dass beim Sex Babys gemacht werden.

»Aber das ist das Prinzip hinter dem Portal! Wir

haben uns in einem Hotel in Erfurt getroffen. Ich habe das Zimmer auf meinen Namen gebucht.«

»Schon gut. These Nummer eins. Der Hacker hat einfach ein Opfer gesucht, weil er einen Stadtrat umbringen will. Dieses Portal, affaerchen.de, arbeitet doch weltweit.«

»Hauptsächlich deutschsprachige Kundschaft.«

»Wie eigenartig, dass ein cleverer Hacker einen in Coburg lebenden Mann erpresst, einen Coburger Stadtrat zu töten. Finden Sie nicht?«

»Also …«

»Wäre es nicht naheliegend anzunehmen, dass auch der Hacker aus Coburg stammt?«

Heller schwieg.

»These Nummer zwei: Der Hacker hat Sie gesucht. Gezielt.«

»Aber …«

»Zusatzthese: Der Hacker hat ein Problem mit Gerald Höchst. Welcher Art könnte dieses Problem sein?«

Heller rutschte auf dem Stuhl hin und her. »Frau Palfy …«

»Noch eine Zusatzthese: Angenommen, der Hacker hat ein sehr großes Problem mit Gerald Höchst. Wird er sich da auf einen einzigen Menschen verlassen, den er erpresst? Den er auffordert zu töten?« In Katinkas Kopf wurde die ganze Geschichte immer bizarrer. »Immerhin sind Sie kein Experte im Morden.«

»Sie fürchten, dass …«

»… noch weitere Leute Briefe bekommen haben könnten. Mit der gleichen Aufforderung.«

Heller dachte nach. »Das wäre aber ein gewaltiger Aufwand.«

»Stimmt. Und auch gefährlich.«

»Wieso heuert dieser Knilch nicht einfach einen Auftragsmörder an?«

Katinka setzte die Sonnenbrille auf. »Vielleicht hat er Geldprobleme. Ist Höchst verheiratet? Hat er eine Frau, die ihn loswerden will?«

»Er ist verheiratet. Keine Kinder. Hat ein schönes Haus in Haarth gebaut, im Itzgrund, vor vielleicht drei Jahren. Ich weiß das, weil wir auf der Arbeit damals eine Praktikantin hatten, die in Haarth wohnte. Genau nebenan.«

Katinka kam nicht weiter. Genauso gut wie irgendein Hacker konnte eine enge Bezugsperson des potenziellen Opfers den Erpresserbrief geschrieben haben. Eine Schwachstelle ausgenutzt haben, um Heller die Pistole auf die Brust zu setzen.

»Wann kam der Brief?«

»Vor einer Woche.«

Unverzüglich setzte sich Katinkas innerer Alarm in Betrieb. Eine Woche war lang. Eine Geduldsprobe für den Erpresser. Und für Philipp.

7

19.6.2017, später Abend

Sie hasste das Wohnmobil. Wirklich nicht ihre Art Urlaub. Zumal die Toilette wieder nicht benutzbar war. Schon zum zweiten Mal diese Woche! Wenn sie an die restlichen zehn Tage dachte, die sie mit Karl in dieser Blechbüchse verbringen musste, wurde ihr übel. Der tat sich leicht. »Der Parkplatz ist so schön einsam, Evi. Geh doch einfach in das Wäldchen dahinten. Alles kein Problem!«

Für dich nicht, du Hohlbirne!, dachte sie wütend, als sie im Dunkeln über den unebenen Boden wankte. Der Himmel hatte sich bezogen, es roch nach Regen. Die Hitze des Tages war abgeklungen. Normalerweise liebte sie Sommerregen des Nachts. Aber sich heute wieder in die Büsche schlagen zu müssen, noch dazu bei Nässe … verdammt, sie kriegte richtig Wut auf Karl. So ein Vollhorst!

Der Parkplatz lag auf einem Plateau hoch über Coburg. Ein paar Lichter von dem kleinen Flugplatz auf gleicher Höhe drangen zum Parkplatz herüber, eine gespenstische Beleuchtung, aber besser als nichts. Vorhin noch hatten etliche Wagen hier gestanden, aber nun parkten nur noch ein BMW und ein Porsche in sicherem Abstand zum Wohnmobil. Evi ärgerte sich, nicht die Taschenlampe mitgenommen zu haben. Nur schattenhaft hoben sich die Silhouetten der Büsche in der Finsternis ab. Das war definitiv der letzte Urlaub im Camper. Und wenn Karl sich auf den Kopf stellte!

Sie konnte nur hoffen, dass sie nicht in die Hinterlassenschaften anderer Verzweifelter trat. Entschlossen bog sie ein paar Zweige auseinander. Stand in hohem Gras. Wo steckten die Leute, denen die Autos auf dem Parkplatz gehörten? War da ein Pärchen auf der Suche nach einem ruhigen Ort? Ängstlich lauschte Evi in die Finsternis. Eine grauenvolle Vorstellung, vielleicht ein paar Meter neben einem Liebespaar ihre Blase zu erleichtern. Ein Wagen kam vom nahe gelegenen Flugplatz, die Scheinwerfer streiften Evi kurz, dann heulte der Motor auf, und erneut umhüllte sie Dunkelheit. Besser, sie ging noch ein paar Schritte. Weg vom Parkplatz, vielleicht bog da gleich einer ein!

Allmählich fiel ihr die Orientierung leichter. Der warme Schein der beleuchteten Veste drang durch die Zweige. Schön sah die Burg aus von hier. Imposant, trutzig, aber auch anheimelnd. Ein Ort, dessen Zauber sich Evi sofort aufgedrängt hatte, als sie heute mit Karl die Landesausstellung besichtigte. Deswegen waren sie überhaupt nach Coburg gefahren. Dann wollten sie weiter nach Österreich. Und ausgerechnet jetzt die Sache mit der Toilette!

Evi hockte sich hin, wo sie stand. Uff, länger hätte sie nicht mehr warten dürfen.

Eine Männerstimme! Ganz nah!

Sie wurde ganz steif. Zittern kauerte sie in der entwürdigendsten Position dieser Welt da. Wartete. Wieder die Stimme!

»Was reden Sie für einen Quatsch!«

»Verschließen Sie doch nicht die Augen vor der Wirklichkeit! Sie sind in Gefahr!« Der zweite Mann sprach hektisch, mit sich überschlagender Stimme.

»Was Sie nicht sagen.« Ein trockenes Lachen folgte. »Na dann: danke für die Warnung.«

»Sie sollten die Sache nicht auf die leichte Schulter nehmen!«

»Das tue ich ganz und gar nicht. Aber Sie müssen zugeben: Was für ein abgefahrener Treffpunkt. Mitten in der Nacht hier an diesem Hang …«

Evi lauschte angestrengt. Der Mann lallte. Ganz leicht nur. Aber er war definitiv betrunken. Sie kannte die untrüglichen Zeichen aus leidvoller Erfahrung. Karl konnte seine Räusche noch so gut im Zaum halten, letztlich verriet ihn die Stimme.

»Aber es ist doch denkbar, dass noch mehr Killer auf Sie angesetzt wurden!«

»Ich wüsste wirklich nicht, warum mich jemand umbringen wollte. Na gut, als Politiker hat man Feinde, Neider, Kontrahenten. Aber in einer Kleinstadt?« Er lachte. Sonor und selbstgewiss.

»Ihr Politiker verweigert euch der Realität! Wunschdenken bringt aber keinen weiter. Ich habe alles versucht. Jetzt kann ich Ihnen auch nicht mehr helfen.«

Zweige knackten, es raschelte im Gras. Evi hockte immer noch am Boden. Das war der Albtraum. Der absolute Albtraum. Der Mann kam jetzt genau in ihre Richtung, er würde über sie stolpern. Starr vor Panik war sie nicht imstande, Schlüpfer und Jeans hochzuziehen.

Die Schritte des Mannes kamen näher. Noch näher. Evi zog den Kopf zwischen die Knie. Seh' ich dich nicht, siehst du mich nicht. Ihr Herzschlag dröhnte in den Ohren. Sie spürte den Boden beben. Dann entfernten sich die Schritte. Sie hob den Kopf. Sah den Schatten eines Mannes die Zweige beiseitebiegen. Kurz darauf startete ein Motor.

Panisch rappelte Evi sich auf. Ihre Beine waren gefühllos, die Knie schmerzten. Schnell anziehen! Irgendwo steckte ja noch der zweite Mann!

Aber so angestrengt sie auch lauschte – es war nichts mehr zu hören. Kein Rascheln, kein Knacken. Nichts.

Schnell weg! Nur schnell weg!

8

20.6.2017, vormittags

»Es ist nur ein Höflichkeitsbesuch«, flachste Hardo. Sie gingen auf das Gebäude der Coburger Polizeiinspektion zu. Der Verkehr rauschte durch die Neustadter Straße. Die Sonne brannte. Gut möglich, dass Heller mit seinem Versprechen vom heißen Sommer recht behalten würde.

Der schwarze Fluch, der Katinka gestern im Burghof so grausam die Luft abgeschnürt hatte, war noch immer nicht verflogen. Eine schmerzhafte Angst lauerte in ihr. Unmöglich zu sagen, wovor genau. Hardo zu verlieren? Falls irgendwann einmal ähnliches Unheil sich zusammenbrauen sollte? Katinka war kein Mensch, der sich von Katastrophen ins Bockshorn jagen ließ, die noch gar nicht über den Horizont gekrochen waren. Sollte ihr kurzer Besuch am Ort des Schreckens solche niederschmetternden Gefühle in ihr ausgelöst haben?

Zusammenreißen!, ermunterte sie sich. Sie erinnerte sich noch zu genau an ihre Besuche bei Hardos Counterpart, Hauptkommissar Wolf Schilling, damals, im Winter. Zugegeben, er hatte ihr bei der Lösung des Falls unter die Arme gegriffen und sie nach Hardos schwerer Verletzung unterstützt. Dafür war sie ihm dankbar; dennoch hielt sie ihn für einen feinen Pinkel, dessen Weltanschauung Myriaden von Meilen von ihrer entfernt lag. Wo sie selbst mit Jeans und Pulli auskam, Hardo nur Jeans und seine typischen Holzfällerhemden trug, zog Schilling handgenähte italienische Schuhe und Seidenanzüge vor. Wie er diesen Lebensstil finanzierte, wusste Katinka nicht.

»Heller will keine Anzeige erstatten!« Katinka hievte ihren Rucksack auf die andere Schulter. Machte Konversation, um die Grübeleien abzuschalten. »Um jeden Preis will er vermeiden, dass seine Frau und sein Sohn Wind von dieser Affäre bekommen.«

»Muss man akzeptieren.«

»Du weißt, was ich meine. Sobald er Anzeige erstattet, kann Diskretion nicht mehr zugesichert werden.« Sie musste noch immer an ihr gestriges Gespräch mit Heller denken. Seine Frau war früher nach Hause gekommen als erwartet, und Heller hatte Katinka genötigt, durch die Hecke aufs Nachbargrundstück zu schlüpfen, um von dort ungesehen zu verschwinden. Nicht ganz einfach in einer hellen Sommernacht, zumal die Häuser eng an eng standen.

»Du kannst ihm auch keine Geheimhaltung garantieren, Katinka!«

»Scheiße, nein.«

»Der Mann dreht am Rad. Er hat eine Affäre. Das bedeutet immer Kontrollverlust. Er hat Schuldgefühlte, gleichzeitig steht ihm seine eigene Schwäche vor Augen.« Hardo sah Katinka aus seinen eisgrauen Augen ernst an.

Sie wich seinem Blick aus. »Auch eine Möglichkeit, die Sache zu betrachten. Er hat eine Nacht mit einer anderen Frau verbracht, ihm wird klar, dass das ein Erdbeben auslösen kann. Schön blöd.«

»Männer haben in einem gewissen Alter eben das untrügliche Gefühl, dass die Uhr abläuft.«

»Und sie noch nicht alles gelebt haben? Mein Beileid!«

»Entspann dich. Warum bist du so nervös?«

»Ich bin nicht nervös.« Sie boxte ihm gegen die Schulter.

»Kein Wunder, wenn man in einem Hotel übernachtet, wo vor nicht allzu langer Zeit jemand umgebracht worden ist«, seufzte Hardo gespielt resigniert.

»Hattest *du* deshalb schlechte Träume?«

»*Ich* nicht. Aber bei dir bin ich mir nicht so sicher. Du hast dich im Schlaf herumgewälzt und gewimmert und geächzt.«

Katinka biss sich auf die Lippen.

Das »Hotel garni Schwarz«, in dem sie Hardo und sich einquartiert hatte, kannte sie aus einem früheren Fall. Sie hatte einen Mord aufgeklärt, der sich in einem der sechs Zimmer des kleinen Hauses zugetragen hatte. Das Ehepaar Schwarz, die alleinigen Betreiber, wären an der anschließenden Berichterstattung wirtschaftlich beinahe zugrunde gegangen.

»Du hast dich verpflichtet gefühlt, dort zu übernachten, oder?«, fragte Hardo, während er die Tür zu dem roten Backsteingebäude der PI aufstieß. »Damit die mal wieder Gäste im Haus haben.«

»Unsinn.« Ihr unruhiger Schlaf hatte nichts mit dem Mord an einem Menschen zu tun, den sie gar nicht gekannt hatte. Aber darüber wollte sie nicht mit Hardo diskutieren. Irgendwann vielleicht. Aber nicht jetzt.

»Denke dran: Du bist nicht für alles verantwortlich.«

»Vielen Dank für den Hinweis.«

Sie baten, mit Wolf Schilling sprechen zu dürfen. Ein Beamter begleitete sie den Gang entlang zu einem lichtdurchfluteten Büro. Hinter der offen stehenden Glastür saß eine junge Frau mit kaffeebrauner Haut und telefonierte.

»Er hat scheinbar ein neues Dienstzimmer«, flüsterte Katinka Hardo zu.

»Sowie eine Sekretärin!« Hardo lupfte die Augenbrauen. »Und was für eine!«

»He!« Grinsend stieß Katinka ihm den Ellenbogen in die Seite.

»Grüß Gott!« Die Frau legte den Hörer auf und winkte Katinka und Hardo zu sich herein. »Ich bin Kiana Krekeler. Was kann ich für Sie tun?«

»Harduin Uttenreuther, Kollege von Wolf Schilling aus Bamberg. Und Katinka Palfy, Privatdetektivin. Wir sind in Coburg und wollten einfach nur kurz vorbeischauen.«

»Überraschungsbesuch für den Chef.« Kiana Krekeler grinste. Sie konnte höchstens Mitte 20 sein. Ihr schwarzes Haar hatte sie zu einem dicken Knoten am Hinterkopf aufgetürmt. Lange Ohrhänger mit winzigen Traumfängern daran tanzten um ihr Kinn. Sie trug an den Knien zerrissene Jeans und ein buntes Oberteil aus Seide, das entweder vom Flohmarkt oder aus den Schneidereien einer internationalen High-Class-Designerwerkstatt stammte. Sie stand auf. Auf ihren hohen Absätzen überragte sie Katinka um Haupteslänge. »So was mag er ja gar nicht. Er hat die Dinge immer gern unter Kontrolle.« In diebischer Freude rieb sie sich die Hände. »Warten Sie, ich gebe ihm Bescheid.«

Verblüfft sahen Hardo und Katinka einander an.

»Die ist tough«, murmelte Katinka.

Hardo zog nur die Augenbrauen hoch.

Kurz darauf kam Hauptkommissar Schilling federnden Schritts aus seinem Büro. Hinter ihm navigierte die Sekretärin auf ihren High Heels.

»Na, so eine Überraschung! Uttenreuther! Und die Frau Privatdetektivin!«

Katinka fürchtete, er würde eine Bemerkung zu ihrer Beziehung machen. Die Schnüfflerin und der Bulle. Manche im Metier zerrissen sich gern das Maul über diese Konstellation. Allerdings erinnerte sie sich, dass damals, im Winter, Schilling und Kommissarin Carolin Metze ein Paar gewesen waren. Ob das noch galt? Sie sah auf seine Hände. Ein Ehering. Wahrscheinlich Carolin. Katinka konnte sich kaum vorstellen, dass eine andere Frau für Schillings Spleens Geduld aufbrächte.

»Kommen Sie rein in die gute Stube! Kiana, machen Sie uns einen Kaffee? Soweit ich mich erinnere, nimmt Frau Palfy ihn gern wienerisch.«

»Eine Melange?«, lachte Kiana. »Mache ich.«

Sie folgten Schilling in sein Büro. Er drehte an einem Schalter. Die Lamellen der Rollos kippten und sperrten das blendende Sonnenlicht aus.

»Setzen Sie sich. Wie schön, wenn man von den Kollegen hört, ohne dass es etwas Dienstliches zu besprechen gibt.«

»Wir sind in Coburg, um die Landesausstellung zu sehen«, unterbrach Katinka Schillings Redefluss. Sie setzten sich an einen runden Tisch in bequeme, federnde Sessel.

»Tatsächlich? Ja, diese Ausstellung beschert Coburg einen wahren Extrastrom an Besuchern. Ein echter Publikumsmagnet.«

»Leider ist dann mein betagter Wagen zusammengebrochen«, fuhr Hardo fort. »Also haben wir in Coburg übernachtet und vor unserer Weiterreise nach Berlin ein wenig Zeit, um uns bei Ihnen in Erinnerung zu bringen.«

Katinka unterdrückte ein Grinsen. Die meisten Ermittler, die sie kannte, duzten sich. Schilling und Hardo mieden diese Vertraulichkeit.

»Aber nicht, dass die Frau Detektivin aus unserer schönen historischen Schau gleich wieder einen Kriminalfall macht! Wie man hört, haben Sie ja ein Händchen für Großveranstaltungen, bei denen spätestens am dritten Tag eine Leiche auftaucht.« Spielerisch drohte Schilling mit dem Finger.

Katinka setzte ein Pokerface auf. »Sieht im Augenblick nicht so aus.«

Schweigen senkte sich. Katinka sah dem Staub zu, wie er in den zwischen den Lamellen des Rollos einfallenden Lichtstrahlen tanzte. Geruhsame Geräusche eines normalen Büroalltags drangen gedämpft durch die Wände. Telefone, der schrille Ton eines Faxgeräts, eilige Schritte. Geschirr klapperte.

»Man hört, der Unternehmer Frank Degenhard soll die Mauritius-Medaille bekommen«, fing Hardo an. Sie hatten ausgemacht, Schilling möglichst unauffällig zu Gerald Höchst, dem potenziellen Mordopfer, auszuhorchen.

»Ja, das spricht sich herum. Er ist ein Hansdampf in allen Gassen. Gewöhnungsbedürftig in seinem Aktionismus. Aber als Sponsor braucht die Stadt ihn. Denken Sie an die Flüchtlinge!«

»Sie mögen ihn nicht?«, schob Katinka gleich nach.

Die Tür wurde unsanft aufgestoßen.

»Meine Verehrtesten, hier wären die Melange für Frau Palfy, und zwei normale Haferl Kaffee für die Herren.« Kiana stolzierte herein, schwankend mit einem riesigen Tablett. Gekonnt servierte sie die Tassen.

»Danke«, murmelte Katinka, während Schilling schon weiterredete.

»Was heißt *mögen*. Ich muss ihn ja nicht sympathisch finden, aber ich beobachte doch mit einem gewissen Misstrauen, wenn Menschen sich durch soziale Wohltaten so wichtigmachen, dass man irgendwann nicht mehr ohne sie kann.«

»Redet ihr über Degenhard?«, mischte Kiana sich ein. Sie lehnte das Tablett gegen Schillings penibel aufgeräumten Schreibtisch. »Der hat, was wir nicht haben: Geld wie Heu. Wenn ich auf dem Haufen Euros säße, würde ich der Stadt auch eine Flüchtlingsunterkunft bauen. Oder gleich zwei. Und noch drei Kindergärten dazu. Dabei schiebt der liebe Herr Bauunternehmer auch eine Menge Knete unterm Ladentisch durch.«

»Kiana, das sind durch nichts zu beweisende Anschuldigungen«, mahnte Schilling.

»Nichts da, Chef! Ich habe es aus erster Hand. Er vergibt zinslose Kredite an seine Freunde. Darunter sind auch Stadträte.«

»Wen meinen Sie?«, fragte Katinka.

Kiana musterte sie interessiert, bevor sie sich Schillings Schreibtischstuhl heranrollte. »Gerald Höchst.«

Katinka war, als bekäme sie einen Stromstoß.

»Ach bitte, Kiana!« Unzufrieden musterte Schilling seine Sekretärin, die sich auf den Stuhl fallen ließ und die langen, schlanken Beine ausstreckte. Durch die Löcher in ihren Jeans schimmerte verführerisch dunkle Haut.

»Alle reden darüber, Chef!«

»Der Bauunternehmer Degenhard schiebt dem Stadtrat Höchst Geld rüber? Wofür?«, fragte Katinka.

»Er und seine Frau haben sich ein irres Haus gebaut. Stararchitekt aus Hamburg. Alles vom Feinsten. Die haben sich finanziell völlig übernommen.«

»Die beiden Männer sind befreundet«, sagte Schilling lahm.

»Was man von Männerfreundschaften zu halten hat, weiß man spätestens, seit sich ein gewisser Herr Schröder in Russland in eine Sauna gesetzt hat. Chef, Sie enttäuschen mich!«

Katinka registrierte, wie Hardo die Lippen verzog und ein Lachen unterdrückte. Er war vorsichtig im Umgang mit Frauen wie Kiana. Weibliches Selbstbewusstsein und jugendliche Chuzpe gingen ihm gegen den Strich, was vermutlich seiner konservativen Weltanschauung geschuldet war. Aber er war auch ehrlich genug, Menschen zu bewundern, die mit ihrer Meinung nicht hinter dem Berg hielten. Tatsächlich schien sich Kiana keine großen Gedanken darüber zu machen, dass ihr Chef ärgerlich über ihre Freimütigkeit sein könnte.

9

20.6.2017, mittags

»Zufrieden?«, fragte Katinka, als sie auf die Straße traten und sich Richtung Innenstadt wandten.

»Womit? Mit Schillings Einlassungen zum Thema Politik?« Hardo lachte auf.

»Ich frage mich die ganze Zeit, woher er die Kohle hat. Für die eleganten Klamotten. Für die schicke Büroeinrichtung. Du hast monatelang für einen neuen Schreibtischstuhl gekämpft.«

»Manchen Menschen ist das Layout mehr wert als das Leben. Die finden immer einen Weg, ihren Stil zu finanzieren. Vielleicht hat er auch geerbt. Wer kann das wissen.«

Katinka setzte die Sonnenbrille auf. Die Wärme hüllte die laute Straße in eine Dunstglocke. Der Schweiß lief ihr den Rücken hinunter. »Womöglich hat er einen Mäzen.«

»Du denkst an diesen Degenhard?

»Könnte doch sein! Jedenfalls ist ihm sein Äußeres inklusive sämtlicher Accessoires offenbar sehr wichtig.«

»Geld ist ein Machtfaktor. Ein starker Liebesersatz. Die Leute führen kein erfüllendes Leben, da ist das Geld das Kuscheltier.« Hardo zuckte die Achseln, als sei diese Lebenseinstellung so simpel wie unvermeidlich.

»Na ja, Liebesersatz … Er trägt einen Ehering. Carolin Metze ist eine Nette.« Im Stillen fragte sich Katinka, ob Schilling diese Frau verdiente.

»Frau Palfy!«, rief jemand hinter ihnen. »Frau Palfy, Herr Uttenreuther, bitte warten Sie einen Moment!«

Beide fuhren herum. Kiana Krekeler sprintete ihnen nach. Das bunte Seidentop flatterte um ihren zierlichen Körper. Die High Heels hatte sie gegen quittegelbe Sneakers getauscht.

»Was wird das jetzt?«, murmelte Hardo unwillig.

Kiana bremste im allerletzten Moment vor Katinka und Hardo ab. »Entschuldigen Sie. Aber Sie sollten wissen, dass Tina Höchst heute Morgen angerufen hat. Man hat sie aus Versehen zu mir durchgestellt. Sie vermisst ihren Mann.«

»Ups.« Katinkas Herz begann zu galoppieren. Ein schmerzhafter Rhythmus. »Das ist nicht Ihr Ernst?«

»Sie sind doch gekommen, um etwas über Gerald Höchst zu erfahren, oder?« Kiana wischte sich den Schweiß von der Stirn.

»Menschenkenntnis Note 1«, bemerkte Hardo.

»Ich nehme es als Kompliment. Ich habe seine Frau zur Vermisstenstelle durchgestellt. Na, und dann kamen Sie und fragten nach Gerald Höchst. Was für ein Zufall.«

»Wo genau wohnen die Höchsts?«, fragte Katinka.

»In Haarth. Aber Sie haben kein Auto. Ich fahre Sie hin.«

»Was sagt Ihr Chef dazu?«

»Ich habe Mittagspause. Und gefühlte 20.000 Überstunden.«

»Dann los!«

Kiana holte ihren Wagen vom Parkplatz. Katinka hätte etwas Exzentrischeres erwartet als den abgeranzten Ford Focus. Mit unbewegter Miene quetschte Hardo sich auf den Rücksitz.

Während Kiana durch die Stadt peste, Ampeln beim letzten Gelbschimmer überfuhr und das Auto schließlich auf die Stadtautobahn lenkte, wählte Katinka Hellers Handynummer. Er antwortete nicht. Sie hinterließ eine Bitte um sofortigen Rückruf und versuchte es zu Hause. Als seine Frau dranging, gab sie sich als Vertreterin von »Forsa« aus, die eine Umfrage machte. Sandra Heller lehnte dankend ab. Nein, ihr Mann sei nicht im Hause und nehme nie an Umfragen teil.

Katinka legte auf. »Verdammt. Wenn Heller …«

Hardo legte die Hand auf Katinkas Schulter. »Abwarten!«

Sie verstand, was er meinte. Bloß nichts vor Kiana sagen. Sie kannten die Sekretärin kaum. Vielleicht war sie ein Spion Schillings, dem Katinkas und Hardos Interesse an Höchst suspekt war. Obwohl Katinka Hardos Vorsicht nur allzu gut verstand, konnte sie sich doch kaum vorstellen, in ein solches Wespennest gestochen zu haben, dass der stilsichere Hauptkommissar seine Sekretärin vorschickte.

»Sie haben einen interessanten Vornamen«, meldete Hardo sich von hinten zu Wort.

»Finden Sie?« Kiana grinste. »Ist hawaiianisch und bedeutet ›himmlisch‹. Schön, oder?«

»Dann haben Ihre Eltern einen exklusiven Geschmack.«

»Von wegen. Die sind total spießig. Also meine Adoptiveltern. Ich wurde auf Hawaii geboren und bin auf irgendwelchen Wegen, an die ich mich nicht erinnere, nach Deutschland gekommen. Daher mein Nachname. Krekeler. Passt ja nicht besonders fein zusammen, aber die Initialen sind cool: KK. Wie Kater Karlo!«

Katinka brach in Lachen aus. Die Anspannung, die sie seit Kianas Info über den vermissten Höchst im Schwitzkasten hielt, ließ kurz nach.

»Wie geht das, wenn man Privatdetektivin werden will?« Kiana sah Katinka neugierig von der Seite an. »Braucht man eine bestimmte Ausbildung?«

»Es gibt keine offizielle. Nehmen Sie eine Lupe in die Hand und mieten Sie ein Büro an.«

»Hm. Und Praktika?«

»Das ist der Punkt. Ich habe ein langes gemacht. Das hat geholfen.«

»Aha.« Die Stadtautobahn verengte sich. Kiana bremste. Die Rücklichter des vor ihnen fahrenden Wagens kamen erschreckend nah. »Und könnte ich mal so ein Praktikum bei Ihnen machen?«

»Das ließe sich einrichten. Ich hatte allerdings noch nie Praktikanten. Nur ein Mädel am Girl's Day, und die war denkbar ungeeignet.«

»Warum?«

»Zu ängstlich.«

Sie hörte Hardo auf dem Rücksitz schnauben.

»Ängstlichkeit sagt mir keiner nach«, bemerkte Kiana. »Mann, was für ein genialer Tag. Endlich Sommer! Keine Lust, den im Büro zu verbringen.«

»Geplantes Vorgehen?«, fragte Hardo vom Rücksitz.

»Wenn du mir einen Gefallen tun willst: Ruf meine Schwester an und sag ihr, wir kommen ein paar Tage später.«

»Das ist Praktikantenarbeit.«

»Kann ich erledigen!«, rief Kiana sofort. »Und nur für den Fall: Hier ist meine Handynummer.« Sie schob Katinka eine Visitenkarte zu.

»Wie ihr wollt. Aber ich spreche mit Frau Höchst. Allein.«

Kiana fuhr einmal durch den am Hang liegenden Ort voller Einfamilienhäuser und hinter pelzigen Hecken verschanzter Grundstücke; schließlich zeigte sie auf ein stylishes Glashaus auf einer Hügelkuppe, der unvermeidliche Carport daneben. »Hier wohnen die Höchsts.«

»Woher Sie das nur wissen«, kam es von Hardo.

»Immer gut informiert dank der lokalen Medien. Höchst hat mit der Bude ganz schön angegeben. Partys für Parteikollegen veranstaltet und ich weiß nicht was noch alles.«

»Fahren Sie um die nächste Ecke und warten Sie dort«, bat Katinka.

»Sehr gern, Ma'am.« Rasant steuerte Kiana den Ford in die gewünschte Richtung und bremste ab.

Katinka stieg aus. Den Rucksack über der Schulter spazierte sie zurück zu dem Glaswürfel. Sie konnte eine Frau hinter einer Scheibe sitzen und in einer Zeitung blättern sehen. Katinka stieß das Gartentor auf und lief zum Haus. Klingelte. Ein sonores »Dingdong« schallte aus dem Gebäude.

Tina Höchst öffnete. Sie trug das kurze Haar blond gefärbt. Am Ansatz wuchs es grau nach. Sie war nachlässig geschminkt, verwischte Mascara klebte in den Augenwinkeln. Zu weißen Jeans trug sie ein ärmelloses Top.

»Ja? Sind Sie von der Polizei?«

»Nein. Mein Name ist Katinka Palfy. Ich wollte eigentlich mit Ihrem Mann sprechen. Sie sind doch Frau Höchst?«

»Ach, Sie sind die Dame wegen dieser Angelegenheit mit … ach, Sie wissen schon. Was im Finanzsenat gerade die Runde macht.«

Katinka zauberte ein fröhliches Lächeln hervor. »Exakt. Darf ich reinkommen?«

»Aber mein Mann ist nicht hier. Ehrlich gesagt, er ist die ganze Nacht nicht heimgekommen. Ich mache mir Sorgen!«

»Vielleicht ein wichtiger Termin?«

»Mag sein, er ist gestern spät abends noch einmal mit dem Auto los. Und seitdem habe ich nichts von ihm gehört. Ich rufe ständig sein Handy an, aber da meldet sich nur die Mailbox. Kommen Sie doch rein!« Tina trat beiseite.

Katinka ging an ihr vorbei ins Haus. Türen schien es hier keine zu geben. Alle Räume gingen ineinander über. Viel Glas, kaum Möbel. Gemütlich konnte man es nicht nennen. Sie bekam beinahe Heimweh nach ihrem renovierungsbedürftigen Eigenheim mit den abgeschabten Dielenböden und krummen Wänden.

»Möchten Sie was trinken?«

»Gern. Vielleicht ein Wasser.« Katinka folgte Tina in die Küche. Graue Arbeitsplatten, die wenigen nicht gläsernen Wände waren grau gestrichen. Hier wirkte das formvollendete Architektenwunder trist.

»Aus dem Kühlschrank, nicht wahr? Was für eine Hitze. Ich vertrage das gar nicht, ich bin ein Herbstmensch.«

Tina Höchst stellte eine Flasche Frankenbrunnen und zwei Gläser auf den Tisch.

»Hat Ihr Mann denn gesagt, wo er hinwollte?«

Tina schüttelte den Kopf. »Hat er nicht. Ich lag in der Badewanne. War erschöpft. Er rief mir zu, er müsse noch mal kurz weg, wäre bis Mitternacht garantiert zurück. Normalerweise gehen wir im Sommer spät schlafen. Ich machte mir Gedanken, dass er fuhr, schließlich … na, Sie wissen schon.«

Blitzschnell schaltete Katinka. »Alkohol?«

»Es ist ja stadtbekannt. Ich wette, jeder in Coburg weiß das. Er hat den Alkohol im Griff, sagt er. Braucht halt seinen Pegel. Was soll ich tun? Gerald blockt jeden

Versuch ab, ihm den Ernst der Lage klarzumachen. Er meint, zwei Flaschen Wein am Abend seien normal. Eine Art Muskelrelaxans.« Sie lachte heiser. »Sie haben auch keinen Schimmer, was das für ein Termin war, oder? War eine Sitzung anberaumt?«

»Nein.«

»Und diese Probleme im Finanzsenat … Gerald sagt mir ja nichts. Können die was damit zu tun haben?«

»Da bin ich wirklich überfragt. Aber Sie wissen ja, wie so was läuft«, versuchte Katinka es ins Blaue hinein in der Hoffnung, Tina Höchst würde nicht näher nachfragen.

»Er schlägt schon mal über die Stränge. Aber dass er eine ganze Nacht wegbleibt, ohne sich zu melden, nicht an sein Handy geht …« Tina Höchst rieb sich den Nacken. »Ich habe heute früh auf der Arbeit angerufen. Habe mich krankgemeldet.«

»Sagen Sie, kennen Sie einen gewissen Philipp Heller?«

Tina Höchst überlegte. »Nein. Sollte ich?«

»Ich dachte nur. Er ist kein Freund der Familie?«

»Unsinn. Wie kommen Sie auf den?«

»Ach, ich habe ihn gestern getroffen. Wir …«

»Gerald kennt Hinz und Kunz«, unterbrach Tina. »Er hat ein Namensgedächtnis, dass einem schwarz vor Augen werden könnte. Und ganz Coburg kennt ihn. Wir können nicht mal auf ein Bier gehen, ohne angequatscht zu werden.«

Schweigen senkte sich. Katinka nahm einen Schluck

Wasser. Sie war durch die unbeabsichtigte Hilfe ihrer Gesprächspartnerin in eine Legende gerutscht, die ihr sehr zupasskam. Doch vielleicht schickte die Polizei bald einen Beamten vorbei, der die Vermisstenanzeige aufnahm. Sie sollte möglichst zügig verschwinden.

»Sie haben wirklich ein schönes Haus.«

Tina zuckte die Achseln. »Wenn weniger Schulden drauf wären, könnte ich es besser genießen!« Sie spielte an dem Kettchen um ihren Hals.

»Das Problem kenne ich.«

»Haben Sie auch gebaut?«

»Gekauft.«

Tina winkte ab. »Das ist halb so wild. Beim *Bauen* explodieren die Kosten, das machen Sie sich vorher nicht klar. Außerdem hatte Gerald eine ganze Latte Extrawünsche. Ich habe versucht, ihn von dem Schnickschnack abzuhalten. Ich kann jeden Lichtschalter im Haus mit einem Tablet einschalten, von überall auf der Welt. Sogar den Herd bedienen. Ich mache das nie. Kochen kann ich ja, aber für wen? Für mich allein? Gerald ist so gut wie nie hier. Dann wollte er auch noch diesen Porsche haben. Als hätte es der Geländewagen nicht auch getan. Na jedenfalls: Wenn Frank nicht geholfen hätte …« Sie biss sich auf die Lippen.

»Frank Degenhard?«

»Ein zinsloses Darlehen. Das können wir auch nicht zurückzahlen. Da sind zu viele Schulden. Nachts träume ich davon, dass jemand die Hütte kauft. Nur: wer? Das Geld, das wir ausgegeben haben, kriegen wir nie mehr rein. Nicht hier in der Gegend. Wenn das Haus im Speckgürtel rund um München stünde, dann vielleicht.«

»Hat Ihr Mann eigentlich Feinde?«

»In der Politik ist keiner dein Freund. Und die, die sich als Freunde bezeichnen, sind die schlimmsten.« Argwöhnisch sah Tina Katinka an. »Allerdings müssten Sie das besser wissen als ich! Sie sind doch tief drin in dem Geschäft!«

»Aber als Ehefrau sehen Sie die Dinge von einer anderen Seite. Und dadurch viel klarer.«

»Schön wär's. Nein. Gerald hat keine Feinde. Er ist so ein Typ, der mit allen gut auskommt. Dann sind da ja noch die Jungs aus der Clique. Aus seiner Schulzeit. Frank gehört auch dazu. Die verstehen sich ausgezeichnet und treffen sich auch ab und zu. Obwohl viele weggezogen sind aus Geralds Abiturjahrgang, aber einige sind noch in Coburg und Umgebung. Doch. Gerald hat Freunde.« Nachdrücklich klopfte sie mit den Knöcheln auf die Tischplatte.

Katinka stand auf. »Danke, Frau Höchst, für das Wasser. Ich hoffe sehr, dass Ihr Mann bald auftaucht. Wahrscheinlich findet sich eine ganz natürliche Erklärung.«

10

20.6.1530, später Abend

Veronika beobachtete ihn seit einer halben Stunde. Sie hatte sich hinter den Stamm der alten Linde zurückgezogen, die die Hohe Bastei vom Burghof abschirmte. Der Doktor selbst stand neben der Kapelle, eine Hand gegen die Mauer gestützt, und starrte hinaus ins Land. Die Hitze klebte noch über der Burg, aber von Nordwesten trieb eine Wolkenwand herbei. Am Horizont zerrissen Blitze das Blauviolett des Himmels. Ein Schwarm Dohlen umflog den Bulgarenturm; kreischend vor Aufregung griffen sich die Vögel gegenseitig an, hackten aufeinander ein. Vom Gästehaus klang Lautenmusik herüber. Veronika wusste nicht, wer die Herrschaften waren, die man heute dort untergebracht hatte, aber die Arbeit in der Küche hatte kein Ende nehmen wollen, und zusammen mit Gesche hatte sie neuen Sauerteig angesetzt, da ihnen das Brot auszugehen drohte.

Sie liebte das Brotbacken, aber wann auch immer sie in der Getreidekammer Mehl holen musste, versuchte sie, die Aufgabe auf Gesche abzuwälzen. Die Säcke mit dem Roggen hexten grauenvolle Bilder in ihren Kopf. Das Lautlose war das Seltsame gewesen. Diese schwere Lautlosigkeit! Als schien der Teufel selbst hinter den schweren Säcken zu tänzeln und sie zu verhöhnen.

Der Doktor führte heute keine Selbstgespräche. Abwesenden Geistes schritt er umher, als befände er sich gar nicht mehr auf der Veste Coburg, sondern an einem fernen Ort. Heute Morgen hatte Veronika gesehen, wie er einem Boten eine lederne Mappe mitgegeben hatte. Kurz darauf war der Bote von der Burg geritten, nachdem der Schmied sein Pferd frisch beschlagen hatte. Der Doktor hatte dem Boten nachgesehen, als wolle er selbst das Pferd reiten, mit der Gerte seine Flanken peitschen, bis ans Ende der Welt. Einer Welt, die ganz anders war, als irgendwer sie sich vorstellen konnte, da war Veronika ganz sicher. Einer Welt, die es zu entdecken lohnte, wäre man nicht an diesen Ort gebunden, um überleben zu können.

Aber nun war ihre Seele ohnehin verloren. Sie wagte sich nicht zur Beichte.

Was, wenn Notburg …? Sie lag nun schon seit Tagen mit diesem schrecklichen Fieber auf ihrem Lager. Veronika wusste genau, woher die Krankheit rührte.

Könnte sie doch nur mit dem Doktor reden! Bei ihm meldeten sich beständig Gesprächspartner an. Hohe Herren suchten ihn auf. Dann bekam man ihn allzu lange nicht zu Gesicht, ganze Nächte, die Veronika auf der Bastei wartete, in den dämmrigen Schatten der Sommernacht kauernd. Umsonst. Wenn sie ihn fragen, bitten könnte … Würde *er* ihr die Beichte abnehmen?

Welche Bußübungen würde er ihr auferlegen? Würde es Verzeihung für sie geben?

Ein Windstoß fegte heran, ein mürrischer Vorbote des sich auftürmenden Wetters. Die Dohlen stießen spitze Schreie aus, zischten über die Basteimauern, legten sich quer in den Wind, wurden zurückgetrieben. Zankten. Pfeilschnell schossen sie in die Höhe und umflatterten einander voller Misstrauen. Der Doktor sah zu dem schwarzen Schwarm hoch. Die Vögel trieben ihr schauriges Spiel nun über dem Fürstenbau, sie gerieten kurz außer Sicht, um mit der Kraft der nächsten Bö zurückzukehren und sich kreischend aufeinander zu stürzen.

»Pack!«, rief der Doktor und schüttelte die Faust.

Erschrocken kroch Veronika tiefer in die Schatten.

Doktor Luther mochte die Dohlen nicht. Neulich hatte Gesche darüber gesprochen, als sie die Brotlaibe aus dem Ofen holten. »Der Doktor kann das Geschrei der Dohlen nicht ertragen! Er kann dann nicht arbeiten!« Gesche hatte geflüstert, in diesem heischenden Ton, dessen sie sich stets befleißigte, wenn sie glaubte, ein ganz besonders gut gehütetes Geheimnis zu kennen. Dabei war allen Burgbewohnern längst bekannt, wie sehr die finsteren Vögel den Gelehrten störten. Ein paar Wachen hatten in volltrunkenem Zustand bereits versucht, die Dohlen abzuschießen. Zwei, drei Kadaver waren auf der Bastei gefunden worden.

Ein paar Wachen …

Veronika graute es vor den klappernden Stiefelabsätzen der Wachleute. Wann immer sie das gefürchtete Klacken auf dem Wehrgang hörte, zog sie das Tuch enger um ihren Kopf. Niemand konnte etwas wissen. Niemand schöpfte Verdacht. Aber Notburg sprach im Fiebertraum, das berichtete des Öfteren die alte Agnes, die sich um das Mädchen kümmerte.

Die ewige Verdammnis! Die grauenvollen Schmerzen, die ihr bevorstanden! Die nie aufhörende Finsternis, die sie erwartete!

Heilige Veronika, bitte für mich beim Herrn, der mein Richter ist, dass er mich nicht der ewigen Verdammnis anheimgibt. Heilige Maria, Muttergottes, bitte für uns Sünder …

»Pack!«, schrie Doktor Luther nun lauter. »Verderbtes Dohlenpack!«

Unbeeindruckt zogen die Vögel ihre Kreise. Die Wolkenwand hatte die Veste beinahe erreicht. Die Windböen zerrten an den Sträuchern im Burghof. Sand flog auf. Das Gewand des Doktors bauschte sich.

Wenn sie Doktor Luther alles erzählte … Würde er wissen, was zu tun war? Würde er sie verdammen? Wenn das Ende der Welt wirklich nahe war, so sollte sie sich eilen, ihre Sünden zu beichten. Diese eine grauenvolle Sünde …

Aus einem plötzlichen Anflug von Siegesgewissheit heraus trat sie aus den Schatten. Leise eilten ihre Füße über den harten Lehmboden. Sie musste ihn fragen. Er war der Einzige hier, der ihr helfen könnte. Sie vertraute niemandem. Man durfte nicht zu sehr vertrauen.

Wer vertraute, ging unter. Ein Leben war schnell vernichtet. Vor allem das Leben einer Frau, die nichts galt.

Sie würde ihn ansprechen. Noch heute Nacht. Man würde ihr Gespräch nicht belauschen können, nicht jetzt, wo der Wind um die Mauern heulte. Ein Donnerschlag ließ sie kurz innehalten. Aber es gab kein Zurück. Sie musste sich Rat holen. Sie konnte nicht mehr mit dem Gift der Angst leben. Gleichgültig, was danach geschah.

Da brach der Regen los. Gewaltige Tropfen, die auf dem Boden zerplatzten, hochsprangen, Hagelkörner, groß wie Kieselsteine. Der Doktor wirbelte herum, einen Arm schützend über seinen Kopf haltend. Im Schein eines Blitzes sah Veronika, wie er eng an die Mauer der Kapelle gedrückt zur Treppe hastete, sein Gewand raffte und hinabeilte in den Burghof. Sie stand nur da, durchnässt, geschunden von den Hagelkörnern, die sich in ihren dicken Zöpfen und in ihrem alten Kleid festklammerten.

11

20.6.2017, nachmittags

»Tina Höchst steht extrem unter Anspannung.« Nachdenklich löffelte Katinka ihr Vanilleeis. Rund um das Stadtcafé tummelten sich Studenten und Sonnenanbeter in Freizeitlaune. »Es stimmt tatsächlich, sie hat ganz offen darüber gesprochen: Frank Degenhard hat den Höchsts eine Menge Geld vorgeschossen, damit die ihr Haus finanzieren konnten. Jetzt hocken sie auf einem Schuldenberg. Nichts für schlechte Nerven.«

Hardo betrachtete misstrauisch das winzige Glas mit Eiswürfeln, das der Kellner vor ihm abstellte, um es sogleich mit großer Geste einzuschenken.

»Keine Anspielungen auf irgendwas?«

»Null.«

»Wenn dir jemand Geld schuldet, lässt du diese Person bestimmt nicht umbringen, denn dann ist deine Kohle ein für alle Mal futsch. Und Versicherungen greifen nicht bei Mord.« Er trank sein Wasser leer.

»Hat meine Schwester eigentlich gemeckert, weil wir ein paar Tage später kommen?«

»Sie hofft, der Fall ist bald gelöst und wir schlagen auf.« Hardo grinste. »Meine Oma hat immer gesagt: ›Ein kurzer Besuch ist besser als ein langer Brief.‹ Ich sage: Kurze Besuche sind besser als lange.«

»Auf Besuche bei meinem Schwesterherz trifft das unter Garantie zu.« Katinka legte den Löffel weg und griff zum x-ten Mal zum Handy. »Wo, verdammt noch eins, verschanzt sich Heller?«

»Dem gehen die Haare hoch. Entweder hat er Höchst umgebracht und ist nach Argentinien abgehauen, oder er kriegt von nichts was mit und hat einfach einen langen Arbeitstag.«

»Ich frage mich, ob die Frau ein Köder war.«

»Die Affäre?« Hardos eisgraue Augen glitzerten boshaft.

»Sollen wir bei ihm vorbeischauen?« Katinka steckte das Handy weg.

»Ich bin dabei.«

Sie gingen zu Fuß. Der Weg zog sich, und die Sonne brannte mitleidlos. Hardos kahler Kopf nahm eine ungesunde Rotfärbung an. In den Gärten rechts und links der Straße herrschte tiefe Stille. Viele Rollos waren zum Schutz vor der Hitze heruntergelassen. Der Stadtteil wirkte verlassen.

»Die Hellers haben sich wirklich ein Paradies geschaffen«, sagte Katinka, als sie vor dem Haus ihres Klienten stehen blieben.

»Nur der Nachbar rückt ihnen nah auf die Pelle.« Hardo wischte mit einem seiner überdimensionalen Taschentücher über seine Glatze.

Ein schwarzes Cabriolet mit weißem Verdeck kam angefahren und hielt vor dem Nachbarhaus. Ein schlaksiger Mann stieg aus und schlenderte auf die Haustür zu. Er wirkte jugendlich, obwohl sein dunkles Haar bereits starke Zeichen von Frost trug.

Unwillkürlich wichen Katinka und Hardo in den Schatten von Hellers Hecke zurück.

Der Garten der Nachbarn war kleiner als der, der unter Sandra Hellers Händen so blühend gedieh, und wirkte im Vergleich glanzlos. Ein paar komatöse Haselnusssträucher streckten ihre trockenen Zweige über ausgedörrten Rasen. Auch das Haus strahlte nicht viel Atmosphäre aus. Die Fenster starrten vor Leere. Im Erdgeschoss stand eines offen. Ein dunkler Schlund im grauen Putz der Hauswand.

Die Tür wurde geöffnet. Ein Mann in Shorts und Poloshirt kam heraus, wich jedoch erschrocken zurück, als habe er einen anderen erwartet.

Der mit dem Frosthaar sagte etwas. Der andere hob die Hand, als wolle er sich verteidigen. Der Erste schob ihn ins Haus.

»Schau mal den Slogan an.« Hardo wies mit der Hand auf das Wagenheck.

Degenhard Immobilien. Wir erfüllen Träume.

»Ist er hier? Degenhard? Bei Hellers Nachbarn? Der Kerl mit dem melierten Haar?« Hektisch aktivierte Katinka den Webbrowser ihres Smartphones. »Donnerlittchen! Der Chef persönlich.« Sie hielt Hardo das Handy hin.

»Sieh einer an. Dann lass uns mal schauen«, schlug Hardo vor.

Sie schlenderten den Gehweg entlang, bemüht, wie zwei harmlose Spaziergänger zu wirken.

»Schickes Teil«, murmelte Katinka, als sie neben dem Wagen standen. Das Carport schirmte sie vom Haus ab. Ein verstaubter Peugeot stand darin, schuldbewusst dreinschauend, als nähme er resignierend hin, mit dem Cabrio niemals konkurrieren zu können. Kurz bedauerte sie, ihr Beetle Cabrio aufgegeben zu haben. Für das ultimative sommerliche Fahrgefühl waren diese Autos genau das Richtige. Neugierig ging sie einmal um den Wagen herum. Hardo stand im Schatten des Carports. Grübelte. Unbeweglich. Auf seine spezielle Art hatte er trotz seines massigen Körperbaus die Gabe, sich unsichtbar zu machen. Nicht das Schlechteste für einen Ermittler.

Katinka schlich sich im Schutz der Haselnussbüsche näher an das offen stehende Fenster heran.

»Gerald hat sich gemeldet, ja doch, aber ich kann doch nicht so einfach …«, nölte eine Männerstimme.

»Verfickt, jetzt halte dich ran! Ich kann so nicht weitermachen. Das weißt du!«

»Wenn du zahlst, bist du aus dem Schneider, Frank.«

»Im Moment ist es ein wenig eng.«

»Hast du nicht ein paar private Geldgeber, die dir was vorschießen können?«, fragte der erste Mann. Seine Stimme wurde von Wort zu Wort höher, als schnürte ihm etwas die Kehle ab.

»Von dir ist ja nicht gerade viel zu erwarten!« Der Zweite, offensichtlich Frank Degenhard, lachte auf.

»Wenn einer euch seit Jahren unterstützt hat, dann war ich das. *Ihr* habt *mich* gemolken. Ist an der Zeit, dass ihr mal was für mich tut.«

»Dir muss doch selbst klar sein, dass ich überprüft werde. Denkst du, ich kann irgendwo ins System und was drehen?«

»Ist mir scheißegal, wie du das Schlamassel in Ordnung bringst. Gerald jedenfalls hat mir was in die Hand versprochen, und du bist nun mal der Einzige aus unserer Clique, der direkt eingreifen kann.« Kurze Pause. »Wenn er nur will«, fügte Degenhard hinzu. Leise.

Hardo gab Katinka ein Zeichen und glitt aus dem Sichtschutz des Cabrios, um kurz darauf auf der anderen Seite des Hauses im Garten zu verschwinden.

»Und wenn du nicht mitspielst, haben wir Möglichkeiten. Da war mal was. Nicht wahr? 1989? Das war doch eine richtig harte Sache. Weihnachten. DDR«, hörte Katinka den einen sagen.

Der andere Mann stieß ein Winseln aus.

»Also, ich zähle auf dich.«

Katinka warf sich flach in den Schatten eines Busches, als wenige Sekunden später die Haustür von innen aufgerissen wurde. Der Mann mit dem Frosthaar stürmte heraus. Mit wiegenden Schritten eilte er zum Cabrio. Der Motor sprang an. Katinka blickte dem Wagen nach, der gemessenen Tempos die Straße hinunterrollte und kurz darauf außer Sicht geriet.

12

20.6.2017, abends

Sie waren ins Hotel zurückgegangen. Katinka taten die Füße weh. Die Hitze staute sich über der Stadt. Sie und Hardo sehnten sich nach einer kalten Dusche. Katinka verstand immer weniger, in was für einen Fall sie da geraten war. Während das Wasser mit vollem Druck auf ihre Schultern prasselte, hatte sie den Eindruck, dass nichts zusammenpasste. Na gut, alle möglichen Leute hatten miteinander Probleme, aber was, wenn das gar nichts zu tun hatte mit Heller und dem Erpresserbrief?

Sie stieg aus der Dusche, schlüpfte in frische Jeans und ein Shirt, rubbelte sich das kurze Haar trocken und ging ins Zimmer hinaus.

Hardo lag auf dem Bett und schlief. Sie betrachtete ihn eine Weile. Die Glatze glühte von der Sonne, aber um die Augen sah er abgespannt und fahl aus. Katinka griff nach ihrem Rucksack, fischte ihren Notizblock heraus. Dabei fiel ihr die Zeitungsbeilage, die Heller ihr zugesteckt hatte, in die Hände. Genervt stopfte sie das Blatt zurück in den Rucksack und schrieb eine kurze Nachricht. Dann verließ sie das Zimmer. Sie brauchte frische Luft.

Auf der Treppe hörte sie Frau Schwarz, die Eigentümerin, mit einer Frau diskutieren.

»Selbstverständlich verstehe ich Ihre Lage, aber für ein Doppelzimmer zur Alleinbenutzung wird immer ein Zuschlag berechnet, das ist so üblich.«

»Was üblich ist, interessiert mich nicht!«, gab die Frau zurück. »Sie haben doch sowieso nicht alle Zimmer voll, oder?«

Katinka musste grinsen. Erst gestern hatte Frau Schwarz ihr erzählt, wie schwierig mit manchen Gästen umzugehen war, vor allem seit sich herumgesprochen hatte, dass im Hotel in der Webergasse ein Mann ermordet worden war.

Als sie den Fuß der Treppe erreichte, fegte eine Frau mit einer Plastiktüte in der Hand an ihr vorbei. Grußlos.

»Was war das denn?«, fragte Katinka die Hoteleigentümerin, die frustriert am Empfang saß.

»Ach, Frau Palfy, ich habe Sie gar nicht kommen hören. Überall Erpressung. Kennen Sie das?«

»Nein, aber dass Preise gedrückt werden, ist in meinem Job leider auch traurige Wirklichkeit.«

Sie nickten einander zu. Katinka trat auf die Gasse. Sie wusste nicht, wohin. Schon wieder stand ihr der Schweiß auf der Stirn.

Eigenartig. Der Name Degenhard war im Zusammenhang mit Gerald Höchst mehrmals gefallen. Heller hatte ihn genannt. Schilling. Tina Höchst. Und dann war der geheimnisumwitterte Unternehmer bei Hellers Nachbarn aufgeschlagen … Zufall? Oder war der Erpresserbrief an Heller nur ein Witz? Womöglich ein

Arbeitskollege, der Heller eins auswischen wollte? Es gab die hirnverbranntesten Leute.

Aber was sollte Hellers Nachbar für Degenhard in Ordnung bringen? Tina Höchst hatte von einer Clique gesprochen. Kumpel eines Abiturjahrgangs, in ewiger Freundschaft verbunden. Ihr Mann und Frank Degenhard gehörten dazu. Aber den Namen Philipp Heller hatte sie gar nicht gekannt.

Welche Probleme gab es im Finanzsenat? Taten die etwas zur Sache? Und wobei hatte Gerald Frank helfen wollen? In welches System konnte Philipps Nachbar eingreifen? Spielte es eine Rolle, dass Gerald Höchst Alkoholiker war? Einer, der noch nicht auffiel, weil er Job, Führerschein und Ehefrau bisher nicht eingebüßt hatte. Katinka stand immer noch unschlüssig da. Die Wärme ging ihr auf den Geist, die Stadtgeräusche, das Flirren des Verkehrs, der Geruch nach fettigem Essen, der von irgendwo angekrochen kam und sich in Katinkas Hals festsetzte. Schaschlik vielleicht. Oder Currywurst. Bei der Hitze! Sie schauderte. Dachte an Hardo. Er konnte arbeiten bis zum Umfallen, wenn es sein musste, mit nicht mehr als drei, vier Stunden Schlaf pro Nacht. Aber irgendwann folgte immer der Absturz. Die Alte kam ihr in den Sinn, die ihr gestern in der Eisdiele eine Dosis Lebensweisheit verabreicht hatte.

Einsamkeit hat viele Gesichter.

Sie war nicht einsam, Punktum. Sie war einfach – urlaubsreif. Genau. Deswegen hätte sie Heller in die

Pilze schicken sollen, zusammen mit seinem merkwürdigen Auftrag. Was war das überhaupt für eine Art, an jemanden heranzutreten mit einem Blatt Papier, das man auf einem Bistrotisch ablegte! Anders hatte der Erpresser es im Übrigen auch nicht gemacht. Und Hardo legte jetzt wegen diesem bestussten Fall seinen dringend benötigten Urlaub auf Eis!

Schuldgefühle.

Manche wollen es nicht wahrhaben. Sie sind todeinsam. Merken es erst mal nicht. Jahrelang. Aber dann ist Schluss. Plötzlich bricht es über sie herein.

Ihr Kopf dröhnte. Was sollte da plötzlich über sie hereinbrechen? Einsamkeit ganz bestimmt nicht. Seit Jahren hatte sie das erste Mal mit Hardo zusammen frei. Er hatte Urlaub. Sie hätten zu Melissa fahren sollen, zum Teufel, dann eben mit Zug oder Bus. Berlin unsicher machen, ganz im Sinn von Summer in the City. Oder war die defekte Lichtmaschine seines alten Golfs ein Zeichen, dass es an der Zeit war, einen Fall gemeinsam zu lösen? Sie hatten schon oft kooperiert, manchmal auch gegeneinander gearbeitet. Nicht das Schlechteste.

Katinka gab sich einen Ruck. So weit kam es noch, dass sie sich von einer abgetakelten Fregatte verrücktmachen ließ.

Plötzlich bricht es über einen herein.

Katinka ging zurück ins Hotel und bat Frau Schwarz, ihr ein Taxi zu rufen.

Im Wagen versuchte sie es wieder bei Heller. Keine Antwort. Sie bat den Fahrer, vor dem Haus der Hellers zu halten, und stieg aus. Sosehr sie die hellen Juninächte liebte, sosehr bedauerte sie jetzt, von der Natur keine Deckung zu erhalten. Sie sondierte die Lage. Alles war ruhig. Zu ruhig beinahe. Sie hätte Grillpartys erwartet, die Rufe spielender Kinder. Wenigstens die Geräusche von Gartenarbeiten. Rasensprengern. Nichts.

Sie klingelte bei Hellers.

Niemand antwortete. Kurz entschlossen öffnete sie selbst das Gartentor. Umrundete das Haus. Alles lag verlassen da. Tisch und Stühle auf der Terrasse waren fein säuberlich aufgestellt. Ein einsames Windlicht stand da. Büsche und Bäume ließen vor Trockenheit die Flügel hängen. Katinka spähte durch die Glastür ins Haus. Nichts und niemand. Sie ging in den Vorgarten und setzte sich an den kleinen Tisch. Der Duft von Rosen umgab sie. Irgendwo plätscherte Wasser. Weiter weg schlug ein Fenster zu. Eine Frau rief nach einem Sascha. Dann war alles wieder still. Vor dem wolkenlosen Himmel hob sich auf dem Festungsberg die mächtige Burg ab.

Katinka spürte ein Prickeln zwischen den Schulterblättern.

Heller sollte Gerald Höchst töten. Und eben jener Gerald Höchst war Gesprächsstoff zwischen zwei Männern im Nachbarhaus gewesen. Das Prickeln verstärkte sich. Sie stand auf, rückte den Rucksack zurecht und verließ den Garten der Hellers.

Vor dem Carport des Nachbarn blieb sie stehen. Der Peugeot stand nicht mehr darin. Sie trat in den Schatten des Unterstands und setzte den Rucksack ab. Kurz darauf hatte sie gefunden, was sie suchte.

13

20.6.2017, abends

Katinka verschaffte sich Zugang durch die Kellertür. Sie stand in einem leeren Raum, der wahrscheinlich als Waschküche gedacht war, zumindest wenn man die Anzahl an Wasseranschlüssen betrachtete. Allerdings gab es schlicht nichts in diesem Raum. Keine Waschmaschine, keine Wäscheleine, kein Möbelstück. Aus dem Abfluss im Boden drang muffiger Geruch. Katinka tappte leise weiter. Vom Korridor ging ein weiterer Raum ab, hinter dessen angelehnter Tür sie Skier, Tennisschläger und allerhand anderen Sportkram erkennen konnte. Alle Nerven zum Zerreißen gespannt, stieg sie die Treppen hinauf. Die Tür zur

Diele war nur angelehnt. Im Lichtstrahl, der auf die Kellertreppe fiel, tanzte der Staub. Sie blieb stehen und lauschte. Wieder meldete sich das Prickeln im Rücken.

Sie gab sich einen Ruck. Los!

Schnell stieß sie die Tür auf und trat in die Diele. Das Erdgeschoss hatte sie schnell durchgecheckt. Küche, Esszimmer und Wohnzimmer hockten hinter schmutzigen Fenstern und badeten in stickiger Luft. Leblos, selten benutzt. Katinka stieg die Treppe ins Obergeschoss hinauf. Das Schlafzimmer schien im Nachhinein vergrößert worden zu sein und ging in ein luftiges, mit Bücherregalen vollgestelltes Zimmer über, in dem ein überdimensionierter Fernseher thronte. Das Megaset für alle Schlaflosen, dachte Katinka sarkastisch. Eine Stereoanlage leistete der TV-Hightech Gesellschaft. Der klobige Laptop, der aufgeklappt leise summend auf dem Sofa lag, wirkte dagegen steinzeitlich. Behutsam berührte Katinka das Touchpad. Der Desktop öffnete sich. Sie klickte ein wenig herum. Hauptsächlich fand sie Fotos von Bäumen zu allen möglichen Jahreszeiten, auch exotische Pflanzen und Büsche.

Baumfotografie als Hobby – warum nicht. Es passte nur nicht zu diesem müden, inspirationslosen Haus. Drüben bei den Hellers wäre ihr ein derartiger Zeitvertreib völlig normal vorgekommen. Sie warf einen kurzen Blick durch das Fenster. An Hellers Teich erfrischten sich ein paar Dohlen.

Sie wandte sich den Regalen zu. Bücher über Fotografie, psychologische Ratgeber, ein dicker Band mit dem pessimistischen Titel »Neurosen, Schuldbewusstsein und Angst«, historische Romane, außerdem etliche Bände über die Geschichte der DDR.

Das war doch eine richtig harte Sache. Weihnachten. DDR.

Frank Degenhards überhebliche Stimme …

Katinka schritt an den Regalen entlang. Ordner über Ordner, vollgestopft mit Papieren und Zeitungsausschnitten. Auf einem Bord lag Post an Manuel Schirrer. Wenigstens kannte sie jetzt den Namen des hier wohnhaften Zeitgenossen! Sie fand eine Mappe mit Steuerunterlagen. Der Knabe verdiente nicht schlecht. Warum also konnte er Degenhard nicht unter die Arme greifen? Andererseits schien es Katinka immer eigenartiger, dass ein Unternehmer vom Kaliber Degenhards seine Freunde aus Schulzeiten anpumpen musste.

Du bist nun mal der Einzige aus der Clique, der direkt eingreifen kann.

Falls es um Geld geht.

Der Gedanke schoss ihr ungebeten durch den Kopf. Hatte Schirrer Degenhard nicht gefragt, ob er ein paar private Geldgeber habe?

Also doch Geld.

Es drehte sich immer ums Geld. Was hatte Hardo neulich festgestellt? Geld fungierte als Machtmittel oder als Liebesersatz.

Manche wollen nicht wahrhaben, wie einsam sie sind.

Verdammt!

Beinahe wütend machte sich Katinka über die Ordner her. Aus den Beschriftungen wurde sie nicht schlau, Schirrer schien sich ein bizarres Ziffernsystem ausgedacht zu haben. In den gesammelten Zeitungsausschnitten ging es ausnahmslos um die DDR-Vergangenheit. Um IMs, die Stasi und die Aufarbeitung des Unrechtsregimes. Ein Ordner enthielt rein sachliche Hintergrundinformationen über die Geschichte der DDR und den Aufbau der Stasi, in einem anderen befanden sich gesammelte Berichte von Stasi-Opfern. Es gab Interviews mit Leuten, die feststellen mussten, jahrelang vom besten Freund oder dem eigenen Ehemann bespitzelt worden zu sein. Katinka blätterte sich durch Konvolute, in denen Psychologen ihre Meinung zu den Spätfolgen von Stasihaft und ständigem Misstrauen im engsten Umfeld abgaben. Katinka blätterte, las, fraß sich fest. Als ihr Handy klingelte, riss es sie aus einem Zeugenbericht aus dem Stasigefängnis Hohenschönhausen.

»Hardo!«, rief sie in den Apparat, erschrocken, wie laut ihre Stimme in dem leeren Haus klang.

»Du hast dich absentiert«, stellte er lapidar fest.

»Ich bin in Hellers Nachbarhaus. Manuel Schirrer heißt der Bewohner.«

»Der heute die Auseinandersetzung mit Degenhard hatte?«

»Genau.«

»Ich will nichts wissen.«

Katinka grinste in sich hinein. Hardo war Beamter und als solcher illegalen Aktionen wie der, ein fremdes Haus zu durchstöbern, nicht gewogen.

»Über Degenhards Probleme oder Gerald Höchst konnte ich noch nichts finden. Aber dieser Schirrer hat ein ganzes Archiv zur DDR-Diktatur zusammengestellt. Er scheint von dem Thema regelrecht besessen.«

»Ist er selbst ein Opfer? Oder Täter.«

Katinka dachte nach. »Ich hätte auf Opfer getippt. Aber dazu weiß ich noch zu wenig.«

»Hast du Heller erreicht?«

Katinka lugte aus dem Fenster zum Nachbargrundstück hinüber. »Negativ. Man hat einen prima Blick von hier zu den Hellers. Das Haus ist nach wie vor verlassen.«

»Sieh zu, dass du Land gewinnst. Ich habe Urlaub und möchte mit der Frau meiner Träume ein Bier trinken.«

Eine innigere Liebeserklärung würde man von Hardo nicht bekommen. Katinka lächelte. »In Ordnung. See you later, alligator.«

»After a while, crocodile.«

Sie legte auf und räumte die Ordner, die sie bereits durchgesehen hatte, zurück. Ihr Blick fiel auf eine Ablage mit zwei dünnen, abgegriffenen Heftern. Neugierig langte sie nach dem obersten.

Sören Brandt. Geboren in Lauscha, Thüringen, 1964. Physiotherapeut.

Im Neuen Forum aktiv.

25. Geburtstag. Feier!!!

Geschieden, ein Sohn, Niko.

Es folgten weitere Informationen zu Sören Brandt. Katinka überflog sie gelangweilt. Eine Menge Daten zu Arbeitsstellen und Bekanntschaften. Das alles war handschriftlich notiert und anscheinend über einen längeren Zeitraum zusammengetragen worden, denn Kugelschreiberqualität und Papier variierten.

Katinka schnappte sich den zweiten Hefter.

Ingrid Naumann. Geboren in Lauscha, Thüringen, 1964. Physiotherapeutin.

Der Rest des Blattes war leer. Katinka blätterte weiter. Eine Todesanzeige.

Ingrid Naumann. 16.4.1964 – 30.12.1989

Katinka wollte gerade die anderen Papiere in dem Hefter durchsehen, als Motorenbrummen sie hochfahren ließ.

Ein Wagen fuhr die Straße entlang und hielt vor Schirrers Haus.

Katinka sprang auf, schob sämtliche Unterlagen zurück an Ort und Stelle. Ein Hefter rutschte ihr aus der Hand und verstreute seinen Inhalt auf dem Boden. Der Motor wurde abgestellt.

»Fuck!« Sie bückte sich. Eine Autotür schlug zu. Mit fliegendem Atem schob sie die Papiere zusammen und warf den Hefter auf die Ablage. Schnappte sich ihren Rucksack und rannte die Treppe hinunter. Jemand schob von außen einen Schlüssel ins Schloss. In dem

Moment, als die Tür aufgestoßen wurde, glitt Katinka durch die Kellertür auf die Treppe. Zu spät, um die Tür noch hinter sich zuziehen zu können. Als die Haustür leise ins Schloss fiel, blieb sie stocksteif stehen. Ihr Herz raste. Mit schweißnasser Hand hielt sie den Rucksackriemen umklammert.

Ein Schlüsselbund wurde leise klirrend auf einem Tisch abgelegt. Dann gab jemand ein paar mürrische Laute von sich und schlug die Kellertür zu.

Katinka stand im Dunkeln. Sie horchte auf die Schritte über ihr. Ein langsames, schleppendes Hin und Her. Endlich wagte sie sich in die Waschküche. Dort wartete sie, bis sie im Haus ein Telefon klingeln hörte. Entschlossen stieß sie die Tür auf und entließ sich selbst in den immer noch sonnenhellen Sommerabend.

14

20.6.2017, später Abend

Sie saßen im »Goldenen Kreuz«. Es war pures Glück, dass sie einen Tisch ergattert hatten. Das herrliche Wetter veranlasste anscheinend die halbe Stadt, durch das Coburger Zentrum zu flanieren und sich, wo immer möglich, auf ein Eis, ein Bier oder ein Glas Wein niederzulassen.

»Dieser Manuel Schirrer ist geradezu besessen von zwei Leuten: Ingrid Naumann, 1989 gestorben. Und Sören Brandt. Beide aus Lauscha. Hardo, ich habe stapelweise Material gesichtet, aber das waren ganz allgemeine Informationen über die DDR und die Untaten des Regimes. Da ging es nicht um Einzelschicksale. Nur über diese beiden Leute hat er gesondert Informationen gesammelt.« Katinka nahm einen großen Schluck vom Kreuztrunk, der Bierspezialität des Hauses. Nach dem gelungenen Abgang bei Schirrer glühte sie vor Überschwang. Die Euphorie dämpfte die Schuldgefühle. Hardos Urlaub war gerettet. Immerhin saßen sie doch gerade bei einem Bier. »Außerdem hat Degenhard in dem Streitgespräch mit Schirrer die DDR erwähnt. Es ginge um eine richtig harte Sache in der DDR. Weihnachten 1989.«

»Das war damals die erste Möglichkeit für Bundesbürger, ohne Visum in die DDR zu fahren. Ein Pass genügte.«

»Warst du dort?«

»Natürlich. Es war interessant. Endlich konnte man selbst mal einen Blick wagen in die Zone. Ich hatte nie Verwandte im Osten, deshalb hat mich zuvor nichts hingetrieben. Die Tristesse damals im Winter hat mich allerdings umgehauen. Braunkohlegestank, die verwahrlosten Innenstädte, die enorme Umweltverschmutzung. Das alles konnte einen nicht kaltlassen.«

Katinka rieb sich die Stirn. »Wir wissen einfach zu wenig. Diese Männerfreundschaft zwischen Höchst, Degenhard und Schirrer – was hat die mit unserem Fall zu tun? Heller gehört nicht zu der Truppe. Tina Höchst kannte seinen Namen nicht einmal!« Sie griff zum Telefon. »Ich rufe sie an: Vielleicht ist ihr Göttergatte ja wieder aus der Versenkung aufgetaucht.«

Sie wählte Tina Höchsts Nummer.

»Noch mal Katinka Palfy vom Finanzsenat. Sie wissen schon. Ist Ihr Mann wieder zu Hause?«

»Nein. Allmählich werde ich verrückt. Bei der Polizei helfen sie mir auch nicht weiter. Er ist ein erwachsener Mann und hat damit die Erlaubnis, einfach so zu verschwinden. Das legt man mir nahe. Ganz schön unverschämt.«

»Das tut mir leid.« Während Katinka noch rätselte, was sie sonst sagen könnte, klopfte ein weiterer Anrufer an. Sie checkte das Display. Heller! »Ich melde mich wieder bei Ihnen, Frau Höchst!«

Rasch nahm sie das andere Gespräch an.

»Hallo, Frau Palfy! Sie machen mir ja ganz schön die Hölle heiß. Wie oft haben Sie eigentlich mein Handy angerufen? Wir hatten auf der Landesausstellung heute einen Studientag für Schüler. Ich bin eben erst heimgekommen.«

»Gerald Höchst ist verschwunden!«

»Er ist was?«

»Verschwunden, abgetaucht, hat sich in nichts aufgelöst.«

Heller schwieg eine Weile.

»Herr Heller, sind Sie noch dran?«

»Ja. Ich bin völlig geschafft von diesem Tag. Ich habe gefühlte 20 Schulklassen durch die Ausstellung geführt. Was bedeutet das, ›Höchst ist verschwunden‹?«

»Er könnte tot sein!«, fuhr Katinka auf. Wie minderbemittelt konnte sich ein erwachsener Mann anstellen?

Hardo rollte mit den Augen.

»Wieso sollte er, ich habe nichts gemacht!«

»Na, da freue ich mich aber«, erwiderte Katinka spitz. »Außerdem brauche ich von Ihnen die Adresse dieser Dame, mit der Sie eine Nacht verbracht haben.«

»Muss das sein?«

»Ich will sichergehen, dass sie kein Köder ist.«

»Aber Lara …«

»Wie lautet ihr richtiger Name?«

»Ich weiß es nicht. Ich habe nur eine E-Mail-Adresse.«

Katinka fluchte leise, während sie die Adresse notierte. »Sehen Sie zu, dass Sie erreichbar sind. Ich melde mich.« Zornig legte sie das Handy auf den Tisch. »Dem Knaben ist der Ernst der Lage nicht bewusst.«

»Sein Name ist Hase, er weiß von nichts, stimmt's?«, bemerkte Hardo.

»Noch schlimmer: Er hat keine Ahnung, dass er in der Scheiße steckt. Wohin soll das führen? Von der Tusse, die er über diese Webseite kennengelernt hat, besitzt er nur eine Mailadresse. Die dürfte die Lady längst wieder gelöscht haben.«

»Könnte ja trotzdem sein, dass Höchst aus anderen Gründen nicht nach Hause kommt. Manche Paare führen eine prekäre Beziehung.« Er beugte sich vor. »Außerdem: Glaubst du, dass der Erpresser noch einen anderen Killer auf Höchst angesetzt hat?«

»Wenn er die Sache professionell erledigt haben will, dann ist Heller sicher nicht die erste Wahl. So irre das klingt. Ich hätte einen Experten gesucht. Der würde natürlich eine Stange Geld kosten. Aber was mir mehr Kopfzerbrechen macht, ist, dass wir nichts über diese Männerclique oder Philipp Heller wissen. Nichts über Sören Brandt und Ingrid Naumann. Vorstrafen, vorherige Anzeigen, irgendwas. Das wären Fakten, mit denen wir was anfangen könnten.« Sie kramte in ihrem Rucksack. »Irgendwo habe ich Kianas Nummer. Hier.«

»Überlege dir das gut!«

Plötzlicher Unmut kochte in Katinka hoch. »Hardo, ich habe jetzt keine andere Möglichkeit. Und dass du in Bamberg einen Kollegen anzapfst, ist auch wenig wahrscheinlich, habe ich recht? Blöderweise ist Sabine immer noch auf Lehrgang, sonst hätte ich sie längst um Hilfe gebeten.« Sie spielte auf Polizeiobermeisterin Sabine Kerschensteiner an, Hardos rechte Hand und ihre gute Freundin, die in Fällen, in denen unkompliziert Informationen weitergereicht werden sollten oder andere »Amtshilfe« vonnöten war, eine echte Stütze darstellte.

»Sabine können wir blind vertrauen. Kiana kennen wir nicht. Und sie ist Schillings Mitarbeiterin.«

»Misstraust du deinem Kollegen?«

»Darum geht's doch nicht.«

Worum geht's dann?, hätte sie am liebsten zurückgeschossen. Aber wo sollte ein Streit hinführen? Nur zu mehr Gewissensbissen.

Manche wollen nicht wahrhaben, wie einsam sie sind.

Gereizt griff sie nach dem Bierkrug, aber der war leer. Wortlos gab Hardo der Kellnerin ein Zeichen. Kurz darauf standen zwei neue Krüge auf dem Tisch.

»Das ist der Schlaftrunk für heute«, befand Katinka. »Kiana kann bis morgen warten.«

15

21.6.2017, morgens

Katinka hatte schlecht geschlafen. In ihrem Kopf tanzten die Gedanken, lose Enden, die sich wie Vipern wanden und ein schier undurchdringliches Geflecht an Fragen und neuen Gedanken knüpften. Jetzt saß sie beim Frühstück, während Hardo seine gewohnte Joggingrunde lief. Normalerweise hätte sie sich ihm angeschlossen, aber sie fühlte sich wie zerschlagen und unfähig, einen Fuß vor den anderen zu setzen. Kraftlos setzte sie eine Mail an Lara ab. Die Antwort kam postwendend.

Receiver unknown.

War ja zu erwarten. Zu dumm, dass Heller das Hotelzimmer für das Techtelmechtel auf seinen Namen angemietet hatte. So schien es fast unmöglich, die Frau noch aufzutreiben. Es sei denn, jemand im Hotel konnte sich erinnern ... Unwahrscheinlich.

Sich die Hände an einem großen Pott Kaffee wärmend, grübelte Katinka weiter, ohne Frau Schwarz zu bemerken, die minütlich das Frühstücksbüffet auffüllte, obwohl außer Katinka nur die unhöfliche Frau von gestern im Raum saß und ebenso wenig Appetit zu verspüren schien wie Katinka.

Wenn sie nur einen klaren Überblick über die Dinge bekäme. Alles schien diffus und unzusammenhängend.

Wenn Höchst nicht bald wieder auftauchte, musste sie Schilling einweihen. Doch von den anderen Figuren in diesem Fall schien keiner wirklich verdächtig, Höchst beseitigen zu wollen. Schon gar nicht ein Mann, dem Höchst Geld schuldete. Degenhard pumpte hohe Summen in soziale Projekte. Als Bauunternehmer wurde er von der Stadt hofiert. Zudem versorgte er seine Freunde mit Geld, damit die sich extravagante Eigenheime bauen konnten. Andererseits hatte er nun selbst ein Finanzproblem und hoffte darauf, von seinen alten Kumpels am Schopf aus dem Sumpf gezogen zu werden. Wie ging das zusammen?

»Nicht der Weisheit letzter Schluss, dieses sogenannte *Büffet*, nicht wahr?«

Verwirrt sah Katinka von ihrer Kaffeetasse auf. »Wie bitte?«

»Na, da könnte schon mehr los sein«, bemerkte die andere Frau. »Die paar Früchte und Cornflakes – ich hätte gern ein anständiges Frischkornmüsli.«

»Ich halte es eher mit Eiern und Speck.« Katinka stand auf und bediente sich an der Warmhalteplatte.

»Tatsächlich.« Etwas Kleinlautes machte sich in der Stimme der Frau bemerkbar. »Mein Mann ist auch eher fürs Deftige am Morgen.«

»Ihr Mann?«

Sie nickte. Eine leichte Röte strich ihr über die Wangen. »Es ist, wonach es aussieht.«

»Wie bitte?«

»Wir führen den Urlaub getrennt fort.«

»Oha.« Katinka schaufelte noch mehr Rührei auf den schon übervollen Teller. Es kam immer wieder vor. Wildfremde Leute beichteten Katinka ihr Leben. Die bitteren Fehler, die falschen Entscheidungen, die zerrütteten Ehen. Sie fragte sich, wie es kam, dass Menschen ein Vertrauen zu ihr empfanden, das sie für sich selbst nicht unbedingt aufbrachte.

»Er liebt Wohnmobilurlaub. Tja. Und ich kann diese Blechbüchse nicht mehr ertragen. Deswegen bin ich ins Hotel. Einmal was für mich tun. Auch wenn es nicht das ›Metropol‹ ist.«

»Verstehe.« Katinka kehrte zu ihrem Tisch zurück.

»Ein besseres Haus kann ich mir nicht leisten. Das war ein Grund für das Wohnmobil. Kosten sparen. Spontan sein. Nichts vorbuchen. Aber in dieser betagten Konservendose funktioniert nichts, wie es soll.« Sie seufzte laut. »Mein Mann ist Historiker. Wir sind wegen der Landesausstellung hier. Mich interessiert das auch. Geschichte hat etwas Faszinierendes. Finden Sie nicht auch?«

»Ich habe mir die Ausstellung schon angesehen.«

»Wissen Sie, wie mir das vorkommt? 1500 und heute – dazwischen liegen zwar 500 Jahre, aber rein mental sind wir den Urahnen der damaligen Zeit nahe. Diese Ängste, diese beständigen Ängste … Haben Sie diesen Text gelesen, der extra für die Ausstellung ediert wurde?«

Katinka nickte unbestimmt. Sie konnte sich nicht erinnern.

»Eine Frau schreibt darin über drei Morde, die moralisch gesehen gar keine sind. Heute würde man sie Notwehr nennen oder was weiß ich, juristisch kenne ich mich nicht aus. Drei Morde, die in jenem Sommer auf der Veste Coburg begangen wurden, als Martin Luther dort lebte. Diese Frau muss so was von einsam gewesen sein mit dem Wissen um drei tote Menschen.«

Einsamkeit hat viele Gesichter.

Der Satz der Alten vom Marktplatz fiel Katinka wie aus dem Nichts an. Sie musste endlich die Zeitungsbeilage lesen, die Heller ihr gegeben hatte. Sie stieß die Gabel in ihr Ei.

»Mich faszinieren diese Übergangszeiten. Reformation, das sollte ja eigentlich zurückführen zu einem ursprünglicheren Glauben. Re-Formation, Sie verstehen? Stattdessen wuchs daraus die Zukunft. Da sieht man mal, Geschichte ist nicht planbar, wie? Schon verrückt, wenn man die Epochen vergleicht. Ich meine, allein diese ganze Informationsflut heutzutage. Das war doch damals genauso! Mit dem Buchdruck, den beweglichen Lettern … dem Schreiben und Lesen kam mit einem Mal eine ganz neue Bedeutung zu. Es veränderte die Welt! Mehr als all die Kriege und Religionen!« Die Frau geriet ins Schwärmen. »Und Luther, wissen Sie, was der auf der Veste weggeschafft hat? 25 Psalmen übersetzt, den Sendbrief vom Dolmetschen geschrieben, 120 Briefe in 172 Tagen … Heutzutage würde der Mann in allen sozialen Netzwerken unterwegs sein. Der wäre 24 Stunden am Tag online.«

Katinka lächelte. So hatte sie das noch nicht gesehen.

»Haben Sie das auch gelesen, wie ihn die Dohlen gestört haben, die beständig über der Veste kreisten und ihre Schreie ausstießen? Der arme Kerl! Es muss furchtbar für ihn gewesen sein: zu wissen, dass sein Fall in Augsburg behandelt wurde, er aber nicht dabei sein konnte. Auf Boten und Briefe warten zu müssen. Aber entschuldigen Sie bitte, ich habe mich noch nicht vorgestellt. Ich bin Evi Werner.«

»Katinka Palfy.«

»Angenehm. Sind Sie auch Historikerin?«

»Ja. Und Archäologin.« Katinka beschloss, dass ihr aktueller Beruf die Frau nichts anging.

»Wie interessant! Woran arbeiten Sie derzeit?«

»An einem Vermisstenfall.«

Evi Werner blieb der Mund offen stehen. »Sie …«

»In den Falten der Geschichte gehen etliche Menschen verloren. Allerdings handelt es sich um die jüngere Historie. DDR.«

»Ach … sehen Sie, Karl, mein Mann, der hat sich damit auch befasst, aber wir sind dann doch beide zurückgekehrt zum Mittelalter und zur frühen Neuzeit. Mich begeistert einfach, wie die Weltanschauung um 1500 auf den Kopf gestellt wurde. Nichts galt mehr, was vorher so unverrückbar schien. Denken Sie mal: Den Menschen ging auf, dass die Kirche nicht recht hatte. Da bestanden keine ewigen Wahrheiten mehr. Die Erde war keine Scheibe. Sie war eine Kugel. Man konnte sie umsegeln! Und wenn die Kirche sich bei Sonne, Mond und Sternen täuschte, trafen vielleicht auch die Prophezeiungen von Sündenstrafe und Verdammnis nicht zu. Mal abgesehen davon, dass die Sitten des Klerus völlig verrottet waren. In der Ausstellung wird das schön gezeigt. Luther hat das ja auch erkannt: Die Kirche hat den Menschen nur noch Lasten auferlegt. Außer Strafe und Buße gab es nichts.«

Katinka brummte etwas, von dem sie hoffte, dass es nach Zustimmung klang.

»Wegen der Ausstellung sind Karl und ich überhaupt nach Coburg gefahren. Jetzt wollten wir eigentlich weiter nach Süden.«

»Ist doch prima, wenn Sie so starke gemeinsame Interessen haben.« Katinka kratzte das letzte Speckstück von ihrem Teller.

Evi Werner wirkte plötzlich schlaff und resigniert. »Ja, möglich. Wenn nur diese Blechdose von einem Camper nicht ihre Tücken hätte. Die Toilette funktioniert schon seit vorgestern nicht. Hätten wir wenigstens an einem Campingplatz gehalten! Karl versteht nicht, dass es für eine Frau eine Schikane ist, sich nachts an irgendeinem Parkplatz einen stillen Ort suchen zu müssen. In Dunkelheit und Schwärze! Da brauchen Sie eine Taschenlampe, um der Hundekacke auszuweichen. Ganz zu schweigen von dem Risiko, plötzlich über jemanden zu stolpern.«

»Über jemanden zu stolpern?«

»Ein Liebespaar oder was weiß ich. Aber vorgestern, das war wirklich das Letzte. Ich hatte Todesangst.« Theatralisch fuhr Evi Werner sich durchs Haar.

»Was war da?«

»Zwei Männer stritten. Ich hatte mich im Dunkeln durchs Gebüsch gewagt. Der Parkplatz liegt ja wirklich schön, Karl war so angetan vom Ausblick auf die Veste. Aber wir waren die Einzigen, nur zwei Wagen standen noch da. Und dann … Dann hockte ich mich hinter einen Busch. Demütigend! Und was hörte ich? Zwei Männer! Ganz in der Nähe! Einer sagte zum anderen, dass ihn jemand umbringen wollte. Der andere, der hatte schon einen im Kahn, fand das irgendwie witzig. Stellen Sie sich mal vor, jemand knallt Ihnen vor den Latz, dass einer Sie abmurksen will!«

Katinkas Nacken wurde steif.

»Der Betrunkene wiegelte ab, er sei Politiker, und denen würde sowieso allerhand zustoßen bei all der Feindseligkeit draußen in der Welt.«

»Wo war das genau?«

»Auf dem offiziellen Besucherparkplatz der Veste. Ein bisschen erhöht, auf dem Berg, der noch höher liegt als der Festungsberg. Daneben befindet sich ein kleiner Flugplatz.«

»Und dann?«

»Dann hatte der Erste, also der, der den anderen warnen wollte, die Nase voll. Er hatte wohl gehofft, ihm würde so etwas wie Dankbarkeit entgegengebracht. Jedenfalls ist er gegangen. Der mit den Unkenrufen.«

»Und der andere ist geblieben?« Katinka bemühte sich nach Kräften, sich ihre Aufregung nicht anmerken zu lassen.

Evi Werner schien es zu genießen, ihre Erlebnisse bei jemandem abladen zu können; Katinkas Interesse beflügelte sie nachgerade. »Von dem habe ich nichts mehr gehört. Ich nichts wie zum Camper zurück, auf Zehenspitzen, das können Sie mir glauben! Eines der beiden Autos, die da vorher noch standen, war weg. Und der Porsche Cayenne, dieser Angeberschlitten, der stand noch da.«

Katinka stand auf. »Ganz schön abenteuerlich. Ich muss los! War nett.«

16

21.6.1530, früher Abend

Gesche brachte Milch. Fröhlich stellte sie die Kannen auf den Küchentisch.

»So viel?« Erfreut goss Veronika zwei Schalen voll.

Die beiden jungen Frauen waren allein. Niemand würde ihnen die Beute streitig machen. Um diese späte Stunde lag die Wirtschaftsküche verlassen. Von irgendwoher drang Zugluft herein, und wenn sie ganz aufmerksam war, konnte Veronika das Rauschen des Regens hören.

Gesche trank gierig. Ein paar Tropfen besprenkelten ihr Kleid.

»Das Wetter wird nicht besser«, bemerkte sie. »Es regnet immer noch. Und dabei ist es viel zu schwül …« Sie streifte das Tuch von ihrem braunen Haar. Sogar verschwitzt sah Gesche wunderschön aus. Ihr hellhäutiges Gesicht, die zarten Lippen, die haselnussbraunen Augen. Veronika ertappte sich dabei, wie sie neidisch wurde. Aber wozu hätte ihr Schönheit schon genützt! Die ewige Verdammnis drohte ihr, da wäre es nur recht, sich mit Schmutz und Asche zu beschmieren.

Sie musste beichten. Doch die Furcht vor dem, was der Priester ihr sagen würde, schnürte ihr die Luft ab. Diese Furcht war noch schlimmer als das Grauen vor den bösen Geistern der Nacht.

Gesche stellte die Schale ab. »Ich habe Doktor Luther gesehen.«

Veronika spürte die feinen Nadelstiche im Bauch. Dieses gemeine Ziehen, das dazu führte, dass sie sich noch schwächer, noch gedemütigter fühlte.

»Er hat mit Notburg gebetet.«

»Mit – Notburg?«

»Es geht ihr besser, weißt du.«

Veronika verschluckte sich an der Milch.

»Na, na, Veronika, das Fieber wird schon nicht gleich auf dich übergehen!« Gesche lächelte. Ihre weißen Zähne funkelten. Ihre Augen sprühten vor Spott.

»Davor habe ich keine Furcht!« Zorn stieg in Veronika hoch. Gesche nahm hin, was geschehen war. Was sie getan hatten. Das Schlimmste hatte Veronika getan, aber traf Gesche nicht auch Schuld? Oder hatten sie beide richtig gehandelt? Bei Gott, Notburg war doch ein Kind, vielleicht zehn, elf Jahre alt!

Veronika rief ihre Gedanken zur Ordnung.

»Hast du sie auch besucht?«

»Nein, die alte Agnes lässt mich nicht zu ihr. Aber ich versuche es später, in der Nacht. Sie freut sich bestimmt über eine Leckerei aus der Küche, jetzt, da ihre Kräfte zurückkommen, meinst du nicht auch?«

»Ganz bestimmt.«

Veronika sah durstig auf die Kannen.

»Komm, trink doch!« Gesche hatte ihren Blick bemerkt. »Ich besorge nachher noch mehr für Notburg.«

Die Bilder wirbelten in Veronikas Kopf. Wie sie zur Getreidekammer gelaufen war, in Eile, es wurden Gäste erwartet, das Brot sollte schnell fertig sein. Wie sie draußen stehen geblieben war, weil sie Geräusche hörte. Schreckliche Töne, wie das Winseln eines gemarterten Tieres in einer Falle! Wie sie um die Ecke gelugt, einen Mann gesehen hatte, nackt von den Hüften bis zu den

Waden. Und Notburg, die kleine Notburg! Besudelt mit Blut, das ihr in Rinnsalen an den Schenkeln herabrann.

»Hier.« Gesche schob ihr die gefüllte Schale hin. »Wird auch Zeit, dass wir uns mal wieder was gönnen. Natürlich sollte es eher ein Gläschen Wein sein, aber davon ist im Augenblick nicht leicht etwas abzuzweigen.« Sie lachte frech. Wie eine diebische Elster verstand Gesche sich darauf, im Geheimen Essen und Trinken zu besorgen. Sie schmeichelte gern. Deshalb fand sich oft etwas von dem, was für die Gäste vorgesehen war, in Gesches Schürzentasche oder in ihren Körben.

Schwindel ergriff Veronika. Was habe ich getan? Sie schloss die Augen. Vielleicht verschwänden die Bilder, wenn sie sich gut zuredete. Wenn sie so weitermachte, als sei nie etwas geschehen. Als litte Notburg nur an einem Fieber.

»Ist was?«, fragte Gesche.

»Nein. Ich habe nur an Notburg gedacht.«

Gesche nickte. »Armes Kleines. Ich mag sie sehr.«

»Ich auch.«

Der Vater hatte Notburg auf der Veste abgegeben, als ihre Mutter gestorben war. Zu viele hungrige Mäuler seien zu stopfen, und Notburg als die Zweitälteste sollte in der Lage sein, für sich selbst zu sorgen, während ihre große Schwester sich daheim um die Kleinen kümmern musste. Im Januar war das gewesen, kurz nach Neujahr. Notburg war barfuß durch die Burg gelaufen, hatte immer gefroren, nur mit einem dünnen Kleid am Leib. Bis Gesche für sie Anziehsachen aufgetrieben hatte. Gesche umsorgte alle. So war sie. Und dieses eine Mal, da hatte sie auch einfach zugepackt, erledigt, was erledigt werden musste.

Was soll ich machen?, dachte Veronika müde, während sie Gesche zusah, die ein paar Scheiben Brot aus ihrer Schürze kramte. Ich habe etwas Schlimmes getan. Das Schlimmste, das ein Mensch tun kann. Ich bin verloren. Verdammt in alle Ewigkeit.

»Hier, nun nimm schon ein Stück Brot!« Gesche tunkte ihres bereits in die Milch. »Der Doktor übersetzt die Psalmen. Wusstest du das?«

»Seit wann …«, begann Veronika. Biss sich auf die Lippen.

»Seit wann ich dem Doktor auf den Fersen bin? Ich höre eben gut zu, wenn andere reden.«

»Das ist nichts für uns. Was wissen wir schon davon«, wiegelte Veronika ab.

»Verstell dich nicht, meine Liebe. Ich weiß, dass du dich jeden Abend davonstiehlst, aus unserer Kammer. Wo gehst du wohl hin?« Sie lachte hell.

Veronika stützte den Kopf in die Hände. »Ich …«

»Du findest den Doktor aufregend. Wie alle hier übrigens. Man sagt, er kann von Glück reden, auf der Veste aufgenommen worden zu sein. Er konnte ja nicht weiterreisen! Sie hätten ihn festgenommen oder noch Schlimmeres. Man sagt, sie verhandeln seinen Fall. Fast jeden Tag kommt ein Bote mit Briefen. Und Doktor Luther selbst schreibt wie ein Verrückter.«

Also hatte Gesche auch ein waches Auge auf ihn!

Veronikas Freundin war genauso angetan von der schillernden Gestalt dieses gelehrten Mannes, von seiner Ausstrahlung, der Wärme, die ihn umgab, wie ein Leuchten …

Einen kurzen Augenblick war es ganz still in der Küche, dann brach Gesche in lautes Lachen aus. »Du glaubst tatsächlich, du bist die Einzige, die ihn belauert?«

»Ich belauere ihn nicht.«

Wieder ein lautes, glucksendes Lachen.

»Meine liebe Veronika, du wirst rot.«

Veronika senkte den Kopf. Wie war Gesche nur imstande zu solchem Gerede, nach all dem Grausamen, das sich zugetragen hatte!

»Na, komm schon, ist doch nicht schlimm!«

Veronika ahnte, was in Gesche vorging. Sie dachte immer nur in eine Richtung. Die eine Richtung, in die alle Frauen hier dachten. Oberflächliche Gedanken. Nicht das, was Veronika beschäftigte. Ihr ging ständig durch den Kopf, wie der Doktor um die Worte rang. Wie er Worte ausprobierte, wenn er auf der Bastei umherging, ruhelos, getrieben.

»Er sagt, unsere Veste wäre der ideale Ort, um zu studieren«, unterbrach Gesche Veronikas Grübeleien.

Stiefel auf Stein. Veronika sah auf. Ihr Herz raste. Die Handflächen wurden ihr feucht. Das Geräusch kam rasch näher. Erstaunt blickte Gesche Veronika an. Steckte das übrige Brot wieder in die Schürzentasche. Die Tür wurde aufgestoßen. Angriffslustig quietschten die Angeln.

»Mädchen! Ihr habt doch bestimmt ein paar gute Sachen für mich und meine Freunde?«

»Sieh an, Barthel!« Gesche fing sich schnell. »Was führt dich denn hierher?«

Der Wachmann baute sich in der Mitte der Küche auf. »Der knurrende Magen, wenn du es genau wissen willst.«

In Panik zupfte Veronika an ihrem Kopftuch. War Barthel nicht ein Freund von Daniel gewesen?

»So, Bürschchen«, schäkerte Gesche. »Da hat jemand aber großen Hunger. Und Eifer, für den Bauch der Freunde mitzusorgen. Ist es nicht so?«

Rede nicht so mit ihm, flehte Veronika im Stillen. Rede nicht so, er versteht es nicht und er wird schreckliche Dinge tun.

»Ein paar Kameraden und ich haben etwas zu feiern.« Barthel lachte. Seine Zähne standen weit auseinander. Graue Zähne. Veronika stand auf und räumte die Milchschalen in den Spülstein. Sein Blick brannte sich in ihren Rücken. Sie hörte, wie er mit seinem Degen spielte, ihn gegen seinen Schenkel klatschte. Einmal. Zweimal. Dreimal.

Er konnte sie nicht gesehen haben. Er konnte nicht …

Ein Sonnenstrahl stahl sich in die Küche. Sie blickte auf. Ob die Wolken sich endlich verzogen und diesen erstickend warmen Regen mitnahmen?

»Für dich und deine Kameraden räuberst du also«, neckte Gesche. »Dann lass mich mal sehen, was ich für euch tun kann.«

Während Veronika die Schalen wusch, wieder und wieder, um sich nicht umdrehen zu müssen, um nicht Barthels Blick ausweichen zu müssen, hörte sie Gesche hinter sich wirtschaften. Sie ahnte, wie der Wachmann ihre Freundin musterte. Ihr helles Gesicht, die rosigen Lippen, die haselnussbraunen arglosen Augen.

Heilige Veronika, bitte für mich beim Herrn, der mein Richter ist, dass er mich nicht der ewigen Verdammnis anheimgibt. Heilige Maria, Muttergottes, bitte für uns Sünder …

Veronikas Angst wuchs.

17

21.6.2017, vormittags

»Vielen Dank für das üppige Frühstück«, motzte Hardo, während Katinka den Polo vom Parkplatz der Mietwagenfirma steuerte.

»Es pressiert.«

»Behauptet wer?«

»Wenn die beiden Männer auf dem Parkplatz neulich nächtens Heller und Höchst waren, dann …«

»Was dann? Denkst du, wir finden eine Leiche?«

Katinka biss die Zähne zusammen. »Und wenn?« Sie klemmte sich das Handy ans Ohr.

»Ich bin wirklich sehr müde und schlafe lieber noch ein Weilchen«, bemerkte Hardo mit einem Seitenblick auf das Telefon.

»Hallo, Kiana!« Katinkas Herz schlug schneller. Sie hatte beschlossen, der jungen Frau zu vertrauen. Sollte es sich als Fehler erweisen, war es zumindest ihr eigener Fehler.

»Morgen, Frau Palfy. Was macht die Suche nach Gerald Höchst?«

»Wollte ich Sie auch gerade fragen.«

»Frau Höchst ruft ab und zu hier an, um sich zu erkundigen, aber wir – also die Polizei – tun eigentlich nichts.«

»Ich wollte Sie um einen Gefallen bitten.« Katinka setzte den Blinker und bog am Theater ab.

»Im Hinblick auf meine Tätigkeit als Praktikantin?«

»Möglicherweise. Kriegen Sie Informationen zu Frank Degenhard, Gerald Höchst und Manuel Schirrer?«

»Die Namen sind notiert. Welche Art Informationen?«

»Ob es Anzeigen gegen sie gab, ob sie in irgendeiner Art einmal aktenkundig geworden sind. Verkehrsdelikte und so weiter.«

»Ich kümmere mich drum.«

»Und dann noch zwei weitere Namen: Ingrid Naumann und Sören Brandt aus Lauscha. Ingrid Naumann ist tot, mich interessiert, wie sie gestorben ist.«

»Wird gemacht. Ich rufe zurück.« Klick.

Katinka warf das Handy in die Ablage.

»Da hast du dir eine Laus in den Pelz gesetzt.« Hardo verzog das Gesicht, als der Polo über eine Bodenwelle sprang und sein Kopf gegen den Holm schlug. »Dieses Auto ist was für Pygmäen.«

»Das ist politisch nicht korrekt.«

»Eben drum.«

»Es wird schon gutgehen mit Kiana. Ich versuche noch mal, Heller zu erwischen, aber der scheint sein Handy den lieben langen Tag ausgeschaltet zu haben.« Sie traktierte ihr Smartphone. »Mist. Mailbox.«

»Heller hat dir nicht gesagt, dass er Höchst vorgestern Nacht getroffen hat. Entweder er sagt die Wahrheit, und die Männer, die diese Evi Werner gehört haben will, existierten nur in ihrer Fantasie. Oder es waren zwei ganz andere Typen. Oder …«

An das Fantasieproblem hatte Katinka auch schon gedacht. Zeugen bildeten sich alles Mögliche ein. Vielleicht war Evi Werner beschwipst gewesen oder sowieso schwerhörig und reimte sich die ganze Unterhaltung nur zusammen.

Sie rauschten am Naturkundemuseum vorbei. Der Weg wurde sehr steil und schmal. Rechts und links Baumriesen.

»Trotzdem: Schwer vorstellbar, dass in einer Kleinstadt zwei völlig andere Männer darüber reden, dass einer von ihnen umgebracht werden soll. Das wäre ja eine ganze Mordserie.«

Ein Wagen kam ihnen entgegen. Die Straße war hier so eng, dass Katinka abrupt bremsen und den Polo ganz nach rechts an den Hang drücken musste.

»Vollidiot!«, tobte Hardo. »Ich wette, der hat die Vorfahrt ignoriert.«

»Warst du eigentlich mal Verkehrspolizist?«

»Nie. Da hätte ich längst einen Herzinfarkt bekommen.«

Katinka grinste.

Sie erreichten das kleine Plateau, von dem der Fußweg zur Veste abbog. Zwei Reisebusse spuckten ihre Ladungen aus. Gästeführer hielten Regenschirme in die Höhe. Katinka musste anhalten und warten, bis sich ein Trupp Touristen über die Fahrbahn bequemt hatte.

»Dieses Hotel«, sie zeigte nach vorne auf den Festungshof, der ihr von ihrem letzten Fall – jenem, in dessen Verlauf Hardo beinahe ins Gras gebissen hätte – noch ein Begriff war, »haben sie auch ausrangiert, was?«

»Schade drum.« Hardo zuckte die Achseln. »Es liegt toll und hat Atmosphäre. An die notwendigen Renovierungsarbeiten will ich allerdings nicht mal denken. Geschweige denn an die Kohle, die nötig wäre.«

Katinka dachte schweren Herzens an die vordringlichsten Reparaturen an ihrem eigenen Haus und fuhr weiter. Der Weg wurde wieder steil, sie folgten den

Schildern zum Parkplatz auf der Brandensteinsebene. Trauben von Besuchern wanderten den Pfad in die entgegengesetzte Richtung, um zur Burg zu gelangen. Katinka schaltete in den zweiten Gang. Der Motor beschwerte sich röhrend. Als sie die Ebene beinahe erreicht hatten, brummte in niedriger Höhe eine Propellermaschine über sie hinweg.

Der Parkplatz war bereits gut besetzt. Katinka parkte den Polo möglichst nah an dem Wäldchen, das Evi Werner ihr beschrieben hatte. Eigentlich nur Gestrüpp und Unterholz, eine Ansammlung von Büschen und Bäumen, die den Blick zur Veste hinunter versperrten.

»Okay. Höchst fährt einen Porsche. Coburger Nummer. Sollte nicht allzu schwer zu finden sein.«

Hardo legte die Hand an eine imaginäre Mütze, quälte sich aus dem Auto und begann, systematisch die Reihen der Fahrzeuge abzugehen. Katinka näherte sich neugierig einer Gruppe Wohnmobile. Ob Evi Werners Mann immer noch hier herumstand? Sie selbst hatte nie verstanden, wie jemand Spaß daran haben konnte, seinen Urlaub in einer viereckigen Blechbüchse zu verbringen. Die Fans schienen allerdings ihre Ferien im Camper zu zelebrieren; ein älteres Ehepaar saß an einem Campingtisch, sie im Bikini, ein Rätselheft auf den properen Schenkeln balancierend, er in Shorts und Polohemd. Ihre sonnenverbrannten Gesichter wandten sich Katinka neugierig zu. Sie lächelte unbestimmt.

Das Wohnmobil der Werners hatte sie schnell identifiziert. Ein Aufkleber verzierte das Heck: »Historians on tour«.

»Wenn das kein Zufall ist«, murmelte Katinka. Sie näherte sich dem Wagen und klopfte.

Ein Mann stieß die Tür auf. Katinka sprang zur Seite.

»Ja?« Er roch nach Schnaps und nach ungewaschenen Sachen.

»Entschuldigen Sie, stehen Sie schon länger hier?«

»Warum?«

»Weil ich meinen Mann vermisse. Er hat sich hier vor zwei Tagen spät am Abend, gegen Mitternacht, mit einem Kumpel treffen wollen. Seitdem ist er nicht heimgekommen. Vielleicht haben Sie was mitgekriegt?«

Karl Werner verschränkte die Arme. Argwohn funkelte in seinen Augen.

»Bitte, jeder Hinweis kann mir helfen.«

»Tja, Mädchen, dumm gelaufen, wie? Ich kümmere mich nicht um andere. Ich bin lieber für mich. Aber meine Frau hat behauptet, dass zwei Männer dahinten gestritten hätten.« Er zeigte zu den Büschen hinüber.

»Sie sind doch auch wegen der Landesausstellung hier, nicht wahr?«

Sein Blick verfinsterte sich.

»Ich meine, wegen dem Aufkleber. ›Historians on tour‹.«

»Also, wenn es nicht um mehr geht, dann würde ich

mich jetzt gern wieder meinen eigenen Interessen widmen. Schönen Tag noch.« Er schlug die Tür zu.

Ob er da drin eine Klimaanlage hat?, überlegte Katinka. Bei der Hitze in einem geschlossenen Wagen …

Hardo kam zurück.

»Da drüben steht das Auto, das wir suchen. Der einzige Porsche mit Coburger Kennzeichen. Land. Zwei Buchstaben, drei Ziffern. Das Prachtstück ist ziemlich staubig, könnte also hinkommen, dass es 36 Stunden nicht bewegt wurde.«

»Kein Strafzettel?«

»Erstaunlicherweise nicht.« Hardo wies zu dem Parkautomaten hinüber, an dem ein paar Leute anstanden, um ein Ticket zu ziehen. »Ich wette, dass so mancher hier versucht, ohne Parkschein durch den Tag zu kommen. Da muss doch was zu holen sein.«

»Lass uns mal durch das Wäldchen streifen. Vielleicht finden wir irgendwelche Hinweise.«

»Andere als biologische Hinterlassenschaften?«, witzelte Hardo.

Katinka musste lachen. Die spontane Gefühlsregung nahm die Anspannung. Warum bin ich so gestresst?, fragte sie sich, während sie mit Hardo auf den Fersen Zweige beiseiteschob und durch kniehohes Gras watete. Liegt es nur an dem dünnen Verdacht, Heller könnte Höchst um die Ecke gebracht haben? Ist das logisch? Wozu sollte er mich aus Verzweiflung über die Erpressung und diesen absonderlichen Killbefehl anheuern, wenn er dann doch zuschlägt?

Sie hatten sich durch das Unterholz gekämpft und standen, mit dem Rücken zum Gestrüpp, am Hang. Die Veste lag unter ihnen.

»Ungewöhnliche Perspektive.« Hardo zückte sein Handy und schoss ein Foto. »Liegt wahrscheinlich nur an der Unwegsamkeit des Geländes, dass nicht mehr Fotografen hier aufschlagen. Der Blickwinkel gibt doch grandiose Bilder!«

»Stimmt.« Auch Katinka wollte gerade eine Aufnahme machen, als ihr Handy klingelte.

Kiana.

»Hallöchen. Also, was interessant ist: keine Vorstrafen, Anzeigen, Delikte bei Schirrer und Degenhard. Nur bei Höchst: mehrmals zu schnell gefahren, insgesamt viermal Entzug der Fahrerlaubnis für einen Monat. Einmal Alkohol am Steuer. Eine Anzeige wegen Rowdytums; er ist auf der Autobahn einer Frau beinahe ins Heck gerauscht und hat sie mit der Lichthupe terrorisiert. Die Dame macht geltend, seitdem wegen Panikattacken in psychologischer Behandlung zu sein.«

»Ach, du Schande!«

»Diese Ingrid Naumann ist am 29. Dezember 1989 angefahren worden und noch in der Nacht ihren Verletzungen erlegen. Der Unfallverursacher wurde nie gefunden. In dem ganzen Chaos der Wendemonate hat man vielleicht auch nicht richtig gesucht. Ihre Eltern, Wilfried und Susanne Naumann, leben noch in Lauscha.«

Katinka hatte ihren Notizblock aus dem Rucksack gefischt und notierte eilig mit. »Und Sören Brandt?«

»Über den konnte ich in unseren Registern nichts finden. Ich habe den Namen daher einfach mal gegoogelt. Arbeitet als Physiotherapeut in einer Sportklinik in Masserberg. Außerdem hat er ein Buch im Selbstverlag veröffentlich. Er schreibt über seine Erfahrungen als Opfer der Stasi-Bespitzelung. Können Sie sich als E-Buch runterladen.«

»Danke, Kiana.«

»Wieder einen Schritt geschafft auf dem Weg zur Praktikantenstelle, wie?« Sie lachte glucksend.

Katinka legte auf. »Nur Höchst ist aktenkundig. Und zwar wegen Rowdytums im Verkehr.«

»Sieh einer an.« Hardo schob die Hände in die Jeanstaschen. »Es ist schon wieder grauenvoll heiß. Alles knochentrocken. Der erstbeste Raucher, der hier glühende Asche verstreut, löst einen Großbrand aus.«

»So viel ist sicher.« Katinka wanderte langsam in südlicher Richtung den Hang entlang. Doch nirgendwo fanden sich Spuren auf etwas Ungewöhnliches. Hardo übernahm wortlos die andere Richtung. Als sie sich in der Mitte wieder trafen, seufzte er: »Nichts. Keine Leiche, keine Spuren. Hör mal, meine Kehle besteht nur noch aus Staub. Lass uns irgendwo was zu trinken kaufen.«

»Gute Idee.«

Enttäuscht wandte Katinka der Veste den Rücken zu. Auch der romantischste Anblick konnte sie nicht aufmuntern. Sie war verantwortlich dafür, dass Hardo durch Gestrüpp trapste, anstatt in Berlin Tourist zu spielen. Wofür das alles? In der Hitze erschien ihr ihr Job sinnloser als je zuvor.

Wortlos stapften sie durch das Unterholz zurück zum Wagen. Diesmal ging Hardo voran. Als sie am Parkplatz ankamen, klopfte Katinka sich trockene Blätter und Gräser von den Jeans.

»Wo ist Höchst abgeblieben? Sein Porsche steht noch hier.«

»Vielleicht wurde ihm bewusst, dass er nicht mehr fahren konnte. Hat ein Taxi bestellt.«

Eine Cessna flog in geringer Höhe über den Parkplatz, um kurz darauf auf dem Rollfeld neben der Straße aufzusetzen.

»Wenn Evi Werner richtig beobachtet hat, ist Heller losgefahren, während Höchst noch irgendwo hier herumhing. Aber was wollte er hier? Wäre es nicht logischer gewesen, sich flott vom Acker zu machen?«

»Das hat unsere Zeugin nicht mehr gesehen. Sagte sie nicht, sie wäre zurück zum Camper gerannt, weil ihr die Stimmung hier oben unheimlich vorkam?«

»Schön, dass du ›unsere Zeugin‹ sagst.« Katinka zückte ihr Handy. »Falls Heller nicht drangeht, mache ich seine Kollegen rebellisch. Ich muss *jetzt* mit ihm reden. Hier ist irgendein linkes Ding gelaufen.«

»In Ordnung. In der Zwischenzeit gebe ich den Kollegen durch, dass Höchsts Wagen hier oben steht. Aber leg Tempo vor! Ich verdurste!«

Katinka suchte sich einen Schattenplatz hinter einem Holunderbusch. Sie erreichte Heller auf seiner

Arbeitsstelle. Eine nervlich überbeanspruchte Dame, die das Telefonat annahm, ließ sich erst breitschlagen, den viel beschäftigten Kollegen an den Apparat zu holen, als Katinka angab, für ein Münchner Gymnasium Termine zur Besichtigung der Landesausstellung ausmachen zu wollen. Heller riss den Hörer förmlich an sich.

»Grüß Gott, Landesausstellung Coburg, Heller, was kann ich für Sie tun?«

»Herr Heller, Sie haben gelogen.«

Ihm schien die Luft auszugehen. Lahm murmelte er: »Grüß Gott, Frau Palfy.«

»Sie haben sich mit Gerald Höchst getroffen. Vorgestern Nacht. Auf dem Parkplatz oberhalb der Veste Coburg.«

Schweigen.

»Seitdem ist Höchst verschwunden. Sein Wagen steht aber noch auf dem Parkplatz. Seine Frau hat sich bereits an die Polizei gewandt.«

Ein kleines konfuses Geräusch gluckste durch die Leitung.

»Haben Sie eine Erklärung, Herr Heller?«

Sie hörte am anderen Ende eine gedämpfte Diskussion. Schließlich schlug eine Tür.

»Entschuldigen Sie, Frau Palfy, ich habe die Sekretärin weggeschickt. Das ist ja nun doch eine etwas delikate Angelegenheit. Aber ich habe nichts gemacht! Ich habe ihm nichts getan! Ich wollte ihn nur warnen!«

»Ich gebe den Fall zurück. Sie erhalten eine Rechnung für die bis heute entstandenen Kosten.«

»Das können Sie nicht machen!«

»Und ob! Ich will nicht mit einem Klienten zusammenarbeiten, der mich anlügt und Alleingänge unternimmt.«

»Ich wusste doch nicht … ich habe ihm nichts getan. Ich habe ihn angerufen und ihn um das Treffen gebeten. Er war beschwipst. Na, besoffen eher. Kam da angeschwirrt mit seinem Töfftöff und spielte sich auf. ›Ich bin Politiker, ich bekomme täglich Drohmails und seltsame Anrufe‹. Blablabla. Was hat er mich abgekanzelt! Da sagte ich mir: Philipp, du hast dein Möglichstes getan, geh nach Hause.«

»Und das haben Sie gemacht?«

»Sofort. Bin in mein Auto und ab.«

»Hat sich der Erpresser wieder gemeldet?«

»Nein. Vielleicht war der Brief doch nur ein schlechter Scherz, nicht wahr, Frau Palfy?«

Ich habe diesen Brief nie gesehen, dachte Katinka. Unter Umständen war Heller ein Psychopath, der sich außergewöhnliche Ereignisse ausdachte und mit ihnen hausieren ging. Es gab alle Arten von Durchgeknallten. Oder er hatte die Erpressung erfunden und ein eigenes Hühnchen mit Höchst zu rupfen. Zumindest deckte sich seine Fassung des Treffens auf dem Parkplatz mit Evi Werners Version.

»Lassen Sie mich nicht im Stich, Frau Palfy! Ich habe jetzt auch noch Ärger mit unserem Nachbarn. Der rückt uns auf die Pelle. Aber so was von! Sandra meinte gestern, der Schirrer hockt bei sich im ersten Stock und glotzt mit dem Feldstecher zu uns rüber.«

»Ach was.«

»Die Häuser stehen unangenehm nah aneinander. Sie haben es ja gesehen! In den langen, hellen Nächten will ich doch die Rollos nicht runterlassen! Aber wir fühlen uns observiert, Sandra und ich. Stress an allen Fronten!«

Doch durchgeknallt, überlegte Katinka.

18

21.6.2017, nachmittags

Lauscha. Dicht belaubte Hügel, scharf geschnittene Talfalten. Glasfabriken.

»Du befindest dich im grünen Herzen Deutschlands«, erläuterte Hardo, als Katinka den Mietwagen an einem eben dies verkündenden Hinweisschild vorbeisteuerte. »Thüringen. Mittendrin.«

Katinka brummte nur. Sie war wütend und frustriert. Wenn Heller die Wahrheit sagte, dann blieb immer noch das Rätsel zu lösen, was in jener Nacht mit Gerald Höchst geschehen war. Nach Lauscha hatten sie Schirrers Aufzeichnungen über zwei Personen geführt, die von hier stammten, ohne dass sie die geringste Ahnung hatte, was das alles mit der Erpressung von Heller zu tun hatte. Hardo spielte mit, wenngleich sie spürte, wie ihm ihre Unruhe zusetzte. Seinen lange vermissten Urlaub für eine bizarre Ermittlung einzusetzen, ließ ihn vermutlich nicht vor Vergnügen platzen. Und ihre Schwester hatte vorhin eine vorwurfsvolle SMS geschrieben, wo sie denn blieben. In Berlin wäre so dermaßen viel Geniales los …

Tief seufzend hielt Katinka am Straßenrand. »Also. Was ist der Plan?«

»Ich habe keinen.« Hardo grinste schief. »Eventuell eine Wanderung am Rennsteig machen. Der gute alte Knabe führt hier gleich in der Nähe vorbei.«

»Du und wandern?«

»Man kann immer Neues entdecken im Leben.«

Wütend schlug Katinka mit der Hand auf das Lenkrad. »Ich kapier's nicht, Hardo. Dieser ganze Fall ist völlig verworren.«

Hardo legte seine große, massige Hand auf Katinkas. »Warte doch erst einmal ab. Die fehlenden Scharniere lassen sich in keiner Ermittlung sofort auftreiben. Langer Atem ist gefragt.«

»Auch wieder wahr. Ich würde nur gern endlich mal ein paar Fortschritte machen, ehe Hellers Familie doch noch Wind von seiner Affäre bekommt.«

»Tatsächlich? Ist er nicht selbst schuld? Warum vögelt er rum!«

»Ich will wissen, was damals mit Ingrid passiert ist«, sagte sie. »Schirrer hat dieses Konvolut angelegt und, wie es aussieht, über Monate oder gar Jahre mit Inhalt gefüllt. Warum interessiert er sich für Ingrid Naumann, die Ende 1989 ums Leben kam?«

»Gegenfrage: Warum interessierst du dich für Manuel Schirrer und seine Akten?«

Katinka trommelte einen Latino-Rhythmus auf das Lenkrad. »Weil Degenhard im Zusammenhang mit Höchst aufgetaucht ist. Und dann bei Schirrer abhing. Ihm unangenehm auf die Zehen stieg, wenn du so willst. Du hast es selbst mitbekommen. Höchst, Degenhard und Schirrer sind alte Kumpel.«

»Aber eine eingefleischte Männergilde muss nichts mit der Erpressung von Heller zu tun haben.«

»Schirrer ist Hellers Nachbar.«

»Aber er ist kein Hacker. Jedenfalls gibt es dafür keinen Anhaltspunkt. Hast du nicht gesagt, sein Laptop wäre von vorgestern?«

»Spiel hier nicht den Advocatus diaboli.«

»Im Ernst!«

»Degenhard hat Höchst Geld geliehen und fordert von Schirrer Hilfe. Mit dem dezenten Hinweis, dass er sonst ja den anderen immer beistünde.«

Hardos Kiefer mahlten. Katinka spürte, dass sie ihn am Haken hatte. Irgendeine Intuition machte sich in seinem Kopf bemerkbar. Sie kannte die Anzeichen von anderen Ermittlungen.

»Dünnes Eis«, murmelte er. »Man bringt niemanden um, von dem man Hilfe erwartet.«

»Verdammt dünnes Eis, aber bei der Hitze auch kein Wunder.«

»Und du willst jetzt bei Ingrid Naumanns Eltern aufschlagen, ein gutes Vierteljahrhundert nach dem Tod der Tochter, und nachfragen, was damals passiert ist?«

»Warum wurde der Fall nicht richtig untersucht? Das ist doch der springende Punkt. Sollte Kiana recht haben? Haben die Umwälzungen zwischen '89 und '90 saubere Polizeiarbeit verhindert?«

»Bei einem Unfall mit Todesfolge?«

Katinka zuckte die Achseln. »Legen wir los?«

»*Du* sprichst mit ihnen.«

»Aber vier Ohren hören mehr als zwei!«

»Mag sein.«

»Was hast du?«

»Wir sollten Schilling stecken, dass Heller sich mit Höchst am Parkplatz getroffen hat. Es ist nicht richtig, diese Information zurückzuhalten.«

»Aber dort oben gab es nichts, was darauf hinweist, dass Heller den Stadtrat bedroht hätte. Oder Schlimmeres!«

»Höchsts Wagen steht da.«

»Und wenn? Das muss nichts mit Heller zu tun haben!« Katinka schnaubte. Ihre latenten Schuldgefühle schlugen in Gereiztheit um. »Wirklich, Hardo: Deine Ängstlichkeit, wenn es um die Formalia geht, kann einem den letzten Nerv rauben.«

»Himmel, Katinka, Höchst ist verschwunden, sein Porsche steht seit 36 Stunden auf diesem Parkplatz!«

»Du weißt genau, was jeder halbwegs clevere Anwalt Heller raten würde.«

»Er kommt ja zunächst mal als Zeuge infrage.«

»Zeuge wofür? Höchst ist verschwunden, aber nicht tot.«

»Hoffen wir's.« Hardo verschränkte vor sich hin schäumend die Arme.

Katinka stöhnte leise auf und startete den Motor. Langsam rollte der Wagen den Hang hinunter.

»*Wer* sind Sie?«, fragte der Mann an der Haustür gedehnt.

»Katinka Palfy. Ich recherchiere ungeklärte Unfälle für ein Buch. Verzeihen Sie, es ist natürlich immer delikat, Angehörige nach so vielen Jahren aufzuscheuchen, aber ich habe den Eindruck, dass im Wendejahr geschlampt wurde und es viele Fälle gab, um die sich die Polizei nie richtig gekümmert hat.«

Wilfried Naumann war ein großer Mann, der sich bücken musste, um sich am Querbalken seiner Haustür nicht den Kopf zu stoßen. Sein blondes Haar hockte wie ein zerrupfter Strohballen auf seinem Kopf. Kein

Schimmer von Grau machte sich bemerkbar. Er muss mindestens 70 sein, überlegte Katinka, wenn seine Tochter 1989 im Alter von 25 Jahren gestorben ist. Eher an die 75.

»Den Eindruck haben wir auch, meine Frau und ich. Susanne!«, rief er in die Tiefen des Hauses.

Seine Frau war ebenso dünn wie er, reichte ihm aber gerade bis zum Brustbein. Sie trug das frostig weiße Haar raspelkurz. Jeans und T-Shirt schlotterten an ihr. Grüne Augen lugten herausfordernd durch eine dicke Brille.

»Ja?«

»Dies ist Frau …«

»Palfy«, half Katinka aus.

»Palfy. Ja. Sie schreibt ein Buch über ungeklärte Unfälle.«

»Im Wendejahr«, ergänzte Katinka.

»Pfff, Wende!« Es hörte sich an, als spucke Susanne Naumann das Wort vor Katinkas Füße. »Was sich da gewendet hat? Jeder Hals im Umkreis von fragen Sie mich nicht wie vielen Kilometern. Plötzlich sind sie aus ihren Löchern gekrochen, die Ratten!« Ihr Gesicht rötete sich vor Zorn.

»Ich bin mir nicht sicher, ob Sie darüber reden wollen und können, aber wenn, dann würden Sie mir und meinem Projekt natürlich einen Gefallen tun.«

»Haben Sie Referenzen?« Susanne Naumanns Augen funkelten herausfordernd.

»Sicher«, begann Katinka, während sie panisch nachdachte, was sie angeben sollte. Wieder einmal hatte sie eine Legende nicht ausreichend durchdacht.

»Ich gehe nach dem Augenschein«, schaltete sich Wilfried Naumann ein. »Und nach dem Gefühl. Kommen Sie herein, Frau Palfy. Sie machen einen ehrlichen Eindruck auf mich.«

Sie folgte dem Ehepaar ins Haus. Ein altes, schön renoviertes würfelförmiges Gebäude, dem man ansah, dass es liebevoll in Schuss gehalten wurde. Das Wohnzimmer führte auf eine schattige Terrasse. Ein Springbrunnen plätscherte leise, und an einer Vogeltränke vergnügten sich ein paar Spatzen. Eine übermannshohe Eibenhecke schirmte das Grundstück von den Nachbarhäusern ab.

»Möchten Sie etwas trinken? Es wird immer schwüler. Normalerweise sind wir in den Thüringer Tälern von solcher Hitze verschont, aber dieses Jahr …« Naumann schüttelte den Kopf, als könne man nicht einmal mehr dem Wetter trauen.

»Höchstens ein Glas Wasser.«

Während seine Frau skeptisch dreinschauend ins Haus ging, bot Naumann Katinka Platz auf mit bunten Kissen bedeckten Gartenstühlen an und setzte sich dann selbst. Katinka legte ihren Notizblock und einen Stift bereit.

»Ingrid war Physiotherapeutin. Sie hatte sich die Ausbildung sehr gewünscht. Zuerst wurde ihr in der Berufsberatung im letzten Schuljahr nahegelegt, sich etwas körperlich weniger Belastendes auszusuchen, aber sie setzte sich dann doch durch. Sie war als Jugendliche recht schmächtig, wissen Sie, aber dann erwies sich ihr Beruf als genau der richtige. Sie hatte gerne mit Menschen zu tun und besaß innere Stärke.«

Gläser klapperten. Susanne Naumann knallte ein Tablett mit einer Karaffe und drei Gläsern auf den Tisch. Sie goss das Wasser ein. »Bitte.« Dann setzte sie sich neben ihren Mann und starrte Katinka herausfordernd an.

Es ist der Schmerz, dachte Katinka. Der Schmerz des Verlustes, der sich in Zorn verwandelt hat. In Argwohn. In Hass auf alles und jeden.

»Ich habe den Eindruck, dass im Wendejahr die Polizei und die Staatsanwaltschaften nicht mehr so sorgsam arbeiteten, wie sie sollten.«

»Den haben wir auch«, legte Wilfried los. »Jeder war plötzlich nur noch mit sich selbst beschäftigt. Hat versucht, seine Schäfchen ins Trockene zu kriegen.«

»Sie wollten Ingrids Fall nicht aufklären!« Susanne Naumann presste die Lippen zusammen, als wolle sie den Satz im Nachhinein aussperren. Aus ihrem Mund. Aus ihren Gedanken.

»Weshalb nicht, Frau Naumann?«

Sie schwieg, sah auf ihre schmalen, knochigen Hände.

Auch ihr Mann sagte nichts. Die Spatzen machten einen Heidenradau. Das Plätschern des Brunnens schien Katinka mit einem Mal überlaut.

»Vielleicht möchten Sie mir erzählen, wie es eigentlich zu dem Unfall kam«, fuhr Katinka nach einer Weile fort.

»Das ist schnell erledigt.« Wilfried fuhr sich über das Gesicht. Er wirkte müde, gleichzeitig resigniert, und dann doch wieder begierig zu reden. »Es gab eine Geburtstagsfeier. Sören feierte seinen 25. Geburtstag. Am 29.12. Damals gingen die jungen Leute nicht von zu Hause weg so wie jetzt. Die machten eine Ausbildung und blieben. Es gab ja genug Betriebe.«

»Genau!« Susanne nickte, wobei sie Katinka provozierend anblickte.

»Deswegen waren die alten Schulfreunde alle noch beisammen. Sie trafen sich bei Sören zu Hause. Ich weiß nicht, ob das heute noch üblich ist, aber damals wurde ziemlich viel Alkohol konsumiert. Vor allem Schnaps. Die jungen Leute hielten sich damit warm. Sie hatten ein Feuer brennen und grillten Würste. Unsere gute Thüringer Bratwurst.«

»Das Zeug ist so was von ungesund«, knurrte seine Frau.

»Mag sein. Aber so war das eben. Und es wurde viel getrunken. Ingrid trank nicht gern. Sie war auch immer … nun, so etwas wie eine Außenseiterin.«

»Die haben sie zu einer gemacht!«, fauchte Susanne Naumann.

Katinka sah zwischen den Eheleuten hin und her. »Zu einer gemacht?«

»Ts«, machte Susanne Naumann nur.

»Sie war sehr introvertiert«, half Wilfried aus. »Solche Leute genießen Partys nicht besonders. Deswegen ging Ingrid früher heim. Die Straßenbeleuchtung war damals eine Katastrophe. Ein Wagen rammte sie. Es dauerte, bis man sie fand. Sie hatte einen Milzriss und schon viel Blut verloren, und bis die Ambulanz durchkam ... Es schneite ... Tja. So haben wir sie verloren.« Kurz barg er sein Gesicht in den riesigen Händen. Dann hob er den Kopf und lächelte ein tapferes Lächeln. »Ja. So war das.«

»Da waren ein paar junge Leute aus dem Westen«, ergänzte Susanne Naumann. »Niemand wusste so genau, wo die herkamen, und der Schneematsch hat die Nummernschilder unlesbar gemacht. Es gab einen Streit um ein Mädchen. Weil sich einer von den Westlern an sie rangemacht hatte und der ursprüngliche *Besitzer*«, sie sah Katinka tief in die Augen, »sich davon provoziert fühlte. Deswegen hauten die Westler ab, obwohl man sie eingeladen hatte, zu bleiben und weiterzufeiern. Die hatten die Muffen gekriegt.«

Katinka legte den Notizblock auf ihr Knie und sah von einem zu anderen. »Sie meinen, einer von den jungen Leuten aus dem Westen hat Ingrid angefahren?«

»Es wäre möglich.«

Selbst Katinka schmeckte die Bitterkeit, die Susanne Naumanns Worte ausstrahlten.

»Aber es wäre auch möglich, dass ein anderer sie auf dem Gewissen hat, Susanne. Irgendein Wagen aus irgendwoher«, warf Wilfried ein.

»Vielleicht.«

Wieder Schweigen. Wolken wälzten sich über den

Himmel. Katinka ertappte sich dabei, dass sie auf Regen hoffte.

»Sie sagen, das Geburtstagskind hieß Sören«, sagte sie schließlich, als von den Eheleuten nichts mehr kam. »War er ein Freund Ihrer Tochter?«

»Sören Brandt und unsere Tochter arbeiteten als Physiotherapeuten in derselben Klinik. Er ist mittlerweile in einer Sportklinik in Masserberg angestellt. Kümmert sich um die Reha von Spitzensportlern nach Operationen. Verdient gut Geld«, antwortete Wilfried.

»Also Arbeitskollegen?« Katinka sah aus dem Augenwinkel, wie Susanne Naumann die Kiefer zusammenpresste und den Blick abwandte.

»Genau. Sie hatten auch die Ausbildung zusammen gemacht.«

»Sonst hatten sie keinen Kontakt? Privat?«

»Frau Palfy«, Wilfried lächelte hilflos, »in so einem kleinen Ort haben alle irgendwie miteinander Kontakt. Aber Ingrid und Sören waren nur Arbeitskollegen. Keine engen Freunde und schon gar kein Paar!«

»Haben Sie heute noch Kontakt zu Brandt?«

»Wie gesagt, dies ist ein kleiner Ort. Seine Eltern leben noch hier. Er ist vor ein paar Jahren nach Masserberg gezogen, um näher an seinem Arbeitsplatz zu sein. Die alten Brandts und wir, wir grüßen uns, wenn wir uns auf der Straße treffen. Mehr ist da nicht.«

Sie schwiegen eine Weile. Susanne Naumann verscheuchte mit ungehaltenen, eckigen Bewegungen eine Fliege, die um ihr Gesicht schwirrte.

»Bei Unfällen mit Todesfolge kommt der Staatsanwalt.«

»Der kam auch«, schaltete sich Susanne wieder ein. »Der Unfall wurde aufgenommen, die jungen Leute, die bei Sören zu Hause feierten, wurden befragt. Lauter mit Alkohol abgefüllte Zeugen! Wunderbare Voraussetzungen für eine Ermittlung, nicht wahr?«

»Susanne!«, unterbrach ihr Mann, aber sie machte schon weiter.

»Die Aussagen waren widersprüchlich, zu nichts zu gebrauchen. Sie haben Ingrid ja erst nach Stunden im Schnee liegend gefunden. Einer von den Jungs, der auf Sörens Feier war und nach Hause ging, weil er selbst vor einer knappen Woche Vater geworden war und heim zu Frau und Kind wollte, hat sie entdeckt. Der hat uns auch verständigt. Der arme Siegfried. Ist selbst schon tot. Krebs.«

»Wie lange lag Ihre Tochter da, bis Hilfe kam?«

»Das wissen wir nicht genau.« Susanne Naumann beugte sich vor. Die Adern an ihrem dürren Hals traten überdeutlich hervor, wie kleine Taue, die an Ankerketten rissen. »Zu lange. Die Unterkühlung hätte sie vielleicht überlebt, aber sie war schon im Schockzustand wegen des Blutverlusts. Und Sörens Gäste, die haben sich alle an was anderes erinnert. Da wären drei Westler gewesen, die keiner kannte, die aus Bayern rüberkamen und sang- und klanglos wieder verschwanden. Manche behaupteten, sie wären zu fünft gewesen. Es hätte sich nur um Männer gehandelt, aber einer will auch eine Frau gesehen haben, die nicht von hier stammte. An das Auto, mit dem sie gekommen waren, konnte sich niemand so recht erinnern. Es wurden mindestens vier, fünf Modelle genannt. Von einem Kennzeichen war keine Rede. Spuren vom Unfall gab es nicht. Alles vom Schnee zugedeckt. Es schneite unaufhörlich in jener Nacht! Die Polizei interessierte sich sogar für die Bierflaschen und Gläser und alle möglichen Sachen, die nahmen Fingerabdrücke, aber das war müßig, zu viele Leute haben da alles angefasst. Und ganz bestimmt war es einigen sehr recht, dass bei der Untersuchung des Unfalls nichts rauskam.« Susanne Naumann holte tief Atem. Erschöpft von dem langen Redeschwall lehnte sie sich zurück.

»Damals fuhren eine Menge Westwagen hier herum«, erinnerte sich ihr Mann. »Die Grenze, die *ehemalige* Grenze, ist ja nicht weit. Nur ein paar Kilometer.« Er machte eine erschöpfte Handbewegung. »Die Staatsanwaltschaft stellte die Ermittlungen ein. Es gab einfach keine Anhaltspunkte. So traurig das ist, wir müssen es akzeptieren.«

19

21.6.2017, später Nachmittag

Durch die halb geschlossenen Jalousien drang das Spätnachmittagslicht ins Zimmer, um gleich darauf zwischen den grau gestrichenen Wänden zu verblassen. Hitze erfüllte das Haus, aber Tina Höchst hatte nicht vor, die Fenster zu öffnen und für Durchzug zu sorgen. Was sie tat, tat sie am besten unbeobachtet. Wie konnte Gerald nur ein Glashaus bauen! In dem sie saßen wie auf dem Präsentierteller, geradezu ausgeleuchtet von allen Seiten, und das hier, im Dorf, wo man ständig beobachtete und spähte und spionierte!

Sie vermisste Gerald, aber sie vermisste ihn aus Sorge, nicht aus Liebe. Seit er schon tagsüber zu viel trank, fühlte sie sich für ihn verantwortlich. Normalerweise sorgte sie dafür, dass er nicht fuhr, wenn er getrunken hatte. Vor zwei Tagen hatte er sie wieder abgewimmelt, in dieser jovialen Art, die sie verabscheute, die sie degradierte zu einem unmündigen Kind, das von nichts etwas verstand. Ehrlich gesagt war sie es leid, hinter ihm herzulaufen. Sollte er sich doch die Glieder zerschmettern, wenn ihm danach war. Sollte er doch! Hatte er vielleicht schon, denn dass er 48 Stunden nicht heimkam, verhieß nichts Gutes.

Tina gab das Passwort ein. Desinteressiert scrollte sie durch die Liste, die sich vor ihr aufbaute. Vier weitere Männer wollten sie kennenlernen. Selbstverständlich ganz im Sinne der Plattform: Es ging nur um eine Affäre, nicht um was Ernstes. Sie schmunzelte. Das machte tatsächlich Spaß, wenngleich sie beim ersten Mal Angst gehabt hatte, einem Mann zu begegnen, den sie aus ihrem wirklichen Leben kannte. Vielleicht sogar jemanden, der Gerald kannte! Daher war sie nach Erfurt gefahren zum Rendezvous. Hatte sich gelohnt. Auch von jenem Mann hatte sie eine Nachricht. Eine nichtssagende. Man würde sich sicher wieder über den Weg laufen. Drei Smileys. Danke, den hakte sie besser ab, auch wenn er sich als Liebhaber gut verkauft hatte.

Ein Wagen fuhr am Haus vorbei, ganz langsam. Tina hob den Kopf. Durch die Lamellen der Jalousien sah sie die Silhouette eines schwarzen Autos, das an ihrem Grundstück stehen blieb. Nicht Gerald. Sie schauderte. Nicht Gerald. Ihr Kopf dröhnte plötzlich, und sie loggte sich aus. Löschte die Chronik.

Der Wagen fuhr weiter. Vielleicht wieder nur einer jener Typen, die das Haus ansehen wollten, nachdem Gerald so dermaßen mit der herausragenden Architektur angegeben hatte. Oft genug drückten sich Gaffer auf der Straße herum. Sie fuhr den Laptop herunter und legte ihn in die Schublade ihres Schreibtisches.

Gerald würde nie ihren Laptop anrühren.

Und selbst wenn, er war ja kein gewiefter Nutzer,

und sie achtete darauf, immer den Verlauf zu löschen. Dabei bezweifelte sie, dass Gerald überhaupt wusste, dass man das machen konnte. Seine Spuren wenigstens ein klein wenig verwischen.

Was sie dann tat, geschah wie ferngesteuert. Sie ging in Geralds Zimmer hinüber, griff nach dem Tablet, das auf dem Sofa lag, neben der Patchworkdecke, die sie vor Jahren für ihn gemacht hatte. Es war eingeschaltet. Sie öffnete die App für seine privaten Mails.

Der Posteingang war vollgestopft. Eine Reihe von Bestellbestätigungen. Keine Überraschung. Gerald orderte so gut wie alles im Netz, sogar Zahnpasta. Vorgeblich aus Zeitmangel. Der Hinweis auf eine Kreditkartenabrechnung. Zwei Angebote für einen Urlaub an der Riviera. Hatte er die angefordert? Tina schüttelte den Kopf; unwahrscheinlich. Ein paar Mails von Leuten, die sie kannte, zumindest dem Namen nach. Tina klickte auf den Spam-Ordner. 80 Mails. Achtlos ging sie weiter zu »Gesendet«. Elf Mails. Drei Bestellungen. Eine an den Finanzsenat. Und sieben an Manuel Schirrer. Abgeschickt im Lauf von 24 Stunden vor Geralds Verschwinden.

Plötzlich kroch die diffuse Angst, die Tina die ganze Zeit zu verdrängen versucht hatte, näher, und mit ihr die Geräusche des Nachmittags: Jemand mähte Rasen. Eine Fliege klatschte immer wieder gegen die Scheibe, im vergeblichen Bemühen, aus dem Haus zu entkommen. Irgendwo weiter weg planschten Kinder in einem Pool.

Sie las die Mail an den Finanzsenat. Anscheinend stritt man sich, ob Degenhard die Mauritius-Medaille bekommen sollte, und Gerald ergriff für ihn Partei. Tina schüttelte den Kopf. Darum ging es also bei dem ganzen Ärger, von dem ihr Mann gesprochen hatte! Frank Degenhard hatte zu viele Neider. Lächerlich! Seine Verdienste um die Stadt waren schließlich nicht zu bestreiten.

Sie musterte die Liste mit den Mails an Schirrer. Soweit sie wusste, hatten Gerald und Manuel schon länger keinen intensiven Kontakt mehr. Sie trafen sich, wenn es sich ergab. Jugendfreundschaften hielten nicht ewig. Ein Hauch der alten Vertrautheit mochte bleiben, mehr auch nicht. Von allen Freunden ihres Mannes hatte sie Manuel immer am meisten gemocht. Ein feinsinniger Mensch, nicht so aufgeblasen wie Frank Degenhard, dem das Geld zu Kopf gestiegen war.

Wolken schoben sich vor die Sonne. Dunkelheit tauchte den Raum in ein ungewisses Schwarz. Nur das Display des Tablets leuchtete hell. Sie begann mit der ältesten Mail.

Sieh zu, dass du endlich was unternimmst. Du hast Mittel und Möglichkeiten, verdammt!

Keine Unterschrift.

Fünf weitere Nachrichten, ähnlich formuliert.

Du sitzt an der richtigen Stelle. Als Einziger von uns. Worauf wartest du?!

Wenn du dich querstellst, packe ich aus!

Wer zögert, hat schon verloren!

Krieg den Hintern hoch!

Tina schloss die Mails. Öffnete die letzte.

Ich hab dich in der Hand, Schirrer!

Eine Erinnerung machte sich bemerkbar. Leise. Zart. Trotz der Hitze fröstelte Tina.

Als das Telefon klingelte, ließ sie vor Schreck das Tablet aufs Sofa fallen. Sie stand ganz langsam auf. Der Weg zum Telefon schien ihr unendlich weit. Mit brennenden Füßen ging sie auf das Tischchen zu und griff nach dem Apparat.

»Höchst?«

»Polizeiinspektion Coburg, Hauptkommissar Wolf Schilling. Frau Höchst, der Wagen Ihres Mannes wurde auf dem Parkplatz auf der Brandensteinsebene gefunden.«

Tina schnappte nach Luft.

»Womöglich haben Sie eine Erklärung?«

»Wo ist mein Mann?«

»Von ihm fehlt jede Spur.«

20

1.7.1530, sehr später Abend

Der Regen hatte sich verzogen. Obwohl sich allabendlich Wolkenungetüme über den Bergen im Norden auftürmten, regnete es keinen Tropfen mehr. Die Hitze ballte sich über der Veste Coburg, und selbst die Dohlen schienen in den warmen Winden die Lust verloren zu haben, sich gegenseitig die Lufthoheit streitig zu machen. Nur die Mücken waren von unbändigem Hunger erfasst und quälten Mensch und Tier.

Veronika lag auf ihrem Lager. Sie war vollständig bekleidet. Jeden Abend erhoffte sie sich die Gelegenheit, mit Doktor Luther zu sprechen, aber er hatte seine allabendlichen Spaziergänge auf der Hohen Bastei in die späte Nacht verlegt, und es fiel Veronika schwer, sich so lange wach zu halten. Ihr Tag begann viel zu früh, und am Abend fand die Arbeit allzu lang kein Ende. Ihre Glieder waren schwer. Sie lauschte ihrem eigenen Atem. Die stickige Luft in der Kammer beschwerte ihren Körper zusätzlich.

Heilige Veronika, bitte für mich beim Herrn, der mein Richter ist, dass er mich nicht der ewigen Verdammnis anheimgibt. Heilige Maria, Muttergottes, bitte für uns Sünder …

Wenn es doch wahr wäre, dass Jesus Christus auch ihr Erlöser sei.

Wo blieb Gesche?

Veronika musste eingenickt sein. Das Dämmerlicht war vollkommen verloschen, als sie hörte, wie die Tür zur Kammer aufgezogen wurde. Wie weit war die Nacht bereits fortgeschritten? Ein Anflug von Ärger gegen sich selbst streifte Veronika: Sie hatte den Doktor verpasst.

Gesche kam herein. Wo hatte sie so lange gesteckt? Noch bevor sie das leise Stöhnen der Freundin hörte, spannten sich Veronikas Muskeln an. Etwas stimmte nicht. Gesche, die sonst so beschwingt umherlief, tanzend beinahe, leichtfüßig, schlurfte nun durch die Kammer. Veronika blinzelte. Sie sah Gesches Schatten. Wie eine alte Frau bewegte sie sich. Breitbeinig und gebückt tastete Gesche nach ihrem Lager.

Heilige Maria, Muttergottes …

»Gesche?«, flüsterte Veronika.

Keine Antwort.

Sie hörte Stroh rascheln, noch ein Stöhnen.

»Gesche?«

»Schlaf weiter, Veronika«, kam es heiser zurück.

»Wo warst du so lange!« Sie wollte es nicht wie einen Vorwurf klingen lassen. Wenn sie nur nicht eingeschlafen wäre! Veronika richtete sich auf. »Geht es dir nicht gut?«

»Nur die Hitze.«

Es raschelte erneut. Und wieder. Und wieder. Gesche wälzte sich auf dem Stroh.

Veronika unterdrückte ein Stöhnen. Wie die Hitze sie alle verrückt machte! Niemand in der Burg konnte eine Nacht durchschlafen. Und Doktor Luther – würde er in seinem Zimmer sitzen, brütend über seiner Arbeit? Die Feder in der Hand, das Tintenfass vor sich? Würde er mit den Worten ringen, seinen Kopf gegen die Faust schlagen, auf der Suche nach dem einen guten Ausdruck, dem einen treffenden Begriff, so wie er es auf der Bastei oft tat? Veronika schloss die Augen.

Die langen, harten Arbeitstage ließen ihr keine Zeit zum Träumen, und in den Nächten bestürmte die Furcht sie, tanzten die Geister, spotteten, höhnten.

Heilige Veronika, bitte für mich beim Herrn, der mein Richter ist …

»Gesche?«, flüsterte sie kaum hörbar.

Sie hörte ein leises Schluchzen vom anderen Lager.

Matt richtete sie sich auf. Zündete die Laterne an. Der Lichtschein erreichte das Lager der Freundin nicht, doch sein freundliches Gelb ermutigte Veronika, noch einmal zu rufen.

»Gesche?«

»Lass mich.«

»Was ist geschehen?«

Die Zeit kroch träge durch die Kammer. Veronika spürte ihr Herz schmerzhaft pochen. Es bebte wie ein ängstliches Tier.

»Der Barthel … er weiß es.«

Schweiß tränkte Veronikas dünnes Hemd. »Er weiß …« Sie hielt den Atem an.

»Er weiß alles. Aber er wird nichts sagen. Zu niemandem.«

Veronika atmete langsam aus.

»Doch er verlangt eine Gegenleistung.« Gesches Stimme brach. Veronika konnte sie kaum verstehen, als sie nach langen Minuten hinzufügte: »Heute war ich an der Reihe. Das nächste Mal wirst du es sein.«

Veronika schwindelte es. Sie sank zurück auf ihr Lager. Löschte die Lampe.

Zu kraftlos sogar, um die Mücken zu verscheuchen, die sich auf ihr schweißnasses Gesicht setzten, lag sie da und lauschte auf das leise Weinen der Freundin.

21

21.6.2017, abends

Der Schlossplatz füllte sich mit Autos. Parkeinweiser in gelben Warnwesten dirigierten die Fahrer über den klickenden Kies. Das Landestheater war bereits hell erleuchtet. Leute in schicker Abendgarderobe schlenderten auf den Eingang zu. Im Spiegelsaal im ersten Stock waren die Fenster geöffnet. Selbst von hier, von den Arkaden an der Längsseite des Platzes, konnte Katinka die Theaterbesucher mit ihren Sektgläsern in der Hand deutlich sehen.

»Die richtige Nacht für ›My Fair Lady‹«, seufzte Kiana und nahm einen tiefen Schluck aus ihrer Colaflasche.

Hardo grummelte irgendwas. Er hatte immer noch nicht die Tatsache verdaut, dass Katinka sich weigerte, Schilling über das Treffen zwischen Heller und Höchst zu informieren. Dass sie stattdessen Kiana als Undercoveragentin einsetzte. Die Sekretärin als Leck der Polizei! Natürlich, dachte Katinka müde, geht ihm das gegen den Strich. Doch sie versprach sich wenig vom offiziellen Weg, und ihr Misstrauen gegenüber Schilling ließ sich einfach nicht abstellen.

Sie ahnte, dass Hardo sich nicht mehr lang mit seiner Rolle als Hilfsinspektor abfinden würde. Doch je nachdem, welche Nachrichten Kiana ihnen nun servierte, gab es alsbald vermutlich sowieso keinen Fall mehr für sie. Berlin wartete. Melissa und die heiße Liebe.

»Nehmen Sie sich doch was zu trinken!« Kiana wies auf die Kühlbox, die neben ihr stand. »Alles schön kalt. Auch die Bierchen, Herr Kommissar.« Sie lachte, und dabei kiekste ihre Stimme.

Katinka hatte längst ein Bier in der Hand. Hardo zierte sich noch, aber die Hitze überzeugte ihn schließlich. »Wäre jetzt nicht meins, im schwarzen Anzug im Theater zu sitzen«, erklärte er.

»Meins auch nicht.« Katinka nahm einen tiefen Schluck.

»Du könntest schulterfrei gehen.«

»Würde dir so passen.«

Geschickt öffnete er die Bierflasche an der Kante der Bank, auf der sie saßen.

Kiana sah neugierig von einem zum anderen. »Darf ich das sagen? Sie geben ein unkonventionelles Paar ab.«

»Standard ist ja auch zum Weinen«, gab Katinka zurück.

»Ich meinte es positiv.«

Hardos Kiefer mahlten.

Sie schwiegen eine Weile. Katinka genoss den Blick auf den Schlossplatz. Fürstlich, monarchisch … sie wusste kein besseres Wort, um das prachtvolle Ensemble unter ihnen zu beschreiben. Die Ehrenburg, ein mikroskopischer Buckingham Palace, das Rondell in der Mitte, gegenüber das Landestheater, ein wenig zur Seite versetzt das Palais Edinburgh. Und dann die Arkaden, auf denen sie es sich zu dritt gemütlich gemacht hatten, um den Sommerabend herniederfallen zu lassen. Die Sonne strahlte ihnen ins Gesicht und ließ die Fachwerkhäuser in der Grafengasse im Schatten liegen. An diesem Ort schien alles perfekt. Ausgerichtet auf das Schöne. Das Wahre. Auf die Kunst und den Genuss.

Das ungeduldige Hupen eines Autofahrers unten auf dem Platz riss Katinka aus ihren Gedanken.

»Wie geht es jetzt weiter?«, fragte sie.

»Die Spusi checkt pro forma Höchsts Auto durch, aber dabei kommt sicher nichts raus. Der Mann ist wie vom Erdboden verschluckt.«

Also könnten Philipp Hellers Angaben stimmen, grübelte Katinka. Er hat sich mit Höchst getroffen und ist dann heimgefahren. Sie stellte ihre leere Bierflasche ab. Auf dem Schlossplatz wurde es ruhig. Nur noch wenige Wagen parkten ein. Der Spiegelsaal leerte sich.

»Tja, dann will ich mal.« Kiana sammelte die leeren Flaschen ein. »War nett. Wenn Sie wieder mal was brauchen …«

»Danke, Kiana.« Katinka nickte ihr zu.

»War mir ein Vergnügen.« Die Kühlbox unter den Arm geklemmt, tänzelte sie in ihren gelben Sneakers davon.

»Uff«, machte Hardo.

»Sie geht dir auf den Zeiger, stimmt's?«

»Das ist nicht der Punkt.«

»Was ist dann der Punkt?«

Bevor er antworten konnte, klingelte Katinkas Handy. Mit einem bedauernden Achselzucken griff sie nach dem Gerät.

»Hier spricht Tina Höchst.«

»Guten Abend.« Überrumpelt formte Katinkas Mund lautlos den Namen »Tina«. Hardo rollte die Augen.

»Es lebe das weltweite Netz. Sie sind Privatdetektivin, nicht wahr? Ich habe Sie gegoogelt.«

»Eins zu null für Sie.«

»Sie haben Humor.«

»Und Sie rufen mich an, weil …?«

»Können wir uns treffen? Unter vier Augen?«

»Klar. Ich bin in Coburg, sitze am Schlossplatz auf den Arkaden. Wollen Sie kommen?«

Hardo bezog Posten auf der Nachbarbank. So blieb er in Hörweite. Tina Höchst hatte ihn bisher nicht zu Gesicht bekommen, würde also keinen Verdacht schöpfen.

»Versuche, so wenig wie möglich wie ein Bulle auszusehen«, bat Katinka.

Tina Höchst kam eine halbe Stunde nach Kianas Abgang. Sie hastete die Treppen vom Schlossplatz herauf. Ihre weißen Jeans waren mittlerweile grau. Sie trug eine marineblaue Bluse dazu und flache Sandalen.

»Guten Abend.« Sie ließ sich neben Katinka auf die Bank fallen. »Sie haben gut gespielt. Donnerwetter!«

»Und Sie haben mir geholfen, die Legende mit Leben zu füllen.«

»Dann steht es unentschieden. Ich möchte Sie engagieren.«

»Ich habe gerade einen Fall laufen.«

»Da nehmen Sie keinen zweiten an?«

»Schießen Sie los.«

»Die Polizei hat den Wagen meines Mannes auf der Brandensteinsebene gefunden.«

Katinka nickte beiläufig.

»Ich habe den starken Verdacht, dass diese Sache nichts mit der Gegenwart zu tun hat.« Sie schwieg eine Weile. Hinter ihnen breitete ein Liebespaar eine Decke auf der Wiese aus. Man hörte, wie eine Weinflasche entkorkt wurde.

»Nichts mit der Gegenwart?«

»Eher mit der Vergangenheit. Mein Mann hat so eine Jugendfreundeclique. Ich glaube, ich habe das kurz erwähnt, als Sie bei mir waren.«

»Frank Degenhard gehört dazu.«

»Genau. Der *edle Spender*.« Ihre Stimme troff vor Spott. Der Stress einer noch zu treffenden Entscheidung umgab sie wie rotierende Elektronen. Sie griff in ihre Handtasche und nahm ein Päckchen »American Spirit« heraus. »Ich hatte eigentlich aufgehört.«

Ein Feuerzeug klickte. Auf der Wiese kicherte das Pärchen.

Tina inhalierte. »Gerald. Frank Degenhard. Und noch ein Mann. Manuel Schirrer.«

Aus den Augenwinkeln schielte Katinka zu Hardo hinüber. Er hatte die Hände im Nacken verschränkt und wirkte wie ein Urlauber, der das herzogliche Panorama in sich aufsaugte.

»Die waren unzertrennlich. Früher. Ich kannte Gerald da noch gar nicht. Als sie aus der Schule kamen und studierten und sich erprobten. Sie lebten zu jener

Zeit alle nicht in Coburg, zogen ihrer Wege, aber zu Weihnachten, da kamen sie zurück und trafen sich. Gingen einen trinken. Was Männer eben so machen, um ein Wiedersehen zu feiern. So genau will ich es gar nicht wissen. Ich lernte Gerald 1988 kennen. Im Frühsommer 1989 nahm er mich dann mit auf ein Klassentreffen. Ich fand es langweilig, ist ja immer so, wenn man als Neuling dazustößt. Die gemeinsamen Zeiten kann man nicht nachholen. Dort traf ich zum ersten Mal Frank und Manuel. Ich mochte sie auf Anhieb.«

Katinka spürte ihr Herz pochen.

»Die beiden waren nette Kerle. ›Zum Pferdestehlen‹, sagte man früher. Echte Buddys.« Sie warf die Kippe auf den Boden und trat sie aus. »Meine Güte, was waren wir jung damals! Gerade mal Anfang 20! Aber irgendwann war das Studium für jeden von ihnen vorbei. Und damit auch diese traditionellen Heimattreffen. In einem Frühjahr dann, ich weiß nicht mehr genau, wann, kamen nur noch Gerald und Frank zusammen. Die Dreierfreundschaft schien irgendwie angeschlagen. Vielleicht lag es auch daran, dass Manuel '91 oder '92 hier in Coburg seinen Flugschein machte und ab dann hauptsächlich mit den Jungs vom Fliegerklub unterwegs war. Frank allerdings blieb Gerald erhalten. Auf unserer Hochzeit hielt er eine Rede. Schließlich hat er sich als Geldgeber entpuppt. Heute wäre ich froh, die beiden wären nicht solche Herzensbrüder.«

»Deshalb treffen Sie sich mit mir?«

Tina Höchst spielte mit dem Feuerzeug.

»Ich habe Mails auf Geralds Tablet gefunden. Er hatte in der letzten Woche eine rege Kommunikation mit Manuel Schirrer. Die beiden fanden scheinbar wieder zueinander. Manuel arbeitet im Finanzamt. Kein ganz kleines Tier. Zuständig fürs Controlling.«

Katinka biss die Zähne zusammen. Nur keine Regung zeigen! Aber tief drinnen randalierte das fiese Tierchen. Das Ermittlerding, der Intuitionsfraß.

»Gerald setzt Manuel mit irgendwas unter Druck. Schreibt wörtlich: ›Ich habe dich in der Hand!‹ Will, dass Manuel ›den Hintern hochkriegt‹.« Tina drehte sich so, dass sie Katinka direkt ins Gesicht sah. »Gerald hat sich nicht einfach so in Luft aufgelöst. Verstehen Sie? Da hängen seine Kumpels mit drin!«

»Womit hat Ihr Mann Manuel Schirrer in der Hand?«

»Keine Ahnung.«

»Wann genau zerbrach die Freundschaft mit Schirrer?«

Tina rang die Hände. »Sehen Sie, ich könnte nicht einmal sagen, dass die Freundschaft zerbrach. Es war nur nicht mehr so wie vorher. Nicht mehr so unkompliziert. Nicht mehr so easy going.«

Katinka verschränkte die Arme. »Sagt Ihnen der Name Ingrid Naumann etwas?«

»Nein. Nie gehört.«

»Wie gut kennen Sie Schirrer?«

»Ich habe ihn zum letzten Mal vor einem Jahr gesehen. Zufällig. Beim Schlossplatzfest. Gerald und ich mussten uns dort zeigen. Manuel kaute ein Fischbrötchen. Wechselte ein paar Worte mit uns. Das Gespräch kam mir künstlich vor. Besonders gesprächig war Manuel allerdings noch nie.«

22

21.6.2017, später Abend

»Zwei Klienten, die in einem Fall irgendwie miteinander verwickelt sind – wie soll das gehen?« Hardo stand im Bad und kramte in seinem Rasierzeug. Zugegeben, das Bad war winzig, sein massiger Körper füllte es fast vollkommen aus. Sein von der Sonne verbrannter Schädel leuchtete ungesund rot.

»Es steht doch außer Frage, dass Licht ins Dunkel muss!« Katinka lehnte betont lässig am Türrahmen. Nicht, dass sie Hardos Einwand nicht verstanden hätte. Das Problem machte sie selbst unruhig. »Lassen wir Heller erst mal beiseite. Dann hätte Gerald Höchst Manuel Schirrer in der Hand. Hat Höchst am Ende Schirrer erpresst?«

»Woraufhin Schirrer Höchst umbringt? Wo ist bitte schön die Leiche? Und weshalb sollte Hellers Problem mit Ingrid Naumanns Tod zu tun haben? Weil Degenhard von einer großen Sache redet, die mit der DDR und dem Wendejahr '89 zu tun hat? Damit konnte wer weiß was gemeint sein. Denk dran, der Mann ist Unternehmer. Ich würde eher auf ein Wirtschaftsdelikt tippen.«

»Mit dir ist heute wirklich nicht gut Kirschen essen.«

»Ich kann nun mal nicht aus meiner Haut, Katinka! Wenn du mich fragst, sollte die *Polizei* sämtliche Informationen zusammenpusseln. Der Hinweis auf Hellers und Höchsts Treffen am Parkplatz würde dafür sorgen, dass die KT nach Hellers Fingerabdrücken in Höchsts Wagen sucht.«

»Selbst wenn sie welche finden würden – was würde das denn beweisen?«

Hardos Kopf wurde noch röter.

»Man könnte zumindest mal Schirrer und Degenhard befragen.«

»Da lache ich wie eine Gummisau! Weil weder wir noch deine offiziellen Kollegen irgendwas in der Hand haben. Stattdessen würde ein Gespräch die beiden warnen, dass man ein Auge auf sie hat. Und sie würden vorsichtiger werden. Im Augenblick wähnen sie sich unbeobachtet. Das ist unsere Chance.«

Hardo warf seinen Kulturbeutel auf das Bord über dem Waschbecken. »Es ist dein Fall, Katinka. Du tust, was du für richtig hältst. Wofür brauchst du mich?«

Baff wich Katinka zurück. »Was meinst du damit?«

»Die Werkstatt hat angerufen. Die Reparatur meines fahrbaren Untersatzes kostet ein kleines Vermögen. So viel Geld will ich in den alten Wagen nicht stecken. Ein neuer muss her. Morgen will ich Nägel mit Köpfen machen.«

»Du … steigst aus den Ermittlungen aus?«

»Bin ich denn drin?«

Einsamkeit hat viele Gesichter. Die Unkenrufe der Alten auf dem Marktplatz verschafften sich immer mehr Resonanz in Katinkas Kopf.

»Ich dachte schon.«

Hardo schwieg. Seine Kiefer mahlten. Er war kein großer Redner. Er war keiner, der sein Herz ausschüttete.

»Ist es, weil du inoffiziell …«, begann Katinka.

»Unsinn.«

»Kannst du mich nicht unterstützen? Oder willst du nicht? Ich sehe ein, du hast Urlaub, seit Jahrhunderten, wie es scheint, das erste Mal. Warum solltest du also die wertvolle Zeit mit Detektivarbeit vergeuden!« Das kam scharfzüngiger als beabsichtigt.

»Darum geht es nicht.«

»Worum dann? Hast du Bedenken, weil du Schilling unter Umständen ins Gehege geraten könntest?«

»Nein. Schilling ist die Mordkommission. Wir haben eine Erpressung, keinen Mord.«

Fuck, dann erkläre dich!, hätte Katinka Hardo am liebsten an den Kopf geworfen. Sie fühlte sich degradiert. Als hielte Hardo sie für unseriös, während seiner Meinung nach die Polizei die einzig richtige Stelle zur Aufklärung bestehender Rätsel darstellte. Als hätte er die letzten paar Tage nur vorgegeben, mit ihr ermitteln zu wollen, aber jetzt das Theaterspielen lieber beendete. Wütend verschränkte sie die Arme vor der Brust.

»Na, wenn du willst, fahre voraus nach Berlin. Mach auf Kultur, gehe ins Museum, überwirf dich mit Melissa! Aber gib mir noch ein paar Tage, damit ich meinen Beruf ausüben und meine Kasse füllen kann.«

»Ohne Leiche verläuft der Vermisstenfall Höchst im Sand, Katinka.«

»Und was ist mit den Mails, die Tina auf dem Tablet ihres Mannes gefunden hat?«

Hardo wollte etwas erwidern, doch das Klingeln eines Handys kam ihm zuvor.

»Meins!« Katinka griff nach dem Telefon. Es war schon nach elf. »Palfy?«

Stille am anderen Ende der Leitung. Sie hörte jemanden atmen.

»Hallo? Wer ist da?«

Hardo trat einen Schritt auf sie zu.

»Hallo! Sagen Sie was!«

Noch zwei, drei Atemzüge, dann wurde die Verbindung unterbrochen.

»Da hat jemand die Muffen gekriegt«, stellte sie fest. »Und schlauerweise seine Rufnummer unterdrückt.

Hardo legte ihr die Hand auf die Schulter.

»Lass uns nicht streiten.«

Einsamkeit hat viele Gesichter.

»Ich bin nicht darauf aus.« Sie fühlte sich schuldig und wusste nicht, weshalb.

»Ich auch nicht.«

Katinka wälzte sich in dem stickigen Zimmer im Bett, Hardos leisem Schnarchen lauschend. Schließlich stand sie auf, setzte sich auf den Badewannenrand und begann, Hellers Zeitungsbeilage zu lesen. Es klang fast wie eine Meldung fürs Sommerloch: *Drei Morde unter den Augen Martin Luthers.* Trotzdem faszinierte sie die Lektüre. Eine Frau, die im Jahr 1530 akribisch genau ein Verbrechen schilderte, das durch das Einschreiten einer Zeugin verhindert werden sollte und nur noch weitere Verbrechen nach sich zog. Recht gegen Moral – Strafe gegen Gerechtigkeit. Moderne Fragen!

Katinka schaltete das Licht im Bad aus und blickte aus dem Fenster. Es wurde schon wieder hell.

Sie konnte nur hoffen, dass ihr inoffizielles Recherchebüro ganze Arbeit leisten und Hardo von ihrem Auftrag ebendort nie erfahren würde.

23

22.6.2017, morgens

Kiana meldete sich am nächsten Morgen um 8.30 Uhr per SMS.

In Höchsts Wagen nichts Auffälliges. Akte zu.

Katinka linste unauffällig auf das Display, während Hardo sich am Büffet zu schaffen machte. Frau Schwarz scharwenzelte um Evi Werner herum, die an diesem Morgen mit übertriebener Freundlichkeit glänzte. Ein Mann saß noch im Frühstücksraum, ein Notebook vor sich. Die Stimmung fühlte sich beklemmend an.

Ich sollte mit Hardo zum Autohaus fahren, dachte Katinka. Gut Wetter machen. Aber sie wartete auf Dantes Anruf. So schwer es ihr fiel, nach dem Frühstück ließ sie Hardo ziehen.

»Bis später«, sagte sie leichthin, als er zum Bahnhof aufbrach.

Er küsste sie kurz, freundschaftlich. Sie spürte die Distanz, die sich zwischen ihnen aufgebaut hatte.

Einsamkeit hat viele Gesichter.

Warum konnte Hardo sie nicht einfach ihre Arbeit so machen lassen, wie sie es für richtig hielt? Der Fall Heller ernährte sie schließlich wie all die anderen Fälle, die sie abarbeitete. Keiner ihrer Klienten brachte einen Auftrag, der Staat und Gesellschaft veränderte. Sie verdiente ihr Geld mit Banalitäten. Wie Hardo übrigens auch. Wahrscheinlich war es nur sein verletzter Stolz, der ihn so missmutig machte. Oder irgendwelche verspäteten männlichen Wechseljahre. Man konnte nie wissen.

Katinka beschloss, sich wieder auf den Stand der Ermittlungen zu konzentrieren. Tina Höchsts Beschreibungen der Männerfreundschaft zwischen ihrem Mann, Degenhard und Schirrer schienen Katinka für das weitere Vorgehen noch am vielversprechendsten. Was aber sollte sie mit den Informationen der Naumanns anfangen? Hatte einer von den drei Jugendfreunden Ingrid Naumann auf dem Gewissen? Immerhin war Höchst bekannt für Rücksichtslosigkeit im Straßenverkehr. Womöglich hatte sein skrupelloses Verhalten 1989 seinen Anfang genommen. Oder sollte Hardo recht behalten und Degenhard in ein Wirtschaftsdelikt verwickelt sein? Die Wendejahre hatten zu fantasievollen Geschäftsideen beigetragen, kein Zweifel. Manch einer hatte sich illegal saniert und die Spuren verwischt, bevor die Staatsanwaltschaft aufmerksam wurde. Kurz dachte sie an Philipp Hellers Einlassungen zu Umbruchzeiten. Was für den einen den Zusammenbruch des Weltbildes bedeutete, öffnete dem anderen das ideale Schlupfloch.

Katinka schnappte sich ihren Rucksack und verließ das Hotel. Schon am Morgen lag die Stadt unter einer Glocke aus staubiger Hitze. Der Mietpolo hatte keine Klimaanlage, also öffnete sie sämtliche Fenster und verließ Coburg auf dem schnellsten Weg nach Norden. Frau Schwarz hatte ihr den Froschgrundsee bei Rödental als Badesee empfohlen. Typisch, dachte Katinka, dass ich das Freizeitprogramm ohne Hardo absolviere.

Sie parkte das Auto am Restaurant und lief den Uferweg entlang. Die Talbrücke am nördlichen Ende zerschnitt die dunkelgrüne Landschaft. Trotz der beschwingten Bögen zerstörte das Bauwerk die karge Harmonie dieser Gegend. Endlich fand Katinka eine Stelle für sich allein. Sie warf ihren Rucksack auf die Wiese. Der Schweiß stand ihr zwischen den Schulterblättern. Als sie in das grüne Wasser tauchte, keuchte sie kurz auf. Die tieferen Schichten waren eiskalt.

Es geht nicht darum, dass ich es Hardo zeigen will!

Interpretierte sie seine Bereitschaft, während seines Urlaubs inoffiziell mit ihr zu ermitteln, als Liebesbeweis, den er ihr nun zu entziehen drohte? Anscheinend sah er sie immer noch als Widerpart der Polizei, die die eigentlich seriöse Arbeit leistete, während Typen wie Katinka letztlich überflüssige Dilettanten waren.

Katinka hatte die Mitte des Sees erreicht. Sie drehte sich auf den Rücken. Die Sonne stach vom Himmel. Blinzelnd trieb sie auf dem kühlen Wasser.

Bis ein Schatten auf sie fiel. »Vorsicht!«, kreischte eine Stimme.

Katinka warf sich herum. Gerade noch rechtzeitig. Ein Ruderboot hätte sie beinahe gerammt. Zwei Mädchen hockten darin, offensichtlich mit dem Rudern überfordert.

»Seid ihr wahnsinnig?«, fauchte Katinka.

»Wir haben Sie nicht gesehen«, zwitscherte die eine. Beide brachen in Gekicher aus, während sie unter lautem Kreischen den Kahn in eine andere Richtung manövrierten.

Okay, ich war auch mal so drauf, beruhigte sich Katinka. Entnervt ließ sie den Blick über den See schweifen. Mehr und mehr Leute bevölkerten das Ufer. Faltboote wurden zu Wasser gelassen, Luftmatratzen, Schwimminseln mit pinken Palmen.

Sie sehnte sich nach Ruhe, nach einem Ort zum Nachdenken. Allerdings würde sie an anderer Stelle auch keine besseren Denkergebnisse erzielen, so viel war klar. Hardo hatte ja recht: Sie konnte Tina Höchsts Auftrag nicht annehmen, solange sie noch für Heller arbeitete. Aber in der Erpressungssache steckte sie fest. Wenn die Männerclique um Höchst ein Problem kultivierte, hatte das nichts mit ihrem Klienten zu tun!

Schnurstracks schwamm sie zurück ans Ufer, legte sich auf ihr Handtuch und ließ sich von der Sonne trocknen. Die Hitze brannte auf der feuchten Haut. Wie lange das Wetter wohl noch hielt? Neugierig griff sie nach ihrem Handy, um die Wetter-App zu aktivieren, als der Apparat ihr einen verpassten Anruf mitteilte.

Dante!

Sie drückte die Wähltaste.

»Endlich, Frau Palfy. Ich nehme an, Sie stecken mitten in einer gefährlichen Verfolgungsjagd?«

Katinka sah sich auf dem See um, wo die kichernden Mädchen in ihrem Kahn soeben extrem knapp an einer Luftmatratze vorbeischipperten.

»Kann man so sagen. Was gibt's Neues? Steht mein Haus noch?«

»Die Wohnung ist so gut wie fertig!« Dantes Stimme generierte dieses leichte Tremolo, mit dem er gern übergroße Begeisterung meldete. »Sie werden staunen! Besser hätte Ihnen das auch kein Profi machen können.«

»Selbstverständlich nicht. Deshalb verlasse ich mich ja auf die Mitarbeit meiner Mieter.« Dante war längst eingezogen, allerdings bot das Haus selbst Monate später immer noch Stellen, an denen man sich als Handwerker erproben konnte. Auf dem Treppenabsatz vor der Wohnung beispielsweise, oder beim Umbau der veralteten Badezimmerinstallationen, die sie aus Kostengründen zunächst nicht hatte auswechseln wollen. Im Prinzip konnte sie froh sein, in Dante Wischnewski, dem rasenden Reporter, einen langmütigen Mieter mit unerwartet handwerklichem Geschick gefunden zu haben.

»Wie auch immer: Wir wollen ja gerade nicht über Duscharmaturen sprechen!« Dante lachte leise. »Sie hatten eine Anfrage an mein Recherchebüro gerichtet.«

»Sie sind das Recherchebüro höchstselbst, hoffe ich. Die Sache ist vertraulich.«

»Weiß ich doch! Und nur meine Wenigkeit kann jene Dinge herausfinden, die in keinen Akten und auf keinen Internetseiten stehen. Von denen man nur erfährt, wenn man die richtigen Leute kennt, die wiederum die richtigen Leute kennen und so fort.«

Katinka legte sich der Länge nach auf ihr Handtuch und übte sich in Geduld. Dante brauchte den starken Auftritt.

»Also. Dieser Frank Degenhard ist zwar ein Coburger Großindustrieller, aber haben Sie sich mal gefragt, wie man mit einem Bauunternehmen heutzutage solche Massen an Kohle abfegt, dass man mit den Spenden nur so prassen kann? Immerhin ist der Bauboom ab 2007 abgesoffen, es folgte die Finanzkrise. Mit ihr rutschten die Gewinne in den Keller.«

Katinka griff in ihren Rucksack und zog einen Müsliriegel heraus. Das Schwimmen hatte sie hungrig gemacht. »Lassen Sie mich clever kombinieren. Er hat noch ein zweites Standbein?«

»Eine zweite Einnahmequelle! Hat von seinem Vater eine Mine geerbt. Seltene Erden. Eigentlich müsste es korrekt ›Metalle der seltenen Erden‹ heißen. Das Zeug kommt oft nur als geringe Beimischung in anderen Mineralien vor.«

Katinka ließ Dantes frisch erworbenes Wissen stoisch über sich ergehen.

»Sein Vater, Günther Degenhard, war eine schillernde Figur. Hinter jedem Rockzipfel her. Wollte eigentlich Schauspieler werden, sehr zur Betrübnis seines Vaters Heiner! Der hatte nämlich das Degenhard'sche Bauunternehmen aufgebaut, hielt seinen Sohn allerdings für ungeeignet, die Firma zu leiten. Deswegen hat Heiner Degenhard bis zu seinem Tod vor zehn Jahren die Geschäfte geführt und schließlich an seinem Sohn vorbei direkt an den Enkel übergeben: an Frank. Kurz darauf starb Günther unter rätselhaften Umständen bei einem Hubschrauberabsturz in Norwegen. Nur einmal bewies dieser Günther Degenhard ein geschäftliches Händchen: Er kaufte eine Mine in Brasilien. Als Geldanlage. Und die wirft nach wie vor ab.«

Davon hatte Kiana nichts berichtet. Katinka würde sie bei Dante in die Lehre schicken müssen.

»In Brasilien kann man schlechte Nachrichten besser unterdrücken als bei uns in Europa, Frau Palfy. Degenhards Mine produziert eine Menge Dreck. Die Leute werden krank. Nicht nur die Arbeiter, auch die Bewohner im weiteren Umkreis. Die Landschaft muss scheußlich aussehen …«

Katinka kramte nach ihrem Notizbuch. »Woher wissen Sie das?«

»Ob ich die Quelle überprüft habe? Aber hallo, wenn Sie sich bei mir auf eines verlassen können, dann darauf, dass ich nichts verbreite, was nicht von allen Seiten abgeklopft ist.« Dante klang entrüstet.

»Warum kam bisher kein Journalist auf die Idee, die Schmutzmine mal in die Zeitung zu bringen? Soweit ich informiert bin, gibt es in der Coburger Lokalpresse nur Lobeshymnen auf den großen Wohltäter.«

»Tja, es kommt eben leider nicht alles in die Zeitung, was es wert wäre, dort gelesen zu werden.«

»Sie wollen sagen, da sitzt ein Verleger über allem und zensiert Nachrichten.«

»Das ist ein Szenario, ja!«

Katinka schrieb in ihr Notizbuch. Wassertropfen kullerten aus ihrem Haar und malten Ringe auf die Seiten. »Frank Degenhard soll im Moment in Geldnöten stecken und jemanden suchen, der ihn raushaut. Obwohl er selbst üblicherweise den großen Zampano mit dem dicken Geldbeutel gibt.«

»Degenhard in Geldnöten?« Dante machte ein paar Geräusche, die klangen, als zerhäcksle er Gummi in einem Küchenmixer.

Mehr und mehr Leute stürmten das Seeufer. Nur wenige Meter von Katinka entfernt rollte ein Mann seine Strandmatte aus. Zwei Jungen bauten einen Grill auf. Die haben hitzefrei, falls es das noch gibt, oder schwänzen einfach, dachte Katinka. Nur allzu verständlich.

»Hm. Hmmm«, machte Dante. »Also, in dem Fall würde ich sagen …«

»… würden Sie sagen?« Katinka setzte die Sonnenbrille auf. Der Typ auf der Strandmatte starrte sie schamlos an.

»Entweder hat er in Brasilien allmählich Ärger gekriegt. Wobei ich mir nicht vorstellen kann, dass man sich dort wegen ökologischer Finessen mit einem Minenbesitzer überwirft. Hm. Hmmm.«

»Oder? Sorry, aber in der Hitze kommt mir mein Vorstellungsvermögen allmählich abhanden.«

»Na ja, vielleicht hat er sich steuermäßig verkalkuliert. Sie verstehen. Und muss nun …«

Es schien, als raste etwas in Katinkas Kopf ein. Als würden die Zahnräder endlich in den für sie vorgesehenen Positionen zu laufen beginnen.

»Das … Dante … Danke!«

»Charmante Alliteration, Frau Palfy. Vielmehr ein Tautogramm. Alle Wörter beginnen mit demselben Buchstaben. Sogar mit derselben Silbe …«

»Ich melde mich.« Sie würgte seine rhetorischen Haarspaltereien ab.

24

22.6.2017, mittags

Katinka parkte den Polo direkt vor dem Hotel.

»Frau Schwarz?«, rief sie, als sie in das Gebäude stürmte.

Die Hotelbesitzerin kam aus der Küche. »Was gibt es?«

»Ist Frau Werner noch im Haus?«

»Vorhin abgereist.« Sie sah auf ihre Armbanduhr. »Vielleicht vor …«

»Haben Sie Frau Werners Kontaktdaten?«

»Ihre Heimatadresse. Möchten Sie, dass ich sie Ihnen aufschreibe?«

»Wann ist sie los? Etwa mit ihrem Mann? Im Wohnmobil?«

Frau Schwarz lächelte beseelt. »Hat sich alles wieder eingerenkt. So soll es sein, meinen Sie nicht?«

Viel Spaß beim Glauben an die heile Welt!, dachte Katinka nur. Was hatte Evi Werner gesagt? Der ursprüngliche Plan sollte das Paar von Coburg nach Süden führen? Da gab es nur einen Weg, die A73.

»Danke!«

Sie rannte hinaus. Ein Parküberwacher fotografierte gerade ihr Nummernschild.

»Vergessen Sie's«, pflaumte Katinka ihn an. »Ich habe gerade ausgecheckt. Mein Rucksack ist schwer wie Blei!« Wie zum Beweis hievte sie das Teil auf die Rückbank, warf sich auf den Fahrersitz und startete durch.

Der Verkehr in der Innenstadt setzte ihr zu, aber sie fand dank der Beschilderung schnell den Weg zur B4. Von dort würde sie ohne Probleme auf die Autobahn auffahren können. Sie konnte nur hoffen, dass die Werners mit ihrem Camper ebenfalls für die Autobahn und nicht für die Bundesstraße optiert hatten.

Ob sie sich wirklich versöhnt hatten? Mit dem groben Klotz von einem Mann würde Katinka keine Minute in einem Wohnmobil verbringen. Fast wurde sie wütend angesichts der Tatsache, dass Evi Werner klein beigegeben hatte, wo sie doch so gerne einmal im »Metropol« nächtigen würde.

Katinka brauste am Ortsschild vorbei. Trat aufs Gas. Überholte eine Kolonne von Lkws, während hinter ihr ein schwarzes Cabrio aufblendete.

»Ja, ist ja gut, du Napfsülze«, brummte Katinka. Weiter vorne entdeckte sie ein Wohnmobil. Sie ordnete sich rechts ein, und das Cabrio zog vorbei.

Degenhard Immobilien. Wir erfüllen Träume.

»Fuck!« Das durfte einfach nicht stimmen. War da eben Frank Degenhard an ihr vorbeigeschossen? Sie trat das Gaspedal durch, doch der schmächtige Kleinwagen vermochte einfach nicht, es mit den PS des Cabrios aufzunehmen.

Schäumend vor Zorn schlug Katinka mit der Faust auf das Lenkrad.

Wenn zutraf, was ihr – und ebenso Dante, dessen war sie sicher – vorhin am See aufgegangen war, dann musste Degenhard wie auf Kohlen sitzen. Vielleicht sogar auf die Mauritius-Medaille verzichten. Steuerdelikte und eine ökologische Dreckschleuder in einem Schwellenland – die Empörungswelle würde den guten Bauunternehmer mit den Spendierhosen unter sich begraben.

Das traumerfüllende Fahrzeug war am Horizont verschwunden. Die Straße teilte sich, rechts ging es zur Bundesstraße, wer zur Autobahn wollte, hielt sich links.

Eingeklemmt zwischen den Trucks und ihren Anhängern schraubte Katinka am Radio herum. Die Anspannung schien ihr unerträglich. Jetzt musste sie das Wohnmobil der Werners finden. Wie viel Vorsprung hatten sie? Waren sie am Ende noch einkaufen gegangen, um Vorräte für die bevorstehende Reise anzulegen? Oder hatten sie ihre Pläne geändert, wollten gar nicht mehr nach Süden?

Kaum wurde die Fahrbahn mehrspurig, scherte Katinka nach links aus. Manuel Schirrer war fürs Controlling zuständig. Frank Degenhard schien der Meinung zu sein, Manuel könne in das System eingreifen.

Das System …

Sie erreichte die Auffahrt zur A73. Das erste Wohnmobil, das sie überholte, war ein überteuertes Teil mit Satschüssel und ohne die üblichen Aufkleber mit Elchen drauf. Keine »Historians on tour«. Das zweite erwies sich beim näheren Hinsehen als Aufbau auf einem Defender. Sie hatte bereits Bad Staffelstein hinter sich gelassen, als sie den Camper der Werners erspähte. Sie setzte den Blinker, fuhr auf der linken Spur neben den beiden her. Ließ das Beifahrerfenster herunter und gestikulierte wild.

»Frau Werner! Sie haben zu viel bezahlt! 50 Euro!«, brüllte sie gegen den Fahrtwind.

Karl Werner, der am Steuer saß, guckte irritiert zu ihr herüber. Er schien sie nicht zu verstehen, winkte sie wütend weiter.

»Nein, im Ernst! Sie bekommen 50 Euro zurück!«

Nun lehnte Evi Werner sich über ihren Mann und rief etwas, das Katinka nicht verstand.

»Nächster Parkplatz«, rief Katinka. Sie setzte sich direkt vor das Wohnmobil. Als das blaue Hinweisschild in Sicht kam, blinkte sie und bremste gekonnt ab. Im Rückspiegel sah sie Karl Werner fluchen.

Sie lenkte den Polo zum Ende des Parkplatzes und stieg aus. Nahm das Holster mit der Beretta aus dem Rucksack und schnallte es um.

Die beiden Werners kamen bereits auf sie zu.

»Das ist cooler als jeder Western«, murmelte Katinka. »High Noon. Wer die besseren Nerven hat, gewinnt.«

»Was haben Sie da gesagt?«, rief Evi. »Ich habe zu viel bezahlt?«

Karl Werner sah misstrauisch drein. »Kennen wir uns?«, stieß er zwischen zusammengebissenen Zähnen hervor.

»Nein, ich denke nicht.« Katinka schenkte ihm das liebreizendste Lächeln, das sie auf Lager hatte.

»Was haben Sie mit meiner Frau zu schaffen?« Er kam bedrohlich nahe. Sie roch seinen Schweiß.

»Frau Werner, wenn Sie für eine Sekunde zu mir ins Auto …«

»Vergessen Sie's!« Karl ließ eine Hand auf die Schulter seiner Frau krachen. »Rücken Sie die Kohle raus. Sie haben Sie doch nicht mehr alle. Ich kenne Sie! Sie waren auf dem Parkplatz.«

»Ich habe im selben Hotel wie Ihre Frau übernachtet, Sie Flitzpiepe, und jetzt halten Sie die Luft an und üben sich drei Minuten in Geduld!«

Sie stellte ein Bein vor. Karl Werners Blick fiel auf die Waffe um Katinkas Hüften. Ein eigenartiges Glänzen stahl sich in seine Augen.

»Kommen Sie, Frau Werner!« Katinka nahm die Frau beim Arm und führte sie zum Polo. »Steigen Sie ein.«

»Was haben Sie vor?«

Katinka zückte ihren Geldbeutel und entnahm ihm 50 Euro. »Bitte. Ihr Geld.«

Evi Werner starrte auf den Schein. »Ich habe mit Karte bezahlt.«

»So?« Katinka grinste. »Aber es hat funktioniert: Ich habe Sie losgeeist.«

»Ja.« Sie seufzte.

»Wie auch immer. Vor drei Tagen, als Sie noch mit Ihrem Mann oben auf der Brandensteinsebene in Coburg übernachteten, da haben Sie doch die beiden Männer gehört.«

»Sicher. Habe ich Ihnen doch alles erzählt. Sind Sie Polizistin?«

»Privatdetektivin, aber das ist ungefähr dasselbe. Sie sagten, derjenige, der den anderen gewarnt hatte, fuhr davon. Sind Sie ganz sicher?« Aus den Augenwinkeln beobachtete Katinka im Rückspiegel, wie Karl Werner mit missmutiger Miene auf und ab ging und immer wieder argwöhnisch zum Polo sah.

»Ja. Ganz sicher.«

»Daraufhin machten Sie, dass Sie zum Wohnmobil kamen. Auch richtig?«

Evi nickte.

»Haben Sie darauf geachtet, was der zweite Mann tat?«

Evi schloss die Augen. Ihre Lider flatterten. »Nein. Ich wollte nur weg.«

»Hörten Sie einen Wagen wegfahren? Es ist doch nicht wahrscheinlich, dass der Mann dort im Gestrüpp die Nacht verbrachte.«

Evi Werner blinzelte. »Ich habe keinen Wagen gehört. Ich saß im Camper und las. Karl studierte irgendwelche Fachmagazine. Er ist nie sehr gesprächig.«

Katinka wartete.

»Also … da fuhr kein Wagen mehr weg. Da *kam* ein Wagen.«

Katinka wurde heiß und kalt zugleich.

»Ganz leise. Ich bemerkte es an den Scheinwerfern. Wir haben zwar Vorhänge an den Fenstern, aber die sind nicht blickdicht. Ja, da kam ein Wagen.«

»Haben Sie das Modell erkannt?«

»Ich habe nicht rausgeschaut. Nur gelauscht. Ich hatte noch genug von meinem Abenteuer zuvor. Jemand stieg aus, ich hörte Schritte. Die Scheinwerfer brannten die ganze Zeit.« Sie nagte an ihrer Unterlippe. »Dann hörte ich Leute sprechen. Zwei Männer.«

»Wieder zwei Männer?«

»Ja, aber die Stimme des einen war ganz anders. So hoch. Fast ein bisschen weibisch.«

»Also war es nicht derjenige, der Alarm geschlagen hatte?«

»Nein.«

»Und der zweite?«

»Der Betrunkene? Den habe ich nicht gehört, aber dann schlugen zwei Autotüren, und der Wagen fuhr weg.«

Katinka lehnte den Kopf zurück. Die Beretta drückte ihr in die Seite. »Danke, Frau Werner.«

Evi wischte sich mit dem Handrücken den Schweiß von der Stirn. »Es ist nicht so, dass ich noch groß Lust hätte, mit Karl … Sie wissen schon. Aber alleine zu sein, ist auch nicht das Gelbe vom Ei.« Sie legte die Hand auf den Türgriff. »Alles in allem ein blöder Platz, um zu campen. Da oben. Da fliegen sogar nachts noch Maschinen raus. Ganz schön laut.«

25

22.6.2017, früher Nachmittag

Im Norden türmte sich eine blauviolette Wolkenwand. Katinka simste an Hardo:

Schon eine Entscheidung getroffen?

Doch vermutlich würde er sich nicht so schnell melden. Sie kannte ihn. Wenn er griesgrämig war, stellte er gern auf stur.

»Soll mir recht sein«, murmelte sie vor sich hin, als sie bei der nächsten Ausfahrt von der A73 abfuhr. Schließlich hatte sie mehr als genug, worüber es sich nachzudenken lohnte.

Wenn ein anderer Mann an jenem Abend auf die Brandensteinsebene gekommen war, dann hatte der vielleicht Gerald mitgenommen. Wohin auch immer. Auf Bitten Geralds oder gewaltsam. Sie suchte sich den Weg zur Landstraße. Wenn sie sich recht erinnerte, gab es hier etliche Seen. Sie brauchte dringend Abkühlung. Da wühlte zu viel in ihr. Tinas Auftrag. Philipp Hellers Erpressung. Der zweite Mann im Auto, der nachts zum Parkplatz gekommen war. Dantes Einlassungen, Degenhard könnte Steuerschulden haben. Sollte sie Kiana anrufen? Würde die junge Frau einen Weg finden, das Unmögliche in Erfahrung zu bringen? Konnte denn ein solches Geheimnis, das sich um einen als mächtig empfundenen Industriellen handelte, lange gewahrt bleiben?

Sie fuhr in Unterleiterbach links von der Straße ab und blieb am Friedhof stehen. Eine winzige barocke Kirche warf ein schmales Schattenband. Apfelbäume säumten den Flurbereinigungsweg. Sie wählte Dantes Nummer.

»Wow, das ging ja schnell. Ich hatte frühestens morgen mit Ihrem Rückruf gerechnet.«

»Wischnewski, Ihre Quelle in allen Ehren, aber …«

»Keine Chance! Ich sage nichts. Helmut Kohl hat damals auch nichts gesagt.«

»Da ging es um was anderes.«

»Vergessen Sie's.« Er klang eingeschnappt.

»Sollte Degenhard Probleme mit dem Finanzamt haben, dann wäre es für mich erstens wichtig zu wissen, ob es sich um ein Gerücht handelt oder ob tatsächlich was dran ist.«

»Ich habe nichts von Steuerschulden gesagt.«

Katinka stieg aus. Sofort fielen Myriaden blutdürstiger Mücken über sie her. »Nein, Sie haben Steuerschwierigkeiten in einem Atemzug mit Ärger aufgrund seiner Schmutzmine in Brasilien genannt.«

Am anderen Ende der Leitung raschelte Papier.

»Ich reagiere schmallippig, wenn man meine Journalistenehre anzweifelt.«

Katinka unterdrückte ein Stöhnen. Bei über 30 Grad und gefühlten 300 Prozent Luftfeuchtigkeit auch noch das Ego eines Reporters zu polieren, ging ihr gegen den Strich.

»Wie wichtig ist diese Ehrenmedaille für Degenhard?« Sie fuchtelte mit der freien Hand, um die Mücken zu verscheuchen.

Dante kicherte. »Sie meinen, die Verleihung ist in Gefahr?«

»Na ja, wenn rauskommt, dass Degenhard irgendeinen Dreck am Stecken an, dann wird er die Mauritius-Medaille nicht bekommen. Steuern hinterziehen und die Umwelt verpesten – das verzeiht die Öffentlichkeit nicht.«

»Die Übergabe soll am 28. Juni stattfinden. In sechs Tagen.«

»So bald schon?«

»Was dachten Sie denn! Im Juli steppt in Coburg die Kuh. Sambafest und Co. Da ist kein pressewirksamer Platz mehr für so was Unmediales wie eine Medaillenverleihung. Eine Kleinstadt muss ja auch erst Leute finden, denen sie die Ehrung zuteilwerden lassen kann, nicht wahr? Schließlich kann man nicht immer nur ein paar royale Cousinen und Cousins aus England zum Wurstessen einladen. Ab und an braucht es eigene Leute.«

»Verstehe ich Sie richtig, Wischnewski: In Sachen Medaille ist das Eis dünn?«

Stille.

»Wischnewski! Ich melde Eigenbedarf an, dann fliegen Sie aus der Wohnung!«

»Damit kommen Sie nie und nimmer durch.«

»Also ist das Eis dünn.«

»Wie viel Grad haben wir eigentlich heute?«, murmelte Dante.

Katinkas Handy meldete einen zweiten Anruf. Vielleicht Hardo! Aber sie hatte auch so verstanden: Sie lag nicht komplett falsch.

»Danke.«

»Immer wieder eine Freude«, gab er zurück.

Katinka nahm das andere Gespräch an. Rufnummer unbekannt.

»Katinka Palfy?«

»Hier … spricht Brandt.«

Katinka lehnte sich matt gegen die Motorhaube. Das Blech schien zu glühen. Brandt. Was für ein Witz. Wer war noch mal Brandt? Wahrscheinlich verkrusteten allmählich die Eiweiße in ihrem Hirn.

»Sie kennen mich nicht. Aber ich … nun, Sie waren gestern bei Wilfried und Susanne Naumann, nicht wahr?«

Wirklich erst gestern?, überlegte Katinka, während sie mit dem Funkschlüssel den Wagen abschloss und in den mikroskopischen Schatten der Kirche trat. Seufzend lehnte sie sich an die Sandsteinmauer. Sie war überraschend kühl.

»Jedenfalls haben Sie den Naumanns gesagt, Sie würden über ungeklärte Todesfälle schreiben.«

»Hm«, antwortete Katinka knapp.

»Tja, ich bin Ingrids Jahrgang. Wir haben zusammen unsere Ausbildung gemacht. Physiotherapie. Ich war damals auf der Geburtstagsfeier. Es war nämlich meine eigene.«

Katinka schlug sich an die schweißnasse Stirn. Natürlich! Sören Brandt! Ingrids Arbeitskollege!

»Verstehe«, sagte sie, um ihn mit einer Reaktion zum Weitersprechen zu ermutigen.

»Also. Ich könnte Ihnen schon erzählen, wie das damals war. Aber ich ... wissen Sie ... nicht am Telefon.«

Katinka rutschte an der Kirchenmauer in die Hocke.

»Sollen wir uns treffen?« Die Zunge klebte ihr am Gaumen.

Sie hörte seinen hektischen Atem.

»Ich arbeite in Masserberg, aber heute muss ich ohnehin noch nach Bad Rodach. Beruflich. Treffen wir uns dort? Im ›Café Blau‹? Um 17 Uhr?«

»Ich werde dort sein.«

26

4.7.1530, später Nachmittag

»Nun geh schon! Was für ein stures Mädchen du doch bist! Es kommen Gäste! Wir haben nicht mehr viel Zeit!«

»Wenn Gesche mit mir …«

»Ich brauche Gesche hier. Lauf endlich!« Kopfschüttelnd wandte sich Ottilia wieder dem Bottich mit dem Sauerteig zu, in dem Gesche rührte. »Und du, Gesche, sieh zu, dass du ein wenig mehr Begeisterung für die Arbeit aufbringst! Weißt du nicht, dass der Herrgott sich nicht gerne den Tag stehlen lässt?«

Veronika wandte sich zur Tür. Als sie ängstlich zurücksah, kreuzten sich ihre und Gesches Blicke. Heilige Maria, Muttergottes, betete Veronika im Stillen. Hilf mir. Ich will nicht dorthin. Ich kann nicht dorthin.

Die Getreidekammer war ein schlimmer Ort. Ein grässlicher Ort. Einer, in dem entsetzliche Bilder sie heimsuchten. Auch anderswo kamen die Albträume in Veronika hoch, aber am schlimmsten war es in der Getreidekammer. Sie faltete die Hände unter ihrer Schürze und eilte durch die leeren Gänge.

Gäste. Der Herrgott lässt sich nicht gerne den Tag stehlen. Und der Daniel, der Daniel ist tot.

Heilige Veronika, bitte für mich beim Herrn, der mein Richter ist, dass er mich nicht der ewigen Verdammnis anheimgibt. Heilige Maria, Muttergottes, bitte für uns Sünder …

Sie würde die Getreidekammer betreten, ihren Sack mit Roggen füllen und zurückeilen in die Küche, zu Gesche und der gestrengen Ottilia, sie würde Teig anrühren und Brote formen, sie würde die Laibe einschießen und mit Gesche genau beobachten, wann sie sie wieder herausnehmen mussten aus dem Ofen, und bei all dem wäre sie so beschäftigt, dass sie an nichts mehr denken würde, nicht an die Getreidekammer und Notburg und an Daniel. Und nicht an Barthel!

Veronika lief um die nächste Ecke. Um des heiligen Himmels willen – da stand er!

Wie angewurzelt blieb sie stehen.

In dem von einem Kienspan beleuchteten Gang war es düster, doch sie kannte seine Silhouette genau.

»Veronika!«

»Barthel.« Sie senkte den Kopf. Wenn sie ihn nicht ansah, würde er fortgehen. Er würde ihr nichts tun. Er würde nicht …

Bloß nicht an Gesche denken und wie sie in den letzten Tagen sich nur breitbeinig bewegen konnte. Seine Absätze hämmerten auf den Steinboden. Er kam näher. Zwei Schritte. Drei.

Heilige Veronika, bitte für mich beim Herrn, der mein Richter ist …

Die ewige Verdammnis mochte weniger grausam

sein als das, was Barthel vorhatte. Er griff nach ihrem Kinn und hob es. Zwang sie, ihn anzusehen. Im Zwielicht schimmerten seine Augen schwarz. Sie trat einen Schritt zurück. Ihre Brust hob und senkte sich in schneller Folge.

»Warum so zurückhaltend, Veronika?«

Es würde niemals aufhören. Niemals. Veronika ballte die Fäuste unter der Schürze.

Er legte die Hand auf ihre rechte Brust und drückte zu. Sie schrie auf.

»Nein!«

»Du gehörst mir, Veronika. Ich habe alles gesehen.«

»Man wird dir nicht glauben.«

»Wird man nicht? Du erheiterst mich.«

»Gesche und ich, wir … haben nichts getan.«

Er lachte frech. »Da steht mein Wort gegen das von zwei Frauen. Wem wird man Glauben schenken, was denkst du? Dir und deiner törichten Freundin?« Sein Gesicht näherte sich ihrem. Kaum hätte die Klinge eines Messers noch zwischen seine Nase und ihre gepasst. »Du vergisst, dass es da noch die kleine Notburg gibt. Notburg, die an Fieber leidet. Aber wie man hört, hat sie sich längst erholt und wird bald wieder arbeiten, denn wer nicht arbeitet, soll auch nicht essen, und Orte, wo man sich nützlich machen kann hier in unserer herrlichen Burg, gibt es wahrhaftig genug.«

Sie roch seinen fauligen Atem. Es würgte sie.

»Lass mich los!«

»Du gehörst mir, Veronika, genauso wie Gesche.

Heute Abend, nach Sonnenuntergang. Du weißt, wo. Ich warte auf dich.«

Er stieß sie von sich weg. Veronika taumelte gegen die raue Mauer. Im Davongehen stieß Barthel den Kienspan zu Boden. Das Licht verlosch. In der Finsternis hörte Veronika das Klappern seiner Stiefel und wie der Degen gegen seinen Schenkel klatschte.

27

22.6.2017, nachmittags

Katinka folgte den Schildern nach Ebing und ging im Baggersee schwimmen. Sie musste sich einfach abkühlen, andernfalls wäre sie zu keinem klaren Gedanken mehr fähig. Als sie sich von der Sonne trocknen ließ, meldete sich Tina Höchst und fragte, wie weit Katinka in ihren Ermittlungen gekommen war. Die brachte es nicht fertig, Tina abzuwimmeln. Potenziell gehörten die beiden Fälle Höchst und Heller sogar zusammen, wenn ihr auch noch nicht klar war, wie. Aber mit Philipp kam sie nicht weiter. Und was Geralds Verschwinden betraf, sah die Sache noch düsterer aus.

Sie schwamm eine weitere Runde im See und raffte dann ihre Sachen zusammen. In einer Metzgerei im Ort kaufte sie sich eine Leberkässemmel und zwei Flaschen kaltes Mineralwasser. Im Auto rief sie Hardo an.

»Hallo, Katinka! Ich mache jetzt eine Probefahrt mit einem Jahreswagen. Das übliche Modell. Deutsch und solide.« Seine Stimme klang neutral. Nicht besonders freundlich, aber auch nicht eingeschnappt. Immerhin.

»Wie sieht's mit den Abgaswerten aus?«

Er lachte. »Ist mir ziemlich egal. Gibt es was Neues?«

»Ich fahre jetzt nach Bad Rodach, Sören Brandt treffen.«

»Ach.«

»Er hat mich selbst angerufen, will mir was erzählen.«

Hardo schwieg eine Weile. Sie ahnte, was kommen würde.

»Welchen Grund sollte er dafür haben?«

»Er wusste, dass ich mit den Naumanns gesprochen habe. Und kannte meine Legende. Ich schreibe über ungeklärte Todesfälle in den Wendejahren.«

»Das kann er nur von den Naumanns haben.«

Im Hintergrund sprang ein Motor an und röhrte laut.

»Ist das dein eventueller Wagen?«, fragte Katinka spöttisch.

»Unsinn, hier wird die Fassade vom Autohaus erneuert.« Hardo schien ein paar Schritte weiterzugehen, der Lärm verklang. »Im Ernst, Katinka. Hast du nicht gesagt, die Naumanns hätten behauptet, mit ihm kaum Kontakt zu haben, weil er nicht mehr in Lauscha wohnt?«

»So hatte ich es verstanden.«

»Dann haben die Naumanns es mit der Wahrheit nicht so genau genommen.«

»Oder Brandt lügt.« Beziehungsweise hat sich eine Legende gestrickt, ergänzte Katinka im Stillen. »Wie auch immer. Ich fahre jetzt los.«

»Es soll eine Unwetterfront von Nordwesten heranziehen.«

»Die kann mich mal. Sehe ich dich heute Abend in Coburg?«

»Unbedingt.«

Sie öffnete eine Flasche Wasser. Trank gierig. »Dann bis dann!«

Offenbar ließen sich ziemlich viele Dinge wieder einrenken. Und das Privileg, sich stur zu stellen, stand nicht nur Hardo zu.

Die Wolkenwand war weiter über den Himmel gekrochen und verschluckte die Nachmittagssonne. Katinka ließ das Autoradio laufen, während sie den Wagen Richtung Bad Rodach steuerte. Ab Coburg hatte sie das Gefühl, auf das Ende der Welt zuzufahren. Obwohl seit der Wende 1989/90 alte Routen wieder zum Leben erweckt worden waren, vermittelte sich ihr eine Ahnung, wie die Welt zu Zeiten der deutschen Teilung in diesem Grenzwinkel ausgesehen haben mochte. Öd und leer. Aber eben auch ruhig. Friedlich. Paradiesisch beinahe.

Bad Rodach jedoch schien in den vergangenen 28 Jahren vom Wandel der Zeiten profitiert zu haben. Im Zentrum flanierten Einheimische und Kurgäste. Cafés und Eisdielen summten und brummten. In den Geschäften gab man sich die Klinke in die Hand. Katinka schnappte einem SUV den Parkplatz weg. Erschöpft stellte sie den Motor ab. Obwohl nun dicke Wolken die Sonne verdeckten, waren die Temperaturen um kein Grad gefallen. Im Gegenteil: Die Hitze drückte nur noch mehr. Es fiel schwer, Arme und Beine zu bewegen. Die heiße Luft schien in den Lungen kleben zu bleiben. Ein Kaffee wäre jetzt recht. Die Beretta schob sie unter den Beifahrersitz und schloss den Wagen ab.

Im »Café Blau« orderte sie einen doppelten Espresso. Der ging runter wie Öl.

»Frau Palfy?« Ein Kopf mit unübersichtlicher Haarpracht geriet in ihr Blickfeld. Welche Strähnen zum Vollbart gehörten und welche zur Kopfbehaarung, war nicht auszumachen. Graue Augen funkelten hinter einer dicken Brille, die all jene Stellen seines Gesichtes bedeckte, auf denen kein Haar wuchs.

»Ich bin Sören Brandt.« Er streckte ihr die Hand hin.

Sie griff zu. Die Hand war warm und trocken und drückte angenehm fest zu. Die Hand eines Physiotherapeuten.

»Palfy. Setzen Sie sich.«

Er sank auf den Stuhl ihr gegenüber und winkte den Kellner herbei.

»Eine Cola. Mit Zitrone und Eis.«

Katinka musterte ihn. Das wirre rote Haar, an etlichen Stellen von silbrigen Strähnen durchwirkt, ließ ihn ein wenig verwahrlost wirken. Doch das hellblaue Poloshirt und die weißen Stoffhosen sprachen eine andere Sprache.

»Die Matte stammt noch aus DDR-Zeiten«, sagte er, als habe er Katinkas Gedanken erahnt. »Damals war das ein Statement. Solange mir das Schicksal der meisten Männer meines Alters erspart bleibt, glatzköpfig durch die Welt zu ziehen, lasse ich keinen Friseur an mich ran.«

»Sie möchten mit mir über Ingrid Naumann sprechen?«

»Genauer gesagt über jene Winternacht, in der sie starb. Es ist so eine Sache mit der Schuld, verstehen Sie, Frau Palfy? Vielleicht sollte ich mich an einen Seelsorger wenden, aber als ich Ihre Visitenkarte gefunden habe, da dachte ich, Sie sind die Richtige.«

Katinka stöhnte innerlich. Wieder einer, der inneren Frieden suchte.

»Sie haben meine Visitenkarte gefunden?«

»Manchmal fahre ich nach Lauscha. Besuche meine Eltern. Sehr selten schaue ich auch mal bei den Naumanns vorbei. Aus alter Verbundenheit. Schließlich haben sie die Tochter verloren. Und Ingrid und ich, wir mochten uns. Bis ich dann …« Er verfiel in Schweigen. Seine Cola kam. Als Katinka das beschlagene Glas sah und die Eiswürfel klirren hörte, bestellte sie auch eine. »Also, ich besuchte die Naumanns. Aus Pflichtgefühl. Und da lag Ihre Visitenkarte vor dem Gartentor. Wahrscheinlich ist sie Ihnen aus der Tasche gefallen.«

Das Café füllte sich mit Leuten, die nach der Arbeit schnell etwas trinken wollten. Mit Kurgästen, die es noch nicht zurückzog in die Klinik oder die Therme. Eine dicke Frau zerrte einen hitzegepeinigten Bernhardiner hinter sich her, der sich alle paar Schritte flach auf das Pflaster fallen ließ. Der Kellner stürzte herbei und stellte dem Hund einen Wassernapf hin. In der Ferne hörte man Donnergrollen.

»Jedenfalls ging ich gestern Abend bei den Naumanns vorbei. Susanne hasst mich, daran ist nicht zu rütteln. Aber Wilfried ist ein überlegter Mann. Er geht mit der Zeit, er kann sich Veränderungen anpassen.«

»Mit ›Veränderung‹ meinen Sie einen Schicksalsschlag wie den, die Tochter zu verlieren?«

»Nein, nein.« Er spreizte die Finger und kämmte seinen Bart. »Gar nicht. Ich meine politische Veränderungen.«

Katinka lehnte sich zurück. Das Gespräch nahm eine eigentümliche Wendung. Doch vielleicht bedeutete Politik hier, im Grenzland zwischen Bayern und Thüringen, der ehemaligen Demarkationslinie des Kalten Krieges, etwas anderes als in ihrer Heimatstadt Wien.

Immerhin war Wiens Aufteilung in vier Sektoren lange vor ihrer Geburt schon Geschichte gewesen.

»Das müssen Sie mir erklären. Als ich nach Deutschland gezogen bin, war die DDR längst im Sumpf der Geschichte untergegangen.«

»Die alte Bundesrepublik aber auch, oder?« Seine grauen Augen leuchteten auf.

Katinka fand ihn sympathisch. Unergründlich, mysteriös. Aber sympathisch.

»Nein, Susanne ist eine stramme Parteisoldatin gewesen. Sie war Lehrerin und hatte was zu sagen im SED-Ortsverband.« Er drehte sein Glas in den Händen. Gepflegte Hände mit sorgsam geschnittenen Nägeln. »Sie sonderte Kinder aus. Solche, die gefördert werden sollten, die ihre Interessen pflegen durften, und solche, die es zu ›zersetzen‹ galt; so der DDR-Jargon. Weil die Eltern dem Staat nicht wohlwollend gegenüberstanden. Oder weil sie im Jugendalter anfingen, selbstständig zu denken. Diese Youngsters gehörten in den Augen der SED-Schranzen ausgemerzt.« Er stellte sein Glas ab, schaute auf seine Hände.

Der Kellner brachte Katinkas Cola. Sie trank gierig. Die Süße und die zusätzliche Dosis Koffein möbelten sie auf.

»So wie Sie?«, wagte sie sich vor.

»So wie ich. Meine Eltern sind das, was man kleine Leute nennt. Sie sind nicht politisch. Versuchten sich durchzuschlagen. Wie alle. Arrangierten sich mit dem

Schlangestehen. Dem Tauschen. Dem Warten, dass mal was funktioniert. Bei den Naumanns lief natürlich immer alles blendend. Wie gesagt: Susanne machte Karriere in der Kreisleitung, bekam besondere pädagogische Aufgaben zugewiesen. Was das war, kann man sich denken. Ich habe nach der Wende ein paar Journalisten mit den entsprechenden Informationen ausgestattet. Susanne Naumann wurde im vereinigten Deutschland nicht in den Schuldienst übernommen. Das war ein harter Schlag für sie. Ihre Fächer waren Deutsch und Russisch. Eine Zeit lang unterrichtete sie Russisch an der Volkshochschule, aber das entsprach ihren Ansprüchen überhaupt nicht. Ihren Talenten genauso wenig!« Er lachte trocken auf.

Katinka begann zu begreifen. »Sie war für die Stasi tätig?«

»War sie. Aber ich habe darauf verzichtet, näher nachzuforschen. Mir hat gereicht, dass sie nie wieder Schülern, die sich nicht wehren dürfen, Unrecht tun kann.«

»Wenn ich danebengreife, sagen Sie es mir: Sie waren so ein Schüler, dem Unrecht getan wurde?«

»Exakt. Ich wollte Abitur machen und Medizin studieren. Forschung interessierte mich. Aber ich durfte nicht.« Er legte seine Hände auf die Tischplatte. Betrachtete sie, als seien sie etwas ganz Fremdes.

»Und Ingrid?«

Er seufzte tief. »Ich habe es schon vor der Wende erfahren. Ich galt ja als Außenseiter. Man hat mich beobachtet. 1989 wurde ich 25. Aus meiner Meinung hatte ich selten einen Hehl gemacht. Mit einer gewissen Behutsamkeit, schließlich stand mein Leben auf dem Spiel. Wenn ich wirklich meine Auffassungen über den Sozialismus und seine verdammten Schergen rausgelassen hätte …« Wieder striegelte er seinen Bart. »Dann bekam ich raus, dass Ingrid …«

Katinka trank ihre Cola, lauschte dem fernen Donner und dem geschäftigen Summen eines frühen Sommerabends. Autohupen. Dem kreischenden Gekicher zweier Mädchen, die aufgebrezelt auf ein Date warteten. Dem Kläffen zweier Hunde, die pro forma die Territorien absteckten.

Brandt räusperte sich. »Ingrid war IM. Inoffizieller Mitarbeiter des Ministeriums für Staatssicherheit. Ich hatte einen Kumpel. Siegfried. Der war auch bei der Stasi. Aber er war anständig. Was genau er gemacht hat, kriege ich nicht mehr zusammen. Irgendwelchen Papierkram. Aber man weiß ja, dass Typen, die stapelweise Zettel hin- und herschaufeln, oft die größeren Verbrecher sind als diejenigen, die draußen ihren Mann stehen. In Wind und Regen. Jedenfalls: Siegfried hatte so etwas wie Ehre. Oder, sagen wir: Anstand. Wir mochten uns sehr. Waren schon als Kinder jeden Winter zum Schlittenfahren draußen. Einmal, kurz nach Neujahr, ist Doris, seine jüngere Schwester, mit dem Schlitten ins Unterholz gerast. Die Dornen haben ihr das ganze Gesicht zerschnitten, ein Augenlid fast abgetrennt. Ich habe sie auf meinen Schultern ins Krankenhaus geschleppt und dort den Ärzten mächtig eingeheizt, damit die sich endlich um sie kümmerten. Sie hat viel Blut verloren, die Oberlippe war geplatzt. Doris heulte wie ein Schlosshund. In der Notaufnahme herrschte eine unglaubliche Schlamperei. Die Herren und Damen Ärzte haben auf das neue Jahr getrunken und sich's wohl sein lassen. Die Patienten kamen erst an zweiter Stelle. Siegfried und ich, wir waren gerade mal 16. Und Doris elf. Die ganze Nacht saß ich mit Siegfried am Bett seiner Schwester. Das hat er mir nicht vergessen. Deshalb hat er mich gewarnt.«

»Siegfried hat Ihnen zugeflüstert, dass Ingrid als IM Ihnen gefährlich werden könnte.«

Er nickte. Der Donner kam näher. Eine Windbö fegte über den Platz und verschob die Eiskarten auf den Tischen um ein paar Zentimeter. »Natürlich hätte er geleugnet, mit mir darüber gesprochen zu haben.«

»Aber Sie glaubten ihm.«

»Es wurde ein Schuh draus. Ein paarmal war mir aufgefallen, dass Ingrid sich für das interessierte, was ich in meiner Freizeit machte. Ob sie da mal mitkommen könnte. Ich hielt mich bedeckt. Schließlich durfte man seine oppositionellen Freunde keiner Gefahr aussetzen.«

Katinka rann der Schweiß in die Augen. Die Schwüle setzte das Städtchen und seine Menschen unter Spannung. Als zöge ein Gewicht an Armen und Beinen.

»Dann konstituierte sich das ›Neue Forum‹. Ungarn öffnete die Grenzen. Die Botschaft in Prag platzte aus allen Nähten. Die Leute trauten sich plötzlich zu, etwas verändern zu können. Wir wurden mutiger. Heute würde man sagen: cooler. Wir wagten uns aus der Deckung. Manche von uns provozierten sogar die Parteibonzen. Ingrid war im Sommer 1989 ziemlich nervös. Ihre Mutter gab ihr Rückendeckung. Dass die vom imperialistischen Virus infizierten Schädlinge schon ihren gerechten Strafen zugeführt würden. Das posaunte sie im ganzen Ort herum.« Der Kellner kam und fragte nach weiteren Wünschen. Katinka bat um ein Wasser. Sören schien den Mann gar nicht zu bemerken.

»Meine Geburtstagsfeier stieg am 29.12.89. Ich wurde 25. Meine Kumpels wollten das groß feiern. Sie rückten mit Vorräten aller Art an. Würstchen, Schnaps, Bier. Im Garten bauten wir den Grill auf. Ich fühlte mich damals so frei. Die Grenzen waren offen, und ich drauf und dran, im Westen nach einer Anstellung Ausschau zu halten. Plötzlich musste man nicht mehr bei Nacht und Nebel über irgendwelche osteuropäischen Getreidefelder rennen. Am 9. November war die Mauer gefallen und bislang nicht wieder geschlossen worden. Wir fühlten uns glücklich. Unterschwellig ein wenig skeptisch, schließlich trauten wir dem Machtapparat nur Böses zu. Aber doch glücklich. Immerhin konnten nun auch BRD-Bürger einfach so zu uns rüber. Und da kamen dann drei Jungs. Selma schleppte sie ab. Sie war damals das Mädchen, das alle haben wollten. Die tauchte auf, mit den drei Kerlen im Schlepptau, und betankte sie mit Schnaps.«

»Drei, sagen Sie?«

»Drei.«

»Können Sie sich an die Namen erinnern?«

»Sie fragen mich was! Keine Ahnung. Einer hieß Frank, glaube ich.«

Katinkas Magen krampfte sich zusammen. »Und wie noch?«

Sören zuckte die Achseln. »Das ist 28 Jahre her! Länger als mein halbes Leben.« Er lachte. Es klang sonor, gut gelaunt, fröhlich. Nach Sommer. Keine Spur von Bitterkeit.

»Und es waren nur Männer?«

»Nur Männer. Selma machte sich sofort an einen von ihnen ran. Die Kumpel besorgten mehr Schnaps, und zwei waren so breit, dass sie bei mir auf dem Sofa schlafen mussten. Einer hat das ganze Bad vollgekotzt. Meine Eltern waren vielleicht sauer.« Seine Miene verfinsterte sich.

»Dann hat einer dieser Westbesucher Ingrid angefahren?«

»Wahrscheinlich. Es muss ihr Wagen gewesen sein. Denn es schneite so heftig, die Straßen wurden kaum geräumt – da war seit Stunden kein anderes Auto mehr vorbeigekommen! Zumindest in meiner Erinnerung. Sie wissen das besser als ich: Vorstellungen verfestigen sich, und irgendwann bilden wir uns ein, wir hätten das alles so erlebt. Ich weiß aber sicher, dass es einen Streit gab. Einer von den Westlern knutschte mit Selma, das konnte ihrem damaligen Freund nicht passen. Thomas knallte durch und fing eine Schlägerei an. Wir hatten alle ganz schön gebechert. Ein paar Jungs trennten die Streithähne, aber der Westknabe hatte die Schnauze voll und zog von dannen. Ich bin ihm noch nach. Da saß er schon in seinem Auto. Ich lief ein paar Meter neben dem Auto her. Als er mich sah, trat er das Gaspedal durch.«

»Haben Sie das Nummernschild erkannt?«

»Ich glaube, es begann mit CO.«

»Coburg.«

»Genau. Wissen Sie, in klaren Nächten fuhren wir manchmal auf den Bleßberg. Von dort sahen wir dann weit im Süden die Veste Coburg leuchten. Da ist der Westen, dachten wir, und hingen unseren neidvollen Gedanken nach. Die Ecke dort oben war wie ein Schaufenster des gelobten Landes.«

»Es saß nur ein Mann im Wagen?«

»Nur einer. Ganz sicher.«

»Aber zwei haben bei Ihnen übernachtet.«

»Zwei.«

»Wie sah der Mann am Steuer aus?«

»Es war stockfinster, ich konnte ihn nicht genau erkennen. Kurze Haare hatte er. Den Schal hatte er ins Gesicht gezogen. Ich konnte wirklich nicht viel erkennen.«

»Und die Polizei?«

»Die hat auch Leute befragt, natürlich. Aber ich habe nur das Nötigste gesagt. Irgendwie wollte niemand von uns mit Ingrids Tod zu tun haben.«

Katinka dachte an Susanne Naumanns bittere Worte: »Die haben sie zu einer Außenseiterin gemacht.« Viel eher schien es ihr zutreffend, dass Ingrid selbst sich durch die Tätigkeit als IM von allen anderen in ihrem Umkreis entfernt hatte.

»Ich habe frühmorgens von Ingrids Unfall erfahren. Da schnarchten die beiden Typen noch bei uns im Wohnzimmer. Ich habe sie wachgerüttelt und vor die Tür gesetzt. Seht zu, dass ihr abhaut, habe ich gesagt. Ohne zu erklären, was in der Nacht geschehen war. Wahrscheinlich sind sie per Anhalter zurück in den Westen. Ich weiß es nicht und ich will es auch nicht wissen.«

»Hat man den Unfallverursacher nicht finden wollen?«

»Das behauptet Susanne Naumann, was? Sie dämpft ihren Schmerz mit der Überzeugung, dass die neuen Herrscher, das ›oppositionelle Gesocks‹, wie sie es nennt, Ingrid als Feindin einstuften und dadurch die Ermittlungen torpedierten. Glauben Sie mir, Frau Palfy: Susanne hat bis heute nicht verstanden, was eine Demokratie ist. Sie denkt immer noch in den alten Schablonen und meint, alle anderen täten das auch. Dass das Recht für alle gleichermaßen gilt, versteht sie nicht.«

»Sagt Ihnen der Name Manuel Schirrer etwas?«

»Nein, gar nicht.«

»Sie hätten helfen können, den Unfallverursacher zu finden. Sie haben es nicht getan. Wissentlich.«

»Ich schätze nicht, dass man mir daraus heute noch juristisch einen Strick drehen kann«, blaffte Sören Brandt.

Mit einem Mal kam Katinka das Getue, mit dem er seinen Bart striegelte, selbstgefällig vor.

»Lügen sind überall, verstehen Sie?«, fügte er hinzu.

»Korrekt. Sie können keine Visitenkarte von mir gefunden haben. Ich habe so gut wie nie welche bei mir.«

»Ungewöhnlich. Für eine Privatdetektivin, meine ich.«

Das musste er ihr ja noch reinreiben. Dass er sie durchschaut hatte. Der Zweite innerhalb kurzer Zeit, der sich im Internet nach ihr umgesehen hatte.

Katinka musterte ihn abschätzig. Seine grauen Augen hockten wie Kieselsteine hinter den dicken Brillengläsern.

28

22.6.2017, abends

Sie wartete in der Bar des »Holiday Inn«. Nürnberg glühte in der Hitze. Weit und breit war keine Abkühlung in Sicht. Im Radio hatten sie für Nordbayern heftige Unwetter angesagt, aber für Mittelfranken stand weder Sturm noch Regen auf dem Programm.

Sie klappte ihren Taschenspiegel auf. Kontrollierte das Make-up. Dezent, wie es sein sollte. In Ordnung. Es war ihr wichtig, dass er ihr nicht sofort Absichten unterstellte. Bloß nicht herumlaufen wie ein Escortgirl! Bei ihm wirkten andere Mittel.

Wenn einer ihr helfen konnte, dann er. Ansonsten blieb ihr nur, die Hoffnung aufzugeben, sich mit dem Unvermeidlichen zu arrangieren. Mit der Detektivin war nicht zu rechnen. Gut, wenn sie nicht wollte, dann eben nicht!

Trotz der Temperaturen trug sie Strümpfe unter den Leinenhosen. Strümpfe gaben ihr Selbstbewusstsein. Genauso wie eng geschnittene Hosen. Von Miniröcken hielt sie gar nichts. Es war geschickter, zu verbergen und erst nach und nach preiszugeben. Sie orderte ein Tonic Water mit viel Eis. Alkohol bekam seinen Auftritt noch, aber nicht gleich. Sie hatte ein Zimmer gemietet.

Er betrat das Hotel mit federnden Schritten. Sein Anzug saß tadellos, das Haar schien frisch geschnitten und geschickt pomadisiert, kein Schweißtröpfchen trübte sein Lächeln, als er zu ihr trat.

»Tina! Meine Liebe!«

Sie glitt vom Barhocker, hauchte einen Kuss auf seine Wangen. Er war der Einzige, dem das Älterwerden stand. Der Frost in seinem Haar wirkte erstaunlicherweise jugendlich, die wenigen Fältchen, die seine Haut kerbten, gaben ihm Tiefgang.

»Was trinkst du?«

»Tonic.«

»Für mich dasselbe«, bestellte er in genau dem souveränen Ton, den er benutzte, wenn er Anweisungen erteilte und mit nichts als prompter Erfüllung rechnete. Selbstsicher war er stets gewesen, sie kannte ihn nicht anders. »Weißt du etwas von Gerald?«

»Nein. Wollte ich dich gerade fragen.«

»Du musst schrecklich in Sorge sein.«

»Das bin ich.« Sie wartete ab.

»Ich habe ihn seit Wochen nicht gesehen! Bei diesem Treffen mit dem Stadtrat, Anfang Mai, wenn ich mich nicht irre, war Gerald auch dabei. Seitdem sind wir einander nicht mehr über den Weg gelaufen.«

»Ging es bei dem Treffen um die Mauritius-Medaille?«

»Genau um die!« Er nahm sein Tonic entgegen und trank einen Schluck.

»Da brennt doch nichts an?«

»Wie kommst du darauf?«

Tina streckte den Rücken. Die Bluse klebte ihr am Rückgrat. Haltung bewahren! »Es gibt Gerüchte.«

»So?« Spitzbübisch drohte er mit dem Zeigefinger.

»Im Finanzsenat brodelt es. Jemand unterstellte dir ein paar unschöne Dinge!«

»Das weiß ich. Aber da ist nichts dran, Tina, nicht das Geringste. Ich habe die Missverständnisse ausgeräumt. Damit sollte alles geklärt sein.«

»Dass du beim Finanzamt Schulden hast, das hältst du für geklärt?«

Sein Gesicht nahm einen rosigen Ton an. Unterdrückte Gefühle, dachte Tina zufrieden, würden ihr in die Hände spielen.

»Ich bitte dich.« Er senkte die Lider.

Sie musste schmunzeln. Er war ein attraktiver Mann, um Klassen begehrenswerter als Gerald, der sich seit Jahren gehen ließ und den der Alkohol nicht gerade knuspriger gemacht hatte.

»Da bin ich aber froh«, sagte sie ein wenig leiser als zuvor. Nippte am Tonic.

»Hat Gerald … sich mal dazu geäußert?«, fragte er.

»Du weißt doch: Mir gegenüber lässt er gar nichts mehr raus, was die Politik betrifft.«

»Wie schade. Ich würde dich als Beraterin gar nicht hoch genug schätzen! Wenn du *meine* Frau wärst.«

»Tja …« Sie zwang das Lächeln, das sich in ihr Gesicht stahl, ein paar Millimeter zurück. Ließ einen Hauch Traurigkeit in ihre Mundwinkel sickern.

»Und ich hätte dich gewollt, Tina. Bei Gott, ich hätte dich gewollt!« Unverhohlen musterte er sie von oben bis unten.

»Ich hatte mir wirklich schon Sorgen gemacht. Was die Ehrung durch die Stadt Coburg angeht. Dachte tatsächlich, das geht noch schief. Dabei hat Gerald mir nicht mal gesagt, wer sich da gesperrt hat. Sein Kodex! Nichts aus den Gremien nach außen dringen lassen.«

»Da ist er sicher einer der wenigen, die das so sehen. Manche rennen nach jeder Sitzung spornstreichs zur nächsten Zeitung. Oder twittern gleich die Neuigkeiten in die Welt hinaus.«

»Um ehrlich zu sein – eine Weile glaubte ich sogar, Gerald selber würde dir Steine in den Weg legen.«

Er verschränkte die Arme. »Glaubtest du?«

»Ich kann vor Kummer nicht mehr schlafen! Was, wenn seine Rivalen ernst machen und ihn …«

»Ihn was?« Er beugte sich zu ihr. »Ihn umbringen?«

Sie musste nicht schauspielern. Das Wort traf sie brutal. »Sag doch so was nicht!«

Er streckte die Hand aus, berührte ihren nackten Arm. »Sie sind alle Giftschlangen, die Möchtegern-Provinzpolitiker, die Landpomeranzen, das sage ich dir. Aber so schlimm das klingt: Um jemanden umzubringen, fehlen denen zum Glück die Nerven.«

Tina ließ ein leises Kichern hören. Seine Hand auf ihrer Haut tat ihr gut. Seit wann berührte Gerald sie nicht mehr?

»Wir hatten es mal schön, nicht wahr? Damals, nach diesem unseligen Klassentreffen, auf dem du dich so gelangweilt hast.«

»Ja, das hatten wir.« Sie angelte den traurigen Rest eines Eiswürfels aus dem Glas und steckte ihn in den Mund. Ihre Zunge umspielte ihn, spitzte kurz durch die Lippen. Was, wenn sie nicht Gerald geheiratet hätte? Wenn sie stattdessen einen anderen ins Auge gefasst hätte … Hätte sie für diesen anderen auch ihr eigenes Leben zurückgestellt, um stattdessen das Leben des Mannes zu gestalten? Sie war frei genug zuzugeben, dass sie es vermutlich genauso gemacht hätte. Sie brauchte sich nicht zu beklagen. Letztlich hatte sie sich ihre innere Leere selbst zuzuschreiben. Genauso wie die Erkenntnis, dass sie nicht mehr begehrt wurde. Nicht von Gerald. Und von anderen nur temporär; wenn sie sich Mühe gab. Zum Teufel, sie hasste diese Einsamkeit.

»Tina!« Er griff nach ihrer Hand. »Wenn ich dir helfen könnte, würde ich es tun.«

»Du kannst mir helfen.« Sie neigte sich zu ihm. Biss auf den Eiswürfel. Es krachte.

»Das hast du damals schon gern gemacht, stimmt's?« Er zeigte auf seinen Kiefer. »Eiswürfel zerbeißen. Mir taten jedes Mal die Zähne weh, wenn ich das Eis in deinem Mund splittern hörte.«

Sie legte die freie Hand auf seinen Oberschenkel. »Ich habe ein Zimmer genommen.«

Er beglich die Rechnung, während Tina bereits zum Fahrstuhl ging.

29

22.6.2017, abends

Katinka verließ Bad Rodach, im Bauch eine ungewisse Wut. Was hatte dieser Schlaumeier namens Sören Brandt ihr eigentlich sagen wollen? Sie glaubte keine Sekunde, dass er nach 28 Jahren sein Gewissen erleichtern wollte. Dafür war sie ganz bestimmt nicht die richtige Adresse. Eher hatte sie den Eindruck, er schob die Schuld ganz bewusst in die Schuhe der »Westler«, die damals in Lauscha seine Geburtstagsfeier gesprengt hatten. Dabei kam es ihr nicht einmal ungewöhnlich vor, dass er seinen Hass auf Ingrid genauso ausgelebt hatte: indem er sich nicht darum scherte, der Polizei wichtige Informationen zu liefern. Aber wieso wendete er sich gerade jetzt an die Naumanns? Wo Susanne Naumann seiner Meinung nach eine überzeugte Sozialistin geblieben war, was ihn als angeblichen Oppositionellen doch immer noch auf die Palme bringen musste? Vielleicht würde sie schlauer aus ihm, wenn sie sein Buch las, von dem Kiana gesprochen hatte. Doch eigentlich hatte sie kein Interesse, sich mit seinen Erlebnissen zu beschäftigen. Es war fast wie früher im Studium: Bestimmte Arten von Lektüre verursachten ihr Übelkeit. Sie konnte Brandt allenfalls zugutehalten, dass die Umwälzungen der Wendejahre, die die

Lügen der DDR-Propaganda ans Licht kehrten, heute noch nachwirkten.

Katinka schaltete das Abblendlicht ein. Es wurde verdammt düster. Vom Himmel war nichts Blaues mehr zu sehen, stattdessen dicke geballte Wolken in einem heimtückischen Violett mit dunkelgrauen Rändern, die sich in rascher Folge über- und untereinander verschoben. Dazu das beständige Grollen von Donner. Jede Sekunde konnte der Regen losbrechen. Die Temperaturen blieben konstant bei über 30 Grad. Katinka hatte alle Fenster geöffnet. Drückte aufs Gas. Es wurde Zeit, dass sie Abstand gewann. Außerdem knurrte ihr Magen.

200 Meter vor ihr scherte ein Pick-up aus einem Flurbereinigungsweg.

»Idiot!«, entfuhr es ihr.

Sie blendete auf, trat auf die Bremse. Der Wagen schob sich dennoch zentimeterweise auf die Landstraße, bis er die rechte Spur komplett blockierte. Katinka reckte sich, um den Gegenverkehr zu checken, als ein Mann aus dem Pick-up kletterte und zusammengekrümmt über die Straße wankte.

»He!« Sie hielt an. »He, was ist los, geht's Ihnen nicht gut?«

Sie sollte später denken: der klassische Trick. Wie konnte ich so blöd sein und aussteigen?

»Irgendwas nicht in Ordnung?« Sie ging auf ihn zu. Eine Windbö fegte von der Seite heran. Ich sollte die Warnblinkanlage einschalten, schoss es ihr durch den

Kopf. Sie drehte sich um und griff durch die offene Fahrertür nach dem Schalter, als eine Hand sie packte und herumwirbelte.

»Was zur Hölle …!« Katinka starrte in eine Strumpfmaske mit dem Anonymusgesicht drauf. Sie hob das Knie, doch der Typ war schneller. Er drehte ihr den Arm auf den Rücken. Stöhnend knickte sie ein.

»Schnüffelnase!«, schnaubte der Typ.

»Wer sind Sie?« Katinka hoffte, er würde sich auf der Seite der Sieger wähnen und den Griff lockern.

»Geht dich nichts an, Schlampe!« Er schob sie zum Pick-up. Die Heckklappe stand offen.

»Lassen Sie den Scheiß!« Sie trat mit dem Fuß nach ihm. Aber er war stark. Hievte sie auf die Ladefläche. Schlug die Klappe zu.

Dunkelheit umgab Katinka. Sie wälzte sich herum, vorsichtig ihre Umgebung ertastend. Verdammt! Sie lag auf einem dieser Pick-up-Trucks, bei denen man die Ladefläche komplett schließen konnte. Nicht mit einer Plane, sondern mit einer Klappe aus Metall. Wütend rammte sie die Füße gegen das Seitenteil. Das durfte einfach nicht wahr sein! Sie war von der Welt abgeschnitten! Selbst den Donner hörte sie in diesem Verlies nur gedämpft.

Der Motor sprang an, der Truck setzte sich in Bewegung. Katinka rollte unsanft auf etwas Hartes. Sie berührte behutsam den Gegenstand. Eine Drahtrolle? Angelruten? Was auch immer. Schnell griff sie nach ihrem Handy. Gott sei Dank, es steckte in der Jeanstasche. Mit dem Empfang allerdings war es nicht weit her. Ein flackernder Balken, nicht mehr.

Sie schrieb an Hardo.

Von Straße zwischen Rodach und CO entführt. Bin auf Pick-up. SOS!

Sie drückte auf »Senden«. Ein kreisrunder Cursor tanzte vor ihren Augen.

SMS kann nicht gesendet werden.

»Shit!« Sie versuchte es erneut.

Der Wagen schlingerte, das Handy glitt ihr aus der Hand. Ihre Hände klammerten sich an die Drahtrolle. Ein scharfer Schmerz schoss durch ihre Finger.

»Mist!« Sie ließ los und wurde prompt mit dem Kopf zuerst gegen das Seitenteil geworfen.

Der Anonymusmann schien den Wagen über einen Waldweg zu steuern. Steine knallten gegen die Karosserie, sie hörte Zweige über das Blech schrammen. Sie wurde durchgeschüttelt wie im Schleudergang einer Waschmaschine. Stöhnend hielt sie sich den Kopf. Verdammt, wo war ihr Handy? Sie hatte wirklich keine Zeit für Selbstmitleid. Katinka wälzte sich auf den Bauch, spreizte die Beine wie ein Frosch und suchte mit den Füßen Halt an den Seiten der Ladefläche. Dann begann sie, den Innenraum abzutasten. Warme Flüssigkeit rann durch die Finger der rechten Hand. Etwas fiepte. Das vertraute PLING, wenn eine SMS versendet wurde.

Ich könnte fantasieren, schoss es ihr durch den brummenden Schädel. Vor lauter Hoffnung könnte ich mir etwas einbilden, was nicht da ist. Dann erwischte sie das Telefon.

SMS versendet.

Der Wagen hielt. Endlich hatte das Gerüttel ein Ende.

Sie schob das Telefon in ihre Jeanstasche. Besonders professionell war ihr Kidnapper nicht gerade. Bevor er sie verlud, hätte er sie nach Handy und Waffe abtasten müssen. Apropos Waffe. Die lag jetzt unter dem Beifahrersitz eines Leihwagens, der – nicht abgeschlossen – irgendwo auf einer Landstraße herumstand.

Die Heckklappe wurde geöffnet. Dämmerlicht drang herein. Sie sah eng an eng stehende Fichten. Der Anonymusmann starrte zu ihr herein. In seiner Hand hielt er ein Messer. »Mach keinen Scheiß!«, knurrte er.

»Wer sind Sie und was wollen Sie?«

»Halt die Klappe. Du wirst dich nicht mehr einmischen, verstanden? Hör auf zu spionieren, oder ich schneide dir beim nächsten Mal was ab, da wirst du deines Lebens nicht mehr froh!« Er wedelte mit dem Messer. Blitze zuckten über den schwarzgrauen Himmel.

Wenn sie sich nur um ein klein wenig mehr Aufmerksamkeit bemüht hätte, vorhin an der Straße – er wäre ein leichter Gegner gewesen.

Breitbeinig stand er da, während sie aus dem Truck kletterte. Er fühlte sich sicher. Sie holte Schwung und trat ihn mit dem Sneaker gegen die Brust. Ein Keuchen entfuhr ihm, es klang, als zische Luft aus einem Ballon. Er schwankte, torkelte, fing sich. Das Messer flog in hohem Bogen davon und landete geräuschlos auf dem Waldboden.

»Du blöde Kuh!«

»Ihr Wortschatz ist nicht gerade vielfältig«, gab Katinka zurück. Wenn es ihr gelänge, an das Messer zu kommen … Sie ahnte in etwa, wo es lag, wagte aber nicht, den Blick von ihrem Widersacher zu nehmen.

Sie umtänzelten einander.

Die Stille im Wald wurde nur unterbrochen von Donnergrollen und ihren keuchenden Atemzügen. Katinka versuchte, ihn so zu dirigieren, dass sie sich dem Messer näherte. Langsam drehten sie sich umeinander. Das Adrenalin fegte alle Gedanken aus ihrem Kopf. Sie musste *jetzt* überleben. Sich Vorteile verschaffen. In dem Fall halfen nur Wut und Aggression. Der Typ warf sich auf sie. Sie wich aus. Er stürzte hin. Verdammt! Das Messer! Hektisch suchte sie den Waldboden ab. Nirgends eine blitzende Klinge!

»Du debiles Weib!« Er rappelte sich schon auf, griff ihr Shirt, knallte sie gegen die Heckklappe. Ein böser Schmerz im Kreuz knockte Katinka aus. Ein Schmerz, der alles andere ausblendete, für Sekunden, zu lange Sekunden. Der Macker tastete ihre Jeans ab, griff sich das Handy, schleuderte es auf den Boden und trampelte voller Wut auf dem Gerät herum. Ein leises Klirren drang durch den Nebel aus Schmerz, der Katinka umgab. Sie krümmte sich zusammen.

»Fuck«, murmelte sie, während gallige Flüssigkeit in ihren Mund stieg. Sie würgte und spuckte.

»Das machst du nie wieder!« Er rannte los zur Fahrertür, sprang in den Wagen, ließ den Motor an. Katinka wälzte sich herum, als der Pick-up anfuhr. Erdklümpchen spritzten ihr ins Gesicht. Sie blinzelte, ignorierte Schmerz und Übelkeit. Doch das Kennzeichen war unlesbar. Der Anonymusmann hatte es mit einer dicken Schicht Matsch beschmiert.

30

22.6.2017, abends

Schörfer betrieb die »Bettenburg« westlich von Spechtsbrunn schon seit gut zehn Jahren. Den Namen hatte er mal witzig gefunden. Wer erwartete schon eine Bettenburg am Rennsteig! Da rechnete man eher mit Berggasthöfen und kleinen Wirtschaften. Dummerweise hatte seine Pension jetzt diesen albernen Namen. Die Gäste jedoch schienen sich daran nicht zu stören. Sie kamen in diesem heißen Sommer so zahlreich wie nie zuvor. Wahrscheinlich machte die schlechte Weltlage den Urlaub in Deutschland wieder attraktiv. Ihm sollte es recht sein.

»Komm, Coco!«

Ein schwarzer Pfeil schoss hinter dem Gemüsegarten hervor. Abends, wenn die Wanderer ermattet im Speisesaal hockten, übernahmen Frau und Sohn das Kommando, und er konnte mal weg. Heute erst hatte er fußkranke Wanderer aus der Nähe von Tettau abgeholt. Die hatten sich erstens total überschätzt und zweitens verlaufen. Das machte er dann gern. Mit belegten Brötchen und eiskaltem Orangensaft Gäste einsammeln, brachte ihm Pluspunkte. Rette einen Menschen aus der Not, und er frisst dir aus der Hand. Mittlerweile grollte der Donner, der sich schon den ganzen Nachmittag über angekündigt hatte, fast ununterbrochen.

»Auf, Coco!«

Coco schnüffelte kurz an seinem Hosenbein und setzte sich dann in Bewegung. Jeder Spaziergang ließ sie erneut in Wallung geraten. Sie war erst drei und stets auf ein Abenteuer aus. Die Gäste liebten den schwarzen Labrador, besonders die Kinder. Die durften wirklich alles mit Coco anstellen …

Schörfer grinste. Er schritt kraftvoll aus. Den Rennsteig liebte er. Er war hier aufgewachsen und hatte den Ort kaum je verlassen. Wozu sollte er in die Welt hinaus, wenn er die ganze Welt hier bei sich hatte! Alle Jahreszeiten, alle Wetter, die Berge, die herrliche Luft und vor allem den Wald. Im Wald fiel jede Bedrückung von ihm ab. Dabei ging das Geschäft mittlerweile sehr gut. Er musste sich keine Sorgen mehr machen. Sein Sohn stieg ein in die »Bettenburg«, darum hatte er viele Jahre gebangt, schließlich interessierten sich die jungen Leute nicht unbedingt für die Hotellerie. Zu wenig Freizeit. Aber Udo hatte sich dafür erwärmt.

Himmel, was für eine Hitze! Allmählich konnten nicht nur die Wanderer ein wenig Abkühlung vertragen. Mittlerweile hockten die Wolken schon fast auf den Baumwipfeln, ballten sich zu albtraumhaften, violetten Gebilden. Und die Mücken spielten verrückt. Das war ein untrügliches Zeichen. Bestimmt würde das Unwetter bald losbrechen, hoffentlich eine ordentliche Menge Niederschlag mitbringen. Er wässerte den Küchengarten zweimal am Tag, damit die Pflanzen nicht vertrockneten. Schörfer schmunzelte. Seine Frau hielt die Küche der »Bettenburg« mit ihrem Gemüse zusammen, so viel war klar.

Blitze zuckten. Zum Glück waren alle angemeldeten Gäste bereits eingetroffen.

»Coco! Coco, wo steckst du?«

Die eigenartige Stille zwischen den Donnerschlägen kam ihm plötzlich nicht geheuer vor. Die Hündin war sonst immer zu hören, sie schnüffelte, schnaubte, kratzte, wirbelte Erde auf oder gab kleine, fröhliche Laute von sich.

»Coco?«

Schörfer blieb stehen. Das Licht schwand zusehends. Er sollte den Spaziergang abkürzen. Wegen des Regens hatte er keine Bedenken, aber bei Gewitter im Wald zu sein, war ihm stets wie versuchter Selbstmord vorgekommen.

Schweiß rann ihm in die Augen. Die Mücken setzten sich auf seine Stirn. Umschwirrten seine Lippen. Blutdürstiges Pack!

Schörfer suchte den Wegrand nach Cocos Spuren ab. Dort, bei der abgestorbenen Eiche, hatte er sie doch vorhin noch gesehen. Tatsache! Mit geübtem Auge erkannte er: Sie hatte hier sogar markiert. Und war dann ins Unterholz geflitzt.

»Coco!«

Er bog die Zweige der Haselnusssträucher beiseite und tauchte ins grüne Dunkel. Vor dem Wald hatte er Respekt. Immer gehabt. Er kannte seine Bewohner, die miteinander in geradezu perfekter Symbiose lebten. Wusste genau, welch ein Störenfried der Mensch sein konnte – und auch ein Hund, wenn es dumm lief. Er stieß einen Pfiff aus. Coco konnte seine Befehle deuten und wusste, wann es wirklich ernst war. Auf seinen Pfiff kam sie stets.

Nichts. Kein schwarzer Schatten, kein vertrautes Japsen.

Auf den nächsten Blitz folgte ein Donnerschlag. Schörfer zuckte zusammen. Himmel, er war doch sonst kein ängstlicher Typ!

Dann Stille. Tiefe, abgründige Stille. Und ein Summen von weiter her …

Er lief dem Geräusch nach. Ging gebückt um ein Dornengebüsch herum. Im Schein des nächsten Blitzes sah er für Sekundenbruchteile seine Hündin. Sie zerrte an etwas.

»Coco!«

Das Tier reagierte nicht. Er kannte sich mit Labradoren aus. Sie waren gehorsame Gefährten, wenn man sie richtig erzog. Bei seiner Coco hatte er sich nichts zuschulden kommen lassen. Er war ein strenger und verlässlicher Rudelführer, den die Hündin respektierte. Wenn sie nicht gehorchte, nicht einmal reagierte, dann war etwas vorgefallen, das die ältesten Hundegene in Stellung brachte.

Aufgebracht stapfte Schörfer durch das kniehohe Gras. Die Mücken, die sich in seinem Haar festsetzten und unter seinen Kragen krochen, beachtete er nicht mehr. Coco knurrte leise, das hörte er sogar gegen das seltsame Summen.

Wespen.

Ein Schwarm Wespen, gegen die die Hündin anzukämpfen schien.

»Coco! Aus! Sofort.«

Die Bewegungen der Hündin froren ein. Widerstrebend befolgte sie das Kommando.

»Bei Fuß!«

Unwillig wandte sie den Kopf.

Schörfer klopfte an sein Hosenbein. »Bei Fuß!« Er hob nicht die Stimme, gab ihr aber einen schärferen Ausdruck.

Coco kam zu ihm.

»Sitz.«

Coco setzte sich neben ihn.

»Bleib!« Er ging auf den Laubhaufen zu. Ein Laubhaufen? Ein von Wespen umschwirrter Laubhaufen?

Was er sah, drehte ihm den Magen um. Er sah eine Wade mit Bissspuren. Etwas Weißes, das aus einer bräunlichen Masse ragte. Ein paar Wespen umschwirrten ihn, bevor sie sich wieder über den Leckerbissen hermachten.

Wespen, die nützlichen kleinen Gesellen im Garten. Schörfer nahm die auffällig gezackte Musterung war. Die Deutsche Wespe. Vespula germanica.

Unwillkürlich machte er ein paar Schritte rückwärts. Obwohl es nicht mehr darauf ankam, wäre es ihm ungehörig vorgekommen, sich neben der Leiche zu erbrechen. Nach fünf, sechs Metern hielt er sich an einem Buchenstamm fest und würgte. Als er sich keuchend umdrehte, saß Coco immer noch an ihrem Platz.

Er griff in die Seitentasche seiner Cargohose und zog das Handy hervor. Wählte 110. Als die Verbindung hergestellt war, räusperte er sich und sagte: »Mein Name ist Egon Schörfer. Ich möchte einen Vorfall melden.«

In dem Moment brach der Regen los.

31

22.6.2017, abends

Katinka lag auf dem Rücken. Der Schmerz im Kreuz ließ langsam nach. Hinter den Baumwipfeln sah sie Blitze über den fast schwarzen Himmel zucken. Jeder Donnerschlag brachte ihren Kopf zum Brummen.

Blitze konnten schön sein. Richtig schön. Und im Wald war es herrlich kühl. Katinkas Hände tasteten über den moosigen Boden. Wie weich man hier lag. Sie bekam einen Stein zwischen die Finger. Einen Zweig. Ein wenig Sand. Na …

Da war noch etwas. Sie packte zu. Das zertrümmerte Handy.

Fuck!

Die Reste des toten Gerätes in der Hand, ließ sie die Erinnerung an die letzte Stunde zurückkehren. Wie lange war sie in dem Pick-up eingesperrt gewesen? Eine Viertelstunde? Länger? Unmöglich zu sagen. Erschöpft betrachtete sie ihre Finger. Ein paar blutverkrustete Schnitte. Darum musste sie sich später kümmern. Sie zog die Beine an, stellte die Füße fest auf den Boden. Wälzte sich zur Seite.

Der Schmerz schoss durch ihr Kreuz.

Eine Weile blieb sie liegen und starrte in den Wald hinein. Mücken umschwärmten sie, doch sie war zu erledigt, um die Biester zu verscheuchen. Irgendwo stritten Dohlen. Das empörte Kreischen der Vögel bohrte Löcher in ihren Schädel.

Katinka kämpfte sich hoch. Sobald sie stand, war der Schmerz zu ertragen.

Sören Brandt konnte nicht ihr Kidnapper gewesen sein. Unmöglich. Brandt war viel größer als der Knabe, der sie überwältigt hatte. Hatte er jemanden angeheuert?

Mein Kopf denkt wieder nach! Katinka grinste matt. Sie schob das kaputte Handy in die Jeanstasche und marschierte los. Nicht in die Richtung, die der Pick-up genommen hatte. Hoffentlich fand sie die Stelle wieder, wo der Leihpolo stand.

Dafür würde sie allerdings verdammtes Glück brauchen.

Und die Wahrscheinlichkeit, dass sie vom Blitz getroffen wurde, erhöhte sich im Wald vergleichsweise stark. Wieder mal die A-Karte gezogen, dachte Katinka, während sie verspätet eine Welle der Erleichterung verspürte, dass sie immerhin imstande war, den Waldweg entlangzustapfen.

Als sie einen Motor aufheulen hörte, verzog sie sich ins Unterholz und wartete ab, doch das Geräusch verklang. Die Straße konnte nicht weit sein.

Sören Brandt hatte sie in eine Falle gelockt. Er wollte sein Gewissen nicht erleichtern, er wollte sie, Katinka, festnageln, erledigen. Aber warum ließ er sie verschleppen, um sie danach im Wald auszusetzen? Brauchte er nur eine kurze Zeitspanne, in der sie ihm nicht in die Quere kommen konnte, um – was – zu tun?

Katinka kroch stöhnend aus dem Gehölz. Ein paar Minuten später kam sie tatsächlich an eine asphaltierte Straße. Sich den Kopf zermarternd, ob ihr Entführer links oder rechts abgebogen war, wählte sie von selbst den Weg nach rechts. Instinkt.

Fuß vor Fuß setzen. Atmen. Einfach weitergehen. Den Schmerz ignorieren.

Sie fühlte Steinchen in ihren Sneakers.

Egal. Sie sah einen gleißend hellen Blitz vor sich, gefolgt von einem infernalischen Donnern. Dann ergoss sich der Wolkenbruch.

32

22.6.2017, später Abend

»Das ist ein verdammt übler Bluterguss.«

»Habe ich mir fast gedacht.« Katinka lag auf dem Bauch. Das weiche, frisch bezogene Hotelbett kam ihr vor wie der Himmel. Oder das Vorzimmer des Himmels. Man konnte ja nie wissen.

Behutsam massierte Hardo die Heparinsalbe, die Frau Schwarz ihm gegeben hatte, in Katinkas Rücken ein.

Obwohl der Schmerz pochte, genoss sie die sanfte Berührung seiner Hände. In dem kleinen Zimmer war sie in Sicherheit. Das Gefühl, wieder geborgen zu sein, wurde noch verstärkt durch das Prasseln des Regens gegen das Fenster. Und das Wichtigste: Ihr Disput mit Hardo war verpufft. Einfach so.

»Ich könnte mich immer noch in den Hintern beißen vor Wut! Immerhin hat er einen der abgenutztesten Tricks angewandt, um mich zum Anhalten zu bewegen.«

»Versuch das lieber nicht. Könnte deinem Kreuz schlecht bekommen. Sei lieber froh, dass es bei diesem Bluterguss geblieben ist.«

Katinka hatte es tatsächlich zurück zu ihrem Leihwagen geschafft. Im strömenden Regen und völlig durchnässt, doch das spielte keine Rolle mehr. Der Schlüssel steckte noch, und sogar die Beretta lag unberührt unter dem Beifahrersitz. Sie war in Richtung Coburg gefahren, wo sie von einer Telefonzelle aus Hardo angerufen hatte. Wenigstens verkniff er sich diverse Bemerkungen, die ihr Selbstwertgefühl an diesem späten Abend vollends in die Tonne getreten hätten. Die Schnitte an ihrer rechten Hand, die sie sich beim Umhertasten in ihrem fahrbaren Gefängnis zugezogen hatte, waren weit weniger schlimm als zunächst gedacht. Nicht sehr tief. Sie brannten nur leicht.

»Als Erstes brauche ich ein neues Handy. Gleich morgen besorge ich mir eins. Mit ein bisschen Glück tut es die SIM-Card noch.« Betrübt musterte sie das Häufchen Elektroschrott auf ihrem Nachtkästchen.

»Morgen. Gut gesagt. Kannst du vielleicht mal entspannen?«

»Das sagt der Richtige.«

Er lachte leise. »Aber vorher schleppe ich dich in die Klinik zum Röntgen.«

»Vergiss es!« Sie entwand sich seinen Händen und wälzte sich auf die Seite. »Funzt doch alles.« Zum Beweis richtete sie sich auf und ignorierte den Schmerz, der ihr ins Rückgrat schoss. »Verdammt, habe ich einen Hunger.«

»Bisschen spät für ein Abendessen, so tief in der Provinz«, juxte Hardo. »Dabei hast du noch nicht einmal meinen neuen Wagen gebührend bewundert.«

»Nur den Lack. Laubfroschgrün! So tief kann der Mann sinken.«

»Ein Jahreswagen, der Händler hat mir einen anständigen Preis gemacht. Sollte ich wegen der Farbe meckern?«

»Es erstaunt mich nur, dass du bei deinem Faible für äußere Zurückhaltung bei Grünmetallic nicht fluchend abgezogen bist.«

Hardo fuhr ihr durchs Haar. »Quatschkopf. Frau Schwarz hat mir übrigens vorhin gesagt, dass sie ein paar Sandwiches für uns im Frühstücksraum in den Kühlschrank gestellt hat. Wie wäre es, wenn ich das Festmahl zu uns ins Zimmer trage?«

»Genau das würde ich Urlaub nennen!« Dankbar ließ Katinka sich in die Kissen sinken. Frau Schwarz war ziemlich entsetzt gewesen, als sie Katinka pudelnass und verdreckt ins Hotel hatte zurückkehren sehen. Ihre Klamotten schleuderten gerade in der Waschmaschine. Das »Metropol«, von dem Evi Werner träumte, würde einen Gast schwerlich besser umsorgen können.

»Was, wenn Sören Brandt mich in eine Falle gelockt hat?«, fragte Katinka schließlich, als sie die Sandwiches verputzt hatten. Sogar eine Flasche Müller-Thurgau hatte sich für sie und Hardo im Kühlschrank befunden. Zwar mochte sie Bier lieber, aber zum Entspannen war der kühle Weißwein gerade richtig.

»Warum sollte er? Ich kapiere das Ganze nicht. Weshalb hat dich jemand gekidnappt, um dich im Wald wieder auszusetzen?«

»Einschüchtern. Zeit gewinnen. Irgendwas wird schon die Absicht gewesen sein.«

Hardos Augenbrauen zogen sich zusammen. Wenn er so finster dreinsah, hatte er meistens eine These in petto. »Lass uns mal logisch denken.«

»Aber bitte, gerne.«

»Du übernimmst einen Fall. Jemand wird erpresst. Soll einen anderen umbringen. Dieser andere verschwindet spurlos. Du recherchierst, stößt auf eine Männerclique, der der Verschwundene angehört.«

»So weit alles korrekt. Ein Zweiter in dieser Clique setzt einen Dritten unter Druck, weil er scheinbar auf dem Trockenen sitzt, obwohl er ein wohlhabender Industrieller ist und stadtbekannt für seine guten Taten.«

»Der Druck baut sich auf durch den Verweis auf eine unschöne Sache, die sich im Winter 1989 zutrug«, fuhr Hardo fort.

»Wobei es sich um den Unfalltod von Ingrid Naumann handeln könnte.«

»Jedenfalls will ein Zeuge, der auf zweifelhaften Wegen auf dich aufmerksam wurde, dir genau diese Lösung andrehen.«

Katinka trank einen Schluck Wein. Mit ein paar Kissen im Kreuz ließ es sich ganz gut im Bett sitzend aushalten. »Er hat mir frech ins Gesicht gelogen. Und es sogar zugegeben. Mir dabei genüsslich reingerieben, dass ich die Naumanns auch angelogen habe.«

»Das war keine Lüge, sondern eine Legende.«

»Erkläre den feinen Unterschied mal einem hasszerfressenen Ex-Oppositionellen.«

»Beschreib mir den Pick-up.« Hardo schenkte ihnen beiden Wein nach.

Katinka griff nach ihrem Notebook. »Ich suche besser ein paar Fotos von möglichen Modellen. Das hilft vielleicht meinem Gedächtnis auf die Sprünge. Die Ladefläche war jedenfalls geschlossen.« Sie tippte »Pick-up-Modelle« in die Suchmaske. »Hier. Ein bulliges Teil. Die Japaner machen es möglich. So einer könnte es gewesen sein.«

Nachdenklich vor sich hin brummend klickte Hardo von einem Foto zum nächsten. »Nissan Navara. Und die Farbe?«

»Jedenfalls nicht grün. Eher schlammfarben. Wie eine Mischung aus dreckigem Orange und ausgebleichtem Braun.«

»Hm.«

»Was grummelst du in deinen nicht vorhandenen Bart?«

»Tina Höchst hat so ein Ding im Carport stehen. Dasselbe Modell.«

Katinka fuhr hoch und bereute es sofort. »Sag das noch mal!«, ächzte sie, erneut ihre Schonhaltung einnehmend.

»Tatsache. Als du sie aufgesucht hast – Kiana war dabei –, habe ich mich ein wenig umgesehen.«

»Sie hat einen Pick-up?« Katinka rieb sich das Gesicht. »Jetzt, wo du es erwähnst ... sie sprach davon, dass ihr Mann unbedingt einen Porsche wollte, obwohl das Geld längst hinten und vorne nicht reichte. Sie dagegen wäre mit dem Geländewagen zufrieden gewesen.«

»Morgen bitte ich Schilling um einen Gefallen.« Hardo trank sein Glas leer.

Katinka kuschelte sich tiefer in die Kissen. »Das Problem ist nur: Ganz bestimmt hat mich nicht Tina Höchst entführt. Das war eindeutig ein Mann.«

»Sonstige Auffälligkeiten?«

»Du meinst ...«

»Vielleicht war es Gerald selbst.«

Katinka stöhnte. »Warum sollte er das tun?«

»Um dich so zu verängstigen, dass du aufhörst, nach ihm zu suchen.«

»Aber, Hardo! Nehmen wir an, er rennt vor seinen Schulden davon. Dann fährt er doch nicht mit dem Pick-up seiner Frau im Coburger Land herum. In dem Fall bucht er sich ein Ticket nach Südamerika und weg ist er!«

»Lass uns schlafen. Mein Hirn weigert sich, noch einen logischen Gedanken zu fassen.«

»Überleg mal: Höchst ist auffällig wegen rowdyhaftem Verhalten im Straßenverkehr. Vielleicht war das in seinen Jugendjahren schon genauso. Er könnte Ingrid angefahren haben. Eventuell hat Sören Brandt gar nicht geschwiegen, weil er so einen Hass auf IM Ingrid Naumann hatte, sondern weil Höchst all die Jahre brav gezahlt hat. Deswegen ging unserem Stadtrat die Kohle aus, nicht weil der Bau seines Hauses so teuer war.«

»Dafür haben wir keinen Anhaltspunkt, Katinka.«

»Ich weiß.« Sie gähnte. »Aber wir sollten nach einem suchen.«

Der Regen hatte nachgelassen. Dennoch wiegte das gleichmäßige Trommeln der Tropfen gegen die Fensterscheibe Katinka in den Schlaf, während Hardos Arm sich fest um ihre Hüfte schloss. Wenn ich nur den Hauch einer Ahnung hätte, wo das Scharnier zu Heller und der Erpressung ist, dachte sie noch. Dann schlief sie ein.

33

23.6.2017, morgens

Mit einem nagelneuen Smartphone in der Faust verließ Katinka den Handyladen.

»Das Leben ist gut zu mir. Die SIM-Card funktioniert noch.« Wie zum Beweis meldete das Gerät mehrere verpasste Anrufe.

»Lass mich raten: Dante Wischnewski«, witzelte Hardo.

»Fast richtig. Kiana Krekeler.« Katinka lauschte der Mailbox. »Eigenartig. Sie bittet um Rückruf. Dreimal. Warum spricht sie nicht einfach die Nachricht auf Band?«

Wie um ihre Worte zu unterstreichen, schrillte das Handy.

»Palfy?«

»Hier spricht Kiana Krekeler. Warum melden Sie sich nicht?«

»Mir ist gestern Nacht das Handy runtergefallen. Ich musste erst für Ersatz sorgen.«

»Gerade noch rechtzeitig. Höchst ist tot.«

»Was?« Katinka blieb stehen. Ein Mann, der sich hinter ihr durch das Gedränge der Fußgängerzone geschoben hatte, trat ihr in die Hacken.

»Können Sie nicht aufpassen?«, knurrte Katinka ihn an.

»Was?«, fragte Kiana.

»Nicht Sie.«

»Sorry«, brummte der Typ und zog weiter.

»Also. Höchst wurde am Rennsteig gefunden. In der Nähe von Spechtsbrunn.«

»In Thüringen?« Katinka aktivierte den Lautsprecher.

»Eben, und das macht die Sache ein wenig konfus, denn natürlich sind dort die Thüringer Kollegen gefragt. Aber freundlicherweise haben sie uns informiert, da Höchst ja hier in Bayern ansässig ist.« Kiana raschelte mit Papieren. »Egon Schörfer, der einen guten Kilometer vom Auffindeort eine Pension betreibt, hat ihn gefunden. Besser gesagt seine Hündin. Höchst lag wohl schon ein, zwei Tage dort im Wald. Diverse Kleinstlebewesen haben sich die Chance nicht entgehen lassen.«

»Ach, du Schreck.« Katinka wechselte einen Blick mit Hardo. »Ein, zwei Tage, sagen Sie?«

»So genau wissen wir es noch nicht, aber bestimmt kriegen wir bald einen Bericht. Beziehungsweise ich fordere einen an. Immerhin ist Frau Höchst hier mehrfach angetanzt und wurde wieder weggeschickt. Das fällt auf uns zurück. Also auf die Polizei.«

»Wurde Tina Höchst schon verständigt?«

»Noch nicht. Sie ist in Nürnberg in einem Hotel. Bereits seit gestern. Hatte dort ein Zimmer gebucht.«

»Sie war über Nacht in Nürnberg?«

»Sie kam gestern gegen sieben in Nürnberg an und

saß bis circa neun an der Bar. Zuerst allein, dann mit einem Mann.«

»Und sie übernachtete in Nürnberg?«

»Offensichtlich mit dem großen Unbekannten. Der Barmann sagt, die hätten so kurz nach neun die Bar verlassen und wären mit dem Lift nach oben gefahren.«

»Die lässt es ja krachen.«

»Das Leben ist kurz, Frau Palfy.«

»Kiana, könnten Sie in dem Hotel noch einmal anrufen und fragen, ob Frau Höchst mit einem Wagen angereist ist und diesen eventuell auf dem Parkplatz oder in der Tiefgarage des Hotels geparkt hat? Und was das für ein Wagen war?«

»Klar. Mache ich sofort.«

»Warten Sie. Lassen Sie sich den Mann beschreiben, mit dem Tina unterwegs war.«

»Habe ich schon. Ein gut aussehender, businessmäßig gekleideter Herr in ihrem Alter. Dunkles Haar mit grauen Strähnen.«

»Degenhard«, murmelte Hardo.

»Also, ich melde mich wieder.« Kiana legte auf.

»Ich brauche Kaffee«, sagte Katinka. »Am Markt. In der Eisdiele. Nur die Italiener kriegen genau die Stärke hin, die mich jetzt rettet.«

Zielsicher drängten sie sich durch die Menschenansammlungen in der Fußgängerzone. Trotz des nächtlichen Regens flirrte schon wieder die Hitze. Katinka und Hardo ließen sich neben dem Brunnen nieder und bestellten Cappuccino.

»Genau das Richtige an diesem warmen Morgen. Kommt sofort.« Die Eisfrau eilte davon.

»Also: Höchst kann mir gestern nicht aufgelauert haben. Er war schon tot.«

Hardo nickte in Gedanken versunken. »Das ist alles mehr als mysteriös.«

»Bitte sehr, Ihr Cappuccino. Haben Sie sich die Landesausstellung angesehen?«, fragte die Eisfrau.

»Habe ich. Echt interessant.«

»Ich habe ja nicht viel Zeit, aber ich war gestern dort. Und wissen Sie, was? Da gibt es im Archiv ein paar alte Papiere, die bei den Nachforschungen zur Vorbereitung der Ausstellung wieder aufgetaucht sind. Berichte aus der Zeit, als Martin Luther auf der Veste zu Gast war. Wegen der Reichsacht. Das Tagebuch einer Frau. Zur damaligen Zeit! Es wurde ediert, einzelne Abschnitte daraus sind nun nachzulesen. Oder als Hörtexte nachzuhören.«

»Wirklich? Die sind mir gar nicht aufgefallen, als ich die Ausstellung besucht habe!« Nicht, dass Katinka im Augenblick viel Interesse für 500 Jahre alte Tagebücher aufgebracht hätte. Sie trank einen Schluck Cappuccino.

»Ich wurde nur darauf aufmerksam, weil die Zeitung darüber berichtet hat. Die knöpfen sich in unregelmäßigen Abständen irgendwelche Besonderheiten der Ausstellung vor. Dummerweise haben die Ausstellungsmacher die Texte ganz am Schluss des Rundgangs installiert, wenn man ohnehin schon müde ist. Na ja, ich fand das ganz spannend. Ein ungeklärter Mord auf der Veste, während der berühmte Martin Luther dort weilte. Das ist doch spektakulär, oder?«

»Ein Mord?« Verblüfft ließ Katinka die Tasse sinken. »Da klingelt was. Neulich war ein Ausschnitt dieses Textes in der Tageszeitung abgedruckt.«

»Genau.«

Hardo lupfte belustigt die Augenbrauen.

»Falls Sie noch einmal hingehen, dann sehen Sie sich die Sachen an. Ich komme!«, rief sie einem Gast zu, der ungeduldig winkte.

»Nicht zu fassen!«, seufzte Hardo. »Die Leute stehen auf Morde.«

»Was mich an Höchst erinnert. Wieso liegt er tot in einem Wald in Thüringen? Während seine Frau die Nacht mit Degenhard in einem Hotel verbringt?«

»Hatte sie nicht behauptet, Degenhard unsympathisch zu finden? Mochte sie nicht Manuel Schirrer viel lieber?«

Lügen sind überall.

Ausgerechnet Sören Brandt hatte ihr den Satz um die Ohren gehauen. Na warte! In dessen schmierigem Leben würde sie auch noch gründeln.

Jemand beugte sich über den Rand des Brunnens. Eine korpulente Frau in weiten Hosen. Sie tunkte die nackten Arme ins Wasser. »Ah, tut das gut!«

Das gibt's nicht! Katinka kniff die Lider zusammen. Das war die Alte mit der Narbe auf der Stirn! Die vor ein paar Tagen hier umhergestreift war und von Einsamkeit gefaselt hatte! Als habe die Frau Katinkas Überraschung gespürt, wandte sie den Kopf und sah Katinka direkt an. Ein Lächeln glitt über ihr faltiges, von Warzen entstelltes Gesicht.

»Katinka, träumst du?« Hardo hielt ihr das Handy hin. »Kiana ruft an!«

Sie hatte das Klingeln wirklich nicht gehört.

»Ja, Kiana?«

»Also: Tina Höchst ist nicht mit dem Wagen angereist. Sie kam mit dem Taxi, vermutlich vom Bahnhof. Das Taxi hatte eine Nürnberger Nummer.«

»Ihr Barmann ist sehr aufmerksam.«

»Er hatte gerade eine Zigarette geraucht. Draußen vor der Tür. Kommt vor. Frau Höchst ist übrigens noch in Nürnberg. Am Frühstücksbüffet. Allein. Noch was: Gerald Höchst wurde, wie gesagt, in einem Waldstück gefunden. Da oben am Rennsteig gibt es jede Menge Wald. Was wir Waldstück nennen, ist mithin eine ausgedehnte Fläche. Er hatte schwere Verletzungen an den inneren Organen und extrem viele Knochenbrüche. Kaum noch ein Knochen, der heil war. Vermutlich ist er verblutet. Innerlich. Ein Screening ergab K.-o.-Tropfen in erheblichen Mengen in seinem Blut.«

»Verstehe.«

»Das Seltsamste aber ist: Es gibt überhaupt keine Spuren. Er liegt da einfach so. Nur Egon Schörfer und seine Labradorhündin haben einen Pfad zum Fundort getrampelt. Ansonsten war da nichts. Die Kriminaltechniker können sich nicht erklären, wie die Leiche an den Fundort kam. Der garantiert nicht der Tatort ist.«

»Hat es am Rennsteig nicht geregnet?«

»Hat es. Aber nur sehr kurz. Zu wenig, als dass die fehlenden Spuren auf das Konto des Wetters gehen könnten.«

»Danke, Kiana. Ist Frau Höchst schon verständigt?«

»Zwei Kollegen sind unterwegs. Allmählich habe ich was gut bei Ihnen, Frau Palfy, oder?«

»Sieht mir fast so aus. Bis demnächst.« Katinka legte das Handy weg. Die Frau am Brunnen war verschwunden.

34

4.7.1530, spätabends

Veronika verbarg das Messer unter ihrer Schürze.

»Nun geh schon!« Unsanft stieß Gesche sie in den Rücken.

Ich kann nicht. Ich kann das nicht. Veronika lief der Schweiß über den Rücken. Gut, auch Gesche hatte es durchgestanden, und wenn der Herrgott ihr beistünde, würde es nicht so weit kommen, nicht so weit … Veronika tastete nach dem Messer.

»Gesche … wir werden – ich werde – in alle Ewigkeit verdammt sein, und es wird kein Licht mehr geben, nur noch Finsternis.«

Gesche packte sie bei den Schultern. »Sieh mich an. Denk an den Doktor. Hast du nicht die Predigt neulich gehört?«

Veronika nickte stumm.

»Jeder – jeder! – kann zu Jesus Christus beten und um sein Erbarmen bitten. Vertraue auf seine Gnade!«

Heilige Veronika, bitte für mich beim Herrn, der mein Richter ist, dass er mich nicht der ewigen Verdammnis anheimgibt. Heilige Maria, Muttergottes, bitte für uns Sünder …

»Aber was wir tun werden – was ich tun werde –, das tue ich, obwohl ich doch weiß, dass es unrecht ist.«

»Ist es denn recht, was Barthel tut?«

»Ich weiß nicht«, flüsterte Veronika. »Du sollst nicht töten. Du sollst nicht töten.« Sie spürte, wie Gesche sie schüttelte.

»Zeige dich ihm ängstlich«, befahl die Freundin. »das ist am glaubwürdigsten.«

»Wie könnte ich mich ihm anders zeigen«, stöhnte Veronika. Die Angst vor dem, was kam, füllte sie voll und ganz aus. Sie wagte nicht, sich vorzustellen, was geschehen würde, wenn ihr Plan nicht hielt, was er versprach. Und wie könnte sie je vor den Herrn treten und um sein Erbarmen flehen, wenn sie doch ganz absichtsvoll das Messer unter der Schürze trug.

Gesche jedoch schien voller Zuversicht, als sie Veronika nun aus der Küche schob.

»Ich bin in der Nähe. Glaube mir, ich habe mit diesem Mann abzurechnen, ich lasse dich nicht im Stich. Sei unbesorgt. In einer Stunde haben wir …«

Sie kam nicht weiter. Ein Kratzen ließ die beiden Mägde innehalten.

»Was war das?«, wisperte Veronika, das Messer fester umklammernd.

»Nur eine Katze.«

»Eine Katze? Bist du verrückt? Katzen machen nie Geräusche, wenn sie nachts durch die Burg …«

»Was weiß ich«, schimpfte Gesche. »Ich habe genug von deiner Besorgnis. Sollen wir ihm ein Leben lang bezahlen für etwas, das nicht unsere Schuld ist?«

Veronika hörte die Wut in der Stimme der Freundin. Schweigend eilten sie durch die Gänge.

»Also«, Gesche entzündete den Kienspan an der Wand vor der Getreidekammer. »Du hältst dich genau an das, was wir besprochen haben, nicht wahr?« Schon glitt sie an ihrer Gefährtin vorbei in die Kammer.

»Natürlich.« Veronika schlug das Herz bis zum Hals. Obwohl sie Gesche nun hinter den dicken Säcken mit dem Roggen verborgen wusste, hämmerte ihr Herz vor Angst. Freilich war ihr klar, dass die Qualen nur ein Ende finden würden, wenn sie taten, was sie sich vorgenommen hatten.

Sie hatte all die Stunden gebetet. In der Hoffnung, dass es zutraf, was sie neulich in Doktor Luthers Predigt gehört hatte: Christus ist auch für deine Sünden am Kreuz gegangen.

Heilige Veronika, bitte für mich beim Herrn, der mein Richter ist, dass er mich nicht der ewigen Verdammnis anheimgibt. Heilige Maria, Muttergottes, bitte für uns Sünder …

Sie hatte nur der kleinen Notburg helfen wollen. Hatte nicht ahnen können, dass Daniel … dass sie ihn auf dem Gewissen haben würde. Nun stand ihnen Barthel im Weg. Der sein Wissen ausnutzte. Veronika versuchte, im Sinne der Predigt des Doktors nach der Schuld zu fragen, die sie sich aufgeladen hatte. Traf nicht auch Daniel Schuld? Aber war nicht Mord schlimmer? Eine Todsünde, unverzeihlich? Und wenn sie alles, was sie hatte, gab, um sich Vergebung zu erkaufen, würde das überhaupt ausreichen?

Lange kauerte sie auf dem Schemel in der Mitte der Getreidekammer, bis sie Barthels Schritte hörte. Er gab sich nicht einmal Mühe, leise zu sein, die Absätze seiner Stiefel schlugen einen raschen Takt auf den Steinboden. Veronikas Magen krampfte sich zusammen.

»Du bist gekommen«, lachte er leise, stellte die Lampe ab und öffnete den Rock.

»Ja.«

»Ich wusste, du würdest nicht wagen, fernzubleiben.« Er schnallte den Degen ab. »Du bist schön, weißt du das?«

Veronika errötete. Was für ein Wahnsinniger Barthel doch war! Und sie kam nicht umhin, dieses Lob aus seinem Mund tatsächlich aufzusaugen wie ein trockener Schwamm das Wasser!

»Niemand sagt dir etwas Freundliches, nehme ich an.« Mit einer eleganten Bewegung schlüpfte Barthel aus seinen Beinkleidern. Die Unterhosen hing schlotternd an seinen dünnen Beinen. Veronika starrte auf das Ding, das ihr entgegenragte. Unterdrückte einen Schrei.

Barthel nahm ihr Kinn in seine Hand. Sie war warm und roch nach Rauch.

»Veronika.« Es kam ihr vor, als schmeckte er ihren Namen. So wie vor nicht allzu langer Zeit der Doktor.

Ein schöner Name, Kind. Sei deinen Eltern dankbar, dass sie so einen schönen Namen für dich ausgesucht haben.

Barthels Gesicht kam ganz nah. Sie gab seinem Drängen nach, ließ zu, dass er sie küsste, ihre Lippen erkundete, ihre Nase. Sie vergaß Gesche hinter ihrem Roggensack.

»Veronika!«, murmelte Barthel.

Veronika. Wie jene Frau, die unserem Herrn das Schweißtuch reichte?

Als Barthel seine Zunge in ihren Mund stieß, fuhr sie zurück, hielt ihn mit ihren Händen von sich weg.

»Muss ich nun doch Überzeugungsarbeit leisten?« Verächtlich sah er sie an. Griff nach ihrem Kleid, zerrte sie an sich.

»Nein«, flüsterte Veronika. »Bitte nicht.« Sie tastete nach dem Messer. Es musste doch in der Schürzentasche stecken. Nur presste Barthel sie so fest an sich, hielt ihre Arme wie in einem Schraubstock gefangen, sodass sie nicht drankam. Schweiß lief ihr über Gesicht und Rücken. Barthel zerrte ihr das Kopftuch herunter. Veronika nutzte den Moment, in dem er locker ließ, um mit der Hand unter die Schürze zu fahren. Derweil riss er ihr das Kleid auf. Griff nach ihrer Brust.

Sie entwand sich ihm, taumelte zurück. Hielt das Messer in der rechten Hand, noch unter der Schürze.

»Ach, so eine bist du? Glaubst du, du könntest mich täuschen?«

Mit nur einem Schritt war er wieder bei ihr. Das grässliche Ding hing ihm aus der Hose. Glutrot leuchtete sein Gesicht im Licht der Lampe. Speichel lief über sein Kinn. Seine Hand griff nach ihrer. Er fühlte das Messer durch den Stoff.

»Wie lächerlich!« Er verdrehte ihr den Arm. Vor Schmerz schrie Veronika auf, krümmte sich, um dem Druck nachzugeben. Barthel verstärkte seinen Griff. Veronika ging in die Knie.

Er hatte das Messer.

»Wie lächerlich«, wiederholte er voller Verachtung. »Eine Frau! Wie lächerlich.«

Gesche sprang aus ihrem Versteck. Ihr Messer in der Faust. Wie eine streitsüchtige Dohle schoss sie auf den Wachmann nieder. Sie stach die Schneide in seine

Kehle. Mit einem gurgelnden Geräusch sank Barthel zu Boden.

»Was hast du getan?«, schrie Veronika. Sie beugte sich über Barthel. Der starrte sie mit glasigen Augen an.

»Was ich getan habe? Das Einzige, was mir übrig blieb, zum Teufel, Veronika!«

Das Blut lief über seine Brust. Ströme von Blut. Veronika wandte die Augen von Barthel ab. Sie starrte Gesche an. Gesche, die das Messer in der Hand hielt. Von dem Stahl tropfte Blut. Sie ging neben dem Wachmann in die Knie.

»Er muss sterben«, stöhnte Gesche. »Verstehst du das nicht? Sonst nimmt es nie ein Ende!«

Veronika nickte. Tränen rannen ihr über die Wangen. Sie würde damit nicht leben können. Nicht mit dieser Schuld. Schon einmal hatte sie es getan, aber es war für Notburg gewesen, für das kleine Mädchen, das sie mochte, und in ihrem Kopf malte sie sich aus, das die Schuld nicht so groß wäre, weil sie für ein Kind getötet hatte. Aber jetzt …

Heilige Veronika, bitte für mich beim Herrn, der mein Richter ist, dass er mich nicht der ewigen Verdammnis anheimgibt. Heilige Maria, Muttergottes, bitte für uns Sünder …

Für diese Schuld würde es kein Erbarmen geben.

Gesche kniete sich neben Barthel. Veronika sah sie an, wischte sich die Tränen weg.

»Ich verstehe. Ich verstehe«, wisperte sie.

Barthels Hand schnellte vor. Er traf Veronikas Brust. Die Schneide drang zwischen den Rippen hindurch.

»Nein!«, schrie Gesche, während der Wachmann zusammensackte.

Veronikas erstaunte Augen würden sie für immer begleiten. Augen, aus denen das Leben sickerte, als sei es ohnehin nicht wert, sich in ihnen zu spiegeln. Da war nur noch Raum für den Tod.

35

23.6.2017, vormittags

»Los, tritt aufs Gas!«

Hibbelig hockte Katinka auf dem Beifahrersitz in Hardos grasgrünem Golf.

»Gern und für Sie stets, Frau Privatdetektivin. Was dagegen, wenn ich mich an die Geschwindigkeitsbeschränkungen halte?«

»Ich vergesse immer wieder, dass du Beamter bist.«

Er knurrte etwas Unverständliches.

Sie fuhren Richtung Haarth. Schleierwolken überzogen den zuvor noch blauen Himmel. Der Dunst machte das Licht weißlich und heiß.

»Wenn Tina noch in Nürnberg ist und ihr Pick-up im Carport steht, sehe ich eine Chance.«

»Mir wäre es lieber gewesen, du hättest Anzeige erstattet«, beschwerte sich Hardo.

»Zu langwierig. Bis der Amtsschimmel die Papiere zerkaut, hat Tina ihren Geländewagen in die Waschanlage gestellt.«

»Vielleicht hat sie das längst.«

Langsam fuhren sie durch den Ort, bis Hardo vor dem Haus der Höchsts hielt.

»Das Teil steht im Carport.« Katinkas Stimme verkündete Triumph.

»Und das Nummernschild kann man prima lesen.«

»Heißt nichts. Vielleicht hat es der Täter abgewaschen. Aber er muss nicht unbedingt an den Unterboden gedacht haben!«

Katinka griff nach einem der leeren Marmeladengläser, die sie von Frau Schwarz geschnorrt hatte, stieg aus dem Auto und spazierte auf das Grundstück der Höchsts. Gerald würde sein teures Eigenheim nie mehr wiedersehen. Normalerweise überkam Katinka beim Gedanken an Mordopfer stets so etwas wie Melancholie. Die Erkenntnis, wie wertvoll das Leben war und wie schnell man es auslöschen konnte, holte sie diesmal jedoch nicht ein. Sie war ganz nah dran an der Lösung des Falles, die Euphorie darüber überdeckte alle anderen Gefühle. Pro forma drückte sie auf die Klingel. Niemand reagierte. Sie hastete am Haus entlang zum Carport, nahm einen Spatel aus ihrem Rucksack und kroch unter den Pick-up. Ihr Herz schlug schneller, die Ungeduld überstrahlte den Schmerz in ihrem Rücken: Erde klebte am Unterboden. In rauen Mengen. Mit dem Spatel kratzte sie eine gute Portion davon ab. Die Brocken plumpsten in das Marmeladenglas. Sorgsam verschloss sie es.

Ein paar Minuten später saß sie wieder neben Hardo.

»Welches Labor wird uns den Gefallen tun und …«

»Ich rechne fest mit Kiana. Aber lass uns zunächst Richtung Bad Rodach fahren. hundertprozentig finde ich die Stelle wieder, wo der Kerl mich überfallen hat. Dann nehmen wir die Vergleichsprobe.« Sie griff nach ihrem Handy. »Und während du fährst, sehe ich zu, dass ich mich mit diesem Gerät vertraut mache.«

»Was ist mit Heller?«

»Was soll mit ihm sein?«

»Willst du ihn nicht benachrichtigen? Höchst ist tot. Damit ist die Erpressungssache gelaufen.«

Katinka ließ das Telefon sinken. Ihr Gehirn nahm gerade ein paar Verschaltungen vor.

»Katinka? Hörst du mich?« Hardo fädelte den Wagen gerade wieder auf die Schnellstraße ein.

»Ich höre dich. Bloß, wo du Heller erwähnst …«

»Dein Klient.«

»Ich weiß. Der zufällig neben Manuel Schirrer wohnt. Der wiederum ist der Einzige aus dem Trio, der für gestern kein Alibi hat. Zumindest soweit wir wissen.« Tina Höchst mochte Manuel Schirrer am liebsten von Geralds Freunden. Würde sie so weit gehen, ihm ihren Pick-up zu leihen?, grübelte Katinka. »Außerdem ist Schirrer besessen von Ingrid Naumann und Sören Brandt.«

»Wenn wir davon ausgehen, dass Brandt Höchst erpresst hat, weil Höchst Ingrid Naumann angefahren hat und Brandt davon wusste, wie passt das dann damit zusammen, dass ausgerechnet Schirrer handgehäkelte Akten über Naumann und Brandt besitzt?«

»Du spielst schon wieder den Anwalt des Teufels. Keine Ahnung! Es passt einfach überhaupt nichts zusammen.« Sie fuhren die Stadtautobahn nach Norden. Rechts neben ihnen tuckerte eine Regionalbahn über die Gleise. Die Veste Coburg saß auf ihrem Berg, verlässlich wie stets. Der Dunst umgab sie wie mit einem Schleier aus Gaze.

»Merkwürdiges Wetter«, gab Hardo zum Besten.

Katinka wischte sich den Schweiß aus dem Nacken. Brandt würde Höchst nicht umbringen, solange Höchst sich willig melken ließ. Konnte Brandt als Hellers Erpresser auftreten? Unwahrscheinlich.

»Degenhard hat echt Nerven. Schläft mit Tina Höchst, wo doch ihr Mann verschwunden ist.«

»Tot ist.«

»Was Degenhard vielleicht wirklich nicht weiß. Wusste. Genauso wenig wie Tina.«

Hardo setzte den Blinker. »Womöglich haben die beiden schon länger was laufen. Tina Höchst ist mit ihrem Mann nicht glücklich.«

»Aber vorgestern hat sie behauptet, Degenhard nicht besonders zu mögen.«

»Sie hat es nicht behauptet, sie hat es durchblicken lassen.«

Tina Höchst konnte einfach gut geschauspielert haben. Sie verließen Coburg. Leichter Nieselregen setzte ein.

»Außerdem soll Degenhard in fünf Tagen diese Medaille bekommen.« Sie rutschte in ihrem Sitz herum. »Was sagt uns das?«

»Degenhard steckt in Geldnöten.«

»Hat er mit Tina geschlafen, um sie sanft zu stimmen und das Geld, das er Gerald geliehen hat, zurückzubekommen?«

Hardo schnaubte. »Denk mal nach!«

»Danke. Kapiert.« Katinka grinste. »Aber wenn Degenhard in Geldnöten steckt, interessiert mich immer noch, warum das so ist.« Dantes Andeutungen schossen ihr durch den Kopf. Steuerschulden. Und Manuel Schirrer arbeitete im Finanzamt. Im Controlling. Degenhard hatte ihn aufgefordert, direkt einzugreifen. Dazu Schirrers Worte: »Dir muss doch selbst klar sein, dass ich überprüft werde. Denkst du, ich kann irgendwo ins System und was drehen?«

Sie schlug sich an die Stirn. Ignorierte Hardos neugierigen Seitenblick.

»Gib Gummi, Hauptkommissar! Wir nehmen jetzt die Vergleichsprobe, geben sie bei Kiana ab und im Anschluss fahren wir noch mal zu Tina Höchst.«

36

23.6.2017, nachmittags

Tina Höchst trug ein schwarzes Kleid und – trotz der Hitze – eine Strickjacke drüber.

»Mein Beileid, Frau Höchst.«

»Sie haben es schon gehört?«

»Ja.«

»Kommen Sie rein. Wissen Sie, es ist seltsam. Ich habe mir solche Sorgen gemacht. Jetzt bin ich beinahe erleichtert. Jetzt habe ich wenigstens Gewissheit.«

»Ich dachte – na ja, so richtig ins Geschäft sind wir ja nicht gekommen. Daher wollte ich Sie persönlich noch mal treffen. Einfach so.«

Tina ging voraus in die Küche. Auf dem Tisch stapelten sich alte Fotoalben, Briefe und Bücher. »Ich weiß auch nicht, was ich sagen soll. Ich fühle mich völlig leer. Ausgebrannt. Nutzlos. Was mache ich jetzt? Ich sitze da mit Schulden, die ich nie im Leben zurückzahlen kann. Mir steht eine Privatinsolvenz bevor! Alles, was wir angefangen haben, war auf Geralds üppigem Einkommen aufgebaut. Nun muss ich mich fragen, wer ich ohne ihn eigentlich bin.«

Katinka schwieg. In Tina Höchst schienen sich so viele Wörter angestaut zu haben, dass sie wasserfallartig aus ihr hervorbrachen.

»Die Beamten erzählten, er ist schon mindestens 60 Stunden tot. All die Stunden, die ich gewartet habe. Auf ein Lebenszeichen, eine Nachricht. Wie kam er überhaupt an den Rennsteig? Gerald hat sich aus Wandern nie was gemacht!« Tränen stiegen ihr in die Augen. Mit einer entschlossenen Geste wischte sie sie weg. »Ich habe eine Flasche Chardonnay da. Möchten Sie?«

Katinka schüttelte den Kopf, doch Tina Höchst nahm ihre Ablehnung gar nicht wahr. Sie ging zum Kühlschrank und kam mit zwei vollgeschenkten Gläsern zurück.

»Haben Sie Geralds Freunde schon verständigt?«

»Ich habe Frank angerufen. Er ist in die Schweiz geflogen. Geschäftlich. Sobald er zurückkommt, schaut er bei mir vorbei. Hat er mir versprochen. Ich kann es Ihnen ja sagen: Wir haben die Nacht zusammen verbracht. Egal, was Sie jetzt denken: Ich brauchte einfach einen Vertrauten bei mir. Und Manuel hat mich selbst angerufen, um sich zu bedanken, dass ich ihm meinen Wagen geliehen habe.«

Um ihren Schock zu verbergen, nahm Katinka das Weinglas und trank. Sie hatte damit gerechnet, Tina Höchst diese wichtigste aller Informationen aus der Nase ziehen zu müssen. Stattdessen bekam sie sie auf dem goldenen Teller serviert.

»Er angelt öfter mal. Dafür benötigt er einen geländegängigen Wagen.« Sie fegte Bücher und Briefe beiseite und griff nach einem Fotoalbum. »Hier, sehen Sie: Das war unsere Hochzeit. 1992. Gefeiert haben wir im

Festungshof. Wir haben bis morgens um sechs getanzt. Frank hat mich entführt. Gerald fand die Suchaktion super, dadurch kam er eine Weile von den Verwandten weg.« Sie blätterte ein paar Seiten auf. »Die Haarmode hatte sich damals schon wieder verändert. Schauen Sie: Frank mit raspelkurzem Haar. Sogar Gerald ließ sich extra für die Hochzeit die langen Zotteln abschneiden. Die beiden Jungs hatten zuvor nämlich lange Mähnen. Bloß Manuel nicht. Der läuft, glaube ich, heute noch alle zwei Wochen zum Friseur und lässt seine paar Strähnen schneiden.«

Katinka leerte ihr Glas. Der Alkohol möbelte sie seltsamerweise auf. Hellwach legte sie sämtliche Bruchstücke in die richtige Reihenfolge. Plötzlich war es gar nicht mehr so schwer. Es war wie damals, im Ausgrabungspraktikum, als sie noch Archäologie studierte. Es kam immer der Zeitpunkt, da sich die korrekte Chronologie der Funde aufdrängte.

»Frau Höchst, würden Sie mir die Mails aushändigen, die Sie auf dem Tablet Ihres Mannes gefunden haben? Die an Manuel Schirrer?«

»Wozu wollen Sie die haben?«

»Sie könnten mir helfen, den Mörder Ihres Mannes zu finden.«

Tina zuckte die Achseln. »Wenn Sie meinen. Ich kapiere allerdings nicht, was Manuel damit zu tun hat.« Sie verschwand im Nebenzimmer und kehrte kurz darauf mit einem Stapel Ausdrucke zurück.

Katinka verabschiedete sich.

Draußen auf der Straße schnappte sie sich ihr Handy. »Wischnewski, packen Sie Ihren Hintern ein und kommen Sie nach Coburg. Polizeiinspektion. Neustadter Straße. Es ist dringend.«

»Frau Palfy, ich freue mich außerordentlich, dass meine Expertise gebraucht wird, aber morgen muss eine Zeitung in den Postkästen liegen, und …«

»Reden Sie sich nicht raus. Sie haben doch mindestens drei Storys auf Halde. Schließlich naht das Sommerloch!« Sie wartete seine Reaktion nicht ab, sondern versuchte es bei Kiana.

»Gut, dass Sie anrufen. Ich wollte mich gerade bei Ihnen melden. Die Proben stimmen überein.«

»Klasse! Hoffen wir, dass Frau Höchst nicht gerade in den nächsten Stunden auf die Idee kommt, eine Unterbodenwäsche zu machen.«

»Die hat momentan andere Sorgen.«

Katinka hatte Hardos grasgrünes Vehikel erreicht. Matt ließ sie sich auf den Beifahrersitz fallen und stöhnte auf, als ihr der Schmerz durchs Kreuz schoss.

»Machen Sie mir bei Ihrem Chef einen Termin? In der nächsten halben Stunde?«

»Herr Schilling hat heute Abend eine Einladung beim Oberbürgermeister …«

»Die verderbe ich ihm schon nicht. Machen Sie es dringend! Bis gleich.«

»Klär mich auf«, bat Hardo.

»Liebend gern. Lass mich nur schnell Heller anrufen. Und dann kriegt Kiana noch ein paar Spezialaufträge.«

37

23.6.2017, abends

»Ich hoffe, Sie haben eine sehr gute Erklärung für die Dringlichkeit, Frau Privatdetektivin. Ich habe nämlich nicht vor, zu dem Empfang beim Oberbürgermeister zu spät zu kommen.« Wolf Schilling, gekleidet in einen cremefarbenen Sommeranzug, rückte an seiner hellgrünen Krawatte.

Kiana, die soeben ein Tablett mit Kaffee und Kuchen hereintrug, zuckte mit keiner Wimper. Sie trug ihre zerrissenen Jeans und ein ärmelloses Top. Das Dekolleté hatte sie mit Glanzspray aufgepeppt. Anscheinend wollte sie ihrem Chef in nichts nachstehen. Ihre High Heels klapperten über das Parkett. Philipp Heller musterte sie hungrig.

»Oberbürgermeister?«, zeigte sich Dante interessiert. »Geht es um die Ehrenmedaille?«

Katinka trat ihm ans Schienbein. Er unterdrückte einen Protestschrei. Hardo setzte sein Pokerface auf.

»Danke, dass Sie kommen konnten«, begann Katinka, als Kiana alle mit Kaffee versorgt hatte. »Es geht um den Mordfall Höchst, aber auch um einen Erpressungsfall, an dem ich seit vier Tagen arbeite. Dank Ihrer aller Unterstützung ist der Fall gelöst.«

»Wie bitte?« Schilling starrte sie an. »Das kommt aber ein bisschen plötzlich.«

»Mag sein. Der Globus dreht sich mal langsam, mal schnell.« Katinka räusperte sich. Dankbar für den Kaffee leerte sie ihre Tasse. Der Wein, den sie bei Tina Höchst konsumiert hatte, war ihr nun doch zu Kopf gestiegen. »Kann ich auf Ihre Diskretion zählen?«

Alle Anwesenden nickten, Zustimmung murmelnd.

»Mein Klient, Philipp Heller«, sie wies auf den Mann, der nervös seine Knie umklammerte, »erhielt einen Erpresserbrief. Der Absender gab sich als Hacker aus, der Herrn Hellers Daten auf dem Datingportal affaerchen.de gestohlen haben wollte. Um das Stillschweigen des Hackers seiner Familie gegenüber zu erkaufen, sollte Herr Heller Gerald Höchst umbringen. Von diesen Vorkommnissen berichtete er mir am 19. Juni.«

»Um Gottes willen, Frau Palfy, wenn das zutrifft, warum sind Sie nicht vorher zu mir gekommen …« Wolf Schilling schüttelte voll tiefer Sorge den Kopf.

»Herr Heller traf sich noch am Abend des 19.6. mit Gerald Höchst auf dem Parkplatz der Veste, um ihn zu warnen. Er ging davon aus, dass jemand ihn auf alle Fälle tot sehen wollte und womöglich weitere Alternativen erwog, wie Höchst zu ermorden sei. Eine Zeugin hat das Gespräch mit angehört. Sie heißt Evi Werner und verbrachte die Nacht mit ihrem Mann im Wohnmobil auf der Brandensteinsebene. Frau Krekeler hat sich bereits um alles gekümmert. Frau Werner wird morgen bei Ihnen eine Aussage machen, Herr Schilling.«

Das Gesicht des Coburger Hauptkommissars, das sich zusehends zerfurchte, nahm ein ungesundes Rot an.

»Philipp Heller verließ den Parkplatz, nachdem seine Warnung bei Gerald Höchst kaum gefruchtet hatte. Er fuhr direkt nach Hause. Ein anderer Mann jedoch bog auf den Parkplatz ein. Evi Werner sah Scheinwerfer und hörte eine männliche Stimme, die sie als unnatürlich hoch beschrieb. Dieser Mann, nennen wir ihn Mister X., bot Höchst an, ihn nach Hause zu fahren.«

»Auf wen spielen Sie an, Frau Palfy?«, fauchte Schilling.

»Nun, es muss ein Freund von Höchst gewesen sein, denn Letzterer stieg ohne Zögern in den Wagen ein. Infrage kamen zwei Personen: Frank Degenhard und Manuel Schirrer.«

»Degenhard?«

»Diese drei Männer sind seit Jugendtagen ein eingeschworenes Team. Tina Höchst wird Ihnen das bestätigen.« Katinka hielt Kiana ihre leere Tasse hin. »Als ich am 20.6. meinen Klienten aufsuchen wollte, bekam ich einen Streit im Nachbarhaus mit. Zufällig wohnt dort Manuel Schirrer. Er und Frank Degenhard hatten eine Meinungsverschiedenheit, aus der hervorging, dass Degenhard Geldprobleme hat und von seinen Freunden Hilfe erwartet.«

»Frau Palfy, Ihre Fantasie in Ehren, aber …«, fing Schilling an.

Katinka hob die Hand.

»Ich darf an dieser Stelle Herrn Wischnewski, Journalist und Redakteur beim ›Fränkischen Tag‹ in Bamberg, bitten, seine Sicht der Dinge darzustellen.«

Dante fuhr sich über den mit dünnem Flaum überzogenen Schädel. Vor Begeisterung, endlich zu Wort zu kommen, schien er um mehrere Zentimeter zu wachsen.

»Frank Degenhard führt ein erfolgreiches Bauunternehmen im Coburger Land«, begann Dante. »Die Gewinne, die seine Firma abwirft, teilt er mit Bedürftigen. So hat er die Stadt Coburg beispielsweise beim Bau einer Flüchtlingsunterkunft unterstützt. Sein Engagement in diesem und anderen Kontexten wird ihm die Stadt in fünf Tagen danken: mit der Mauritius-Medaille für engagierte Bürger.«

»Allerdings«, mischte Katinka sich ein, »wirft Degenhards Unternehmen so viel Gewinn gar nicht ab. Herr Wischnewski hat die Firmenbilanz eingesehen.«

»Und daraus geht hervor, dass der Umsatz in den letzten Jahren sogar leicht zurückging. Frank Degenhard zögerte dennoch nicht, weiterhin Gutes zu tun.«

»Was daran ehrenrührig sein soll, möchte ich wissen«, schnappte Schilling.

»In sehr großem Stil Gutes zu tun! Die wenigsten von Ihnen werden wissen, dass Frank Degenhard von seinem Vater Günther eine Mine in Brasilien geerbt hat. Aus dieser sprudelnden Geldquelle stammen seine Wohltaten.«

Schilling setzte an, etwas zu sagen; Dante war schneller: »Als Journalist bin ich berechtigt, meine Quellen zu schützen, aber in einem noch einzuleitenden Strafverfahren wird die Polizei natürlich Zugang zu den entscheidenden Beweismaterialien erhalten. Frank Degenhard hat Steuerschulden. Das Finanzamt hält die Hand auf, und die Stundungszinsen sind zu einem astronomischen Betrag angewachsen. Zudem wird ein Strafverfahren gegen ihn eingeleitet, denn, wie es scheint, hat er nur einen Bruchteil seiner brasilianischen Einnahmen korrekt versteuert.«

»Hier kommt der alte Jugendfreund Manuel Schirrer ins Spiel. Er hat sich laut Aussage von Frau Höchst schon länger von der Clique distanziert. Aber Gerald Höchst hielt noch sporadisch Kontakt zu ihm. Am 19. und 20.6. schrieb er Manuel Schirrer mit einem Mal eine Menge E-Mails. Ich habe sie hier vorliegen.« Katinka legte die Ausdrucke auf den Tisch. »Aufforderungen an Manuel Schirrer, *etwas zu unternehmen*. Ich zitierte: ›Du hast Mittel und Möglichkeiten, verdammt!‹ Sowie: ›Du sitzt an der richtigen Stelle. Als Einziger von uns.‹«

Katinka hielt kurz inne. Die Stille im Raum war mit Händen zu greifen. Nur Philipp Heller konnte nicht still sitzen. Hektisch rutschte er auf seinem Stuhl herum und knirschte mit den Zähnen.

»Gerald Höchst stand bei Frank Degenhard in der Kreide. Degenhard hatte seinem alten Kumpel immer wieder Geld zugeschossen, unter anderem für seinen Hausbau. Das ist stadtbekannt, wie mir versichert wurde.«

Kiana grinste Katinka zu. Die machte weiter: »Einigen wir uns darauf, dass die edlen Geldgaben Höchst unter Druck setzten, denn logischerweise würde Degenhard irgendwann alle diese Summen zurückfordern. Als dies geschah, versuchte Höchst, den Kontakt zu Schirrer wieder aufleben zu lassen. Er setzte ihm die Pistole auf die Brust. Schirrer ist am Finanzamt tätig. Zuständig für die IT und fürs Controlling. Günstige Schnittstellen, wenn man etwas manipulieren will.«

»Absurd! Als wenn das so einfach wäre …«, unterbrach Schilling. Endlich nahm er einen Schluck Kaffee. Verzog das Gesicht. »Kiana, der Kaffee könnte heißer sein!«

»Völlig richtig, Herr Schilling. Schirrer sah sich außerstande, ins System einzugreifen. Allerdings besaß Höchst ein Druckmittel: einen Unfall mit Todesfolge aus dem Jahr 1989.«

An dieser Stelle schaltete sich Hardo ein und berichtete von Ingrid Naumanns Tod, fügte die Aussagen von Sören Brandt und Ingrids Eltern hinzu. »Wir müssen davon ausgehen, dass Manuel Schirrer der Fahrer war, der Ingrid schwer verletzte und anschließend Fahrerflucht beging. Zeuge Brandt hat in Erinnerung, dass der Fahrer kurzes Haar hatte. Doch die alten Fotoalben der Höchsts zeigen: Höchst und Degenhard trugen das Haar damals lang.«

»Die Erinnerung eines Zeugen nach 28 Jahren? Kollege!« Schilling schüttelte nur den Kopf. Auch Heller machte ein sorgenvolles Gesicht.

»So wichtig ist es ja gar nicht, was Sören Brandt damals gesehen hat. Denn sowohl Höchst als auch Degenhard konnten Schirrer mit einem Wissen, das sich auf 1989 bezog, unter Druck setzen. Wahrscheinlich handelt es sich um Ingrid Naumanns Tod, vielleicht auch um etwas anderes. Tatsache ist jedoch: Es funktionierte.«

»Sie wollen behaupten, dass Manuel Schirrer Gerald Höchst umgebracht hat? Dann freue ich mich auf die Erläuterung, wie er das fertiggekriegt hat. Die Kollegen in Thüringen stehen vor einem Rätsel: Der Fundort ist keinesfalls der Tatort, aber es gibt keine Transportspuren.«

»Manuel Schirrer hat in den frühen 90er-Jahren den Flugschein gemacht. Er besitzt eine Cessna. Frau Krekeler, wenn Sie kurz berichten würden, was Sie herausgefunden haben?«

Alle Blicke richteten sich auf Kiana. Schilling guckte giftig drein.

»Mit Vergnügen. Ich habe vorhin mit den zuständigen Stellen auf dem Flugplatz telefoniert. Manuel Schirrer hat seine Cessna am 20.6. nachts um 2.15 Uhr gestartet. Man kennt ihn bei seinen Fliegerkollegen als exzentrisch.«

»Ist das erlaubt?«, staunte Dante. »Ich meine, nachts abzuheben.«

»Nein, eigentlich nicht. Er hat keine Starterlaubnis eingeholt. Ist einfach in die Lüfte gestiegen.«

»Aber …«, begann Schilling.

»Die Flieger haben Gnade vor Recht ergehen lassen. Sie mögen Manuel nämlich gern.«

»Abgründe«, murmelte Schilling.

»Eine kriminaltechnische Untersuchung von Schirrers Maschine wird bestimmt einiges an Spuren freilegen. Die K.-o.-Tropfen, die in Höchsts Blut gefunden wurden, weisen darauf hin, dass Schirrer seinen früheren Kumpel außer Gefecht setzte, ihn in die Cessna verlud und mit ihm nach Thüringen flog, wo er ihn aus dem Flugzeug warf.«

Stille im Raum. Hardo räusperte sich.

»Es ist davon auszugehen, dass Schirrer der Mann war, den Evi Werner nachts auf dem Parkplatz gehört hat. Er musste sich eines alten Freundes entledigen, der ihn in der Hand hatte. Höchst hat Schirrer gedroht: Wenn du Degenhards Steuerschulden nicht bereinigst, kommt der Fall Ingrid Naumann auf den Tisch.«

Schilling zupfte an den Bügelfalten seiner Hosen. »Wir müssen dafür sorgen, dass Schirrer nicht stiften gehen kann. Eventuell reimt er sich selbst zusammen, dass er reif ist.«

»Schon erledigt, Chef. Eine Streife beobachtet sein Haus. Um 16.30 Uhr ist er von der Arbeit heimgekommen und seitdem nicht wieder weggegangen«, sagte Kiana beiläufig.

Bevor Schilling etwas erwidern konnte, fuhr Katinka fort: »Manuel Schirrer hat sich gestern Tina Höchsts Pick-up geliehen, mir damit aufgelauert und mich in den Wald irgendwo zwischen Gauerstadt und Thüringer Grenze verschleppt. Ich fürchte, er war mir schon länger auf den Fersen und bekam mit, dass ich mich mit Sören Brandt traf, dessen Rolle mir übrigens selbst noch nicht klar ist. Er behauptete, er wolle sein Gewissen erleichtern, indem er endlich über die alte Geschichte von Ingrids Unfall sprach. Ich hatte angenommen, Höchst, dessen Rücksichtslosigkeit im Straßenverkehr ja aktenkundig ist, habe möglicherweise Ingrid Naumanns Tod verschuldet. Es wäre vorstellbar gewesen, dass Sören dies wusste, obwohl er es mir gegenüber abstritt, und Höchst erpresste. Doch nachdem ich nun weiß, dass Gerald 1989 langes Haar hatte, kommt er nicht infrage.«

»Diesen Sören Brandt knöpfe ich mir vor«, verkündete Dante, dessen allgegenwärtiger Bleistift über die Seiten seines XL-Notizbuchs raste. »Lassen Sie mich nur machen. Ich bringe jeden zum Reden.«

Aus den Augenwinkeln sah Katinka, wie Hardos Augenbrauen sich zusammenzogen. Sie unterdrückte ein Grinsen.

»Wie kommt aber Ihr Klient ins Spiel?« Schilling warf einen Seitenblick auf den zappelnden Philipp Heller.

»Sehr einfach. Das Haus der Hellers und das von Manuel Schirrer stehen sehr eng beieinander. Die Hecke, die die Hellers vor Jahren gepflanzt haben, ist eingegangen, und die neuen Sträucher haben sich noch nicht zu einem anständigen Sichtschutz ausgewachsen. Mein Klient hat sein Nutzerkonto auf affaerchen.de im Garten sitzend eingerichtet. WLAN macht's möglich. Schirrer konnte das beobachten. Dazu brauchte er unter Umständen nicht einmal ein Fernglas. Er sah nur das Logo der Webseite. In seiner Verzweiflung darüber, zwischen Höchst und Degenhard zerrieben zu werden, schrieb er den Erpresserbrief an seinen Nachbarn. Gab sich als Hacker aus. In der morbiden Hoffnung, Heller würde ihn aus der Bredouille holen.«

Philipp Heller saß nun ganz still. Wie ein Kind, das vor 30 anderen Schülern vom Lehrer ausgeschimpft wird. Insgeheim bewunderte Katinka, dass er zu diesem Treffen mitgekommen war.

Dante ließ den Bleistift gegen seine Zähne klicken. »Und Degenhard?«

»Degenhard ist laut Aussage von Frau Höchst heute Morgen nach Zürich geflogen. Kiana?«

»Korrekt. Mit Flug LX 1189. Sein Wagen steht im Parkhaus am Nürnberger Flughafen.«

»Stellt sich nur die Frage, ob er noch mal nach Coburg kommt, wie?« Dante grinste. »Oder ob er das Drehkreuz Zürich nutzt, um, sagen wir mal, nach Uruguay weiterzureisen.«

Schilling wurde bleich. »Die Medaille bedeutet ihm sehr viel.«

Kiana verdrehte die Augen.

Hardo stand auf. »Wenn Sie uns dann entschuldigen wollen, wir werden noch heute Nacht in Berlin erwartet.«

38

3.1.1565, früher Abend

Sie kannte die Anzeichen für das Ende. Viele hatte sie begleitet. Agnes, die Heilkundige, die im würdevollen Alter von über 70 Lebensjahren vor das Angesicht des Herrn getreten war. Ottilia, deren schmerzvolles Leiden sie nächtelang gequält hatte, bevor die Pein ein Ende hatte. Und Notburg, die viel zu früh an einem Gift gestorben war.

Sie betrachtete das in Schweinsleder gebundene Buch, das sie in den Händen hielt. Es war nicht besonders groß, etwa so lang wie ihre gesamte Hand, und enthielt ihre Geschichte, sorgsam gehütet, mit niemandem geteilt. Sie hatte das Buch gestohlen. Ein leeres Buch, das *ihm* gehörte, dem großen Gelehrten, damals, in jenem heißen Sommer 1530, als die Mücken jeden Bewohner der Veste Coburg auffraßen. Noch nie zuvor hatte sie etwas gestohlen. Die Brotreste, die im Gästehaus auf den Tischen liegen blieben, zählten schließlich nicht als Diebesgut!

Nun bin ich alt, dachte sie, und meine Erinnerungen verschwimmen. Auch die an jene Sommertage. An die Mückenstiche. Die Schmerzen. Das viele Blut … Ja, sie kannte die Anzeichen für das Ende, und ihres stand bevor. Sie spürte es seit Wochen. Nun, da der eisige

Winter die Burg in seinen Fängen hielt, konnte sie die Schmerzen, die Langsamkeit, die Atemnot nicht mehr leugnen. Die Kälte verschlimmerte ihren Zustand, und jeder Tag bedeutete Schmerz und unendliche Mühe. Das Leben war ein Kampf, den kein Wesen zu gewinnen imstande war.

Damals wusste niemand, dass sie in der Kunst des Schreibens unterrichtet worden war. Auch der Doktor rechnete wohl nicht damit, als er tagelang nach dem Buch Ausschau hielt und überall herumfragte. Sie hatte gesehen, wie ihm die Kladde auf einem seiner abendlichen Spaziergänge auf der Hohen Bastei herunterfiel. Sie musste in einer Tasche seine Umhangs gesteckt haben, er bemerkte den Verlust nicht, und so harrte sie in den Schatten aus und eilte erst, als der Gelehrte wieder im Fürstenbau verschwunden war, zu der Stelle, wo es im Sand lag. Nur die ersten paar Seiten waren beschrieben. Sie riss sie heraus und verbrannte sie.

Tinte und Feder ließ sie im Gästehaus mitgehen.

Das Buch trug sie stets bei sich. Nächtens behielt sie es unter ihrem Kopfkissen. Seit die Gefährtin nicht mehr war, sorgte sie dafür, die Kammer mit keiner anderen teilen zu müssen. Da sie mittlerweile die Dienstälteste unter den Mägden war, mit Ausnahme von Ottilia, gelang es ihr, die Kammer als ihr eigenes Reich zu hüten. Dort schrieb sie, beim zitternden Licht der Kerze, in jeder einzelnen Nacht, den ganzen Sommer hindurch, schrieb bis in den Herbst, als Doktor Luther die Veste längst verlassen hatte und für Wochen das

Gefühl von Leere und Sinnlosigkeit über der Burg hing, als hätte der hohe Gast dem Ort etwas verliehen, was nun unwiederbringlich verloren war.

Sie war nur eine einfache Küchenmagd, aber sie hatte das Alphabet gelernt und war sogar ein Jahr unterrichtet worden. Von ihrem Vater, der seine Tochter über alles liebte und ihr so viel Gutes fürs Leben mitzugeben wünschte wie irgend möglich. Das Aufschreiben rettete sie vor dem Irrewerden. Und der Gedanke aus einer Predigt des Doktors:

»Ich weiß, dass unser Erlöser lebt. Wendet euch selbst an Gott und bittet um sein Erbarmen! Vertraut auf seine Gnade! Allein die Gnade des Höchsten und euer Glaube werden euch retten!«

Die Gnade des Herrn würde sie vor der ewigen Verdammnis retten. Sie fühlte, dass es die Wahrheit war. Die einzige, wirkliche Wahrheit. Die Sünden, die sie und ihre Gefährtin auf sich geladen hatten, konnten Vergebung finden. Wenn sie nur glaubte. Und meist tat sie das. Es war mit den Jahren leichter geworden.

Wenngleich jene Nacht unzerstörbar in ihr Gedächtnis eingebrannt war. Die Getreidekammer, ein Ort, dessen Existenz sie und ihre Freundin nur zu gern vergessen hätten, wurde einmal mehr zur Mitwisserin. Beim ersten Mal waren sie in eine Lage geraten, die sie nicht verschuldet hatten. Sie waren zum Handeln gezwungen. Beim zweiten Mal bereiteten sie sich vor.

Die Arbeit in der Küche ermöglichte ihnen nicht nur, an Essen und manchmal sogar Wein zu kommen – es befanden sich dort auch die besten Messer. Sie hatten beide oft beim Schlachten geholfen, widerwillig, aber wie so vieles, was man widerwillig tat, erwies sich das so gewonnene Wissen als hilfreich.

Beim Kampf um das Leben verlor manch einer bereits, ehe das Alter gekommen war.

Sie saß in der Kammer. Die Kerze blakte. Eisige Kälte umgab sie. Die Wolldecke um die Schultern, las sie ihre Eintragungen ein letztes Mal. Ihre geschwollenen Finger blätterten Seite für Seite um. Sie würde niemandem, niemandem dieses Buch anvertrauen. Sollte das Schicksal bestimmen, wer es in seine Hände bekäme. Die anderen, die die Vorsehung auf so grausame Weise zusammengeführt hatte, waren längst tot. Auch für sie blieb nicht mehr viel Zeit. Den kommenden Sommer würde sie nicht mehr erleben.

Keuchend stand sie auf. Verbarg das Buch unter ihren Kleidern. Stützte sich auf den Stock und schleppte sich zur Tür. Die Kerze hielt sie in der freien Hand, als sie auf den dunklen Gang hinaushinkte.

Es war spät, lange nach Mitternacht. Das Leben in der Burg vollzog sich im Winter nur in den wenigen Stunden, in denen Tageslicht durch die kleinen Fenster fiel. Sie würde niemandem begegnen. Dennoch achtete sie darauf, leise zu gehen, den Stock behutsam aufzusetzen. Sie konnte sich nur noch mühevoll bewegen, der Weg brauchte Zeit, doch schließlich öffnete sie die Tür zu jenem Ort, der für sie mehr als jeder andere auf der Burg mit dem Grauen des Todes erfüllt war.

Die Getreidekammer war nicht mehr allzu gut mit Roggen ausgestattet. Die letzte Ernte hatte wenig Ertrag gebracht, und in der Küche, beim Brotbacken, mussten sie längst sparen. Sie behalfen sich den Sommer über mit Süßlupinen und im Herbst mit Kastanien, die sie fein gemahlen unter das Mehl mischten. Die Zeiten waren nicht einfach. Zu viel Tod, zu viel Verwüstung. Sie stellte die Kerze ab. Lehnte den Stock an die Wand. Tastete nach dem Buch.

Was auch immer käme – verhungern würde sie nicht, so viel stand fest. Ihre Zeit würde schon früher ablaufen. Der Gedanke tröstete sie unversehens.

Sie und ihre Freundin, sie waren Mörderinnen. Sie beide. Viele Jahre nach ihrer liebsten Gefährtin würde sie nun vor ihren Herrgott treten und sein Urteil empfangen. Doch sie vertraute auf seine Gnade, wie der Doktor sie gelehrt hatte.

Jesus Christus war für sie alle, für den hohen Gast wie für die kleine Küchenmagd, sogar für den widerlichen Wachmann, am Kreuz gehangen. Längst hatte sie ihr erbärmliches Leben in die Hände Christi gelegt. Sie hörte die wohltönende vom Erlöser sprechende Stimme Doktor Luthers noch nach so vielen Jahren, als wehte ein gütiger Wind ihren Klang geradewegs in diesem Augenblick zu ihr.

Der Doktor. Auch er war schon vor Jahren vor seinen Schöpfer getreten.

Wie waren sie und ihre liebe Freundin doch begeistert gewesen. Wie hatten sie auf die Aufmerksamkeit Doktor Luthers gehofft. Dass er nur einmal seine Augen auf ihnen ruhen ließe, um zu sehen, wie seine Worte auch in ihnen beiden alles bisher Geglaubte umwälzten. Wie hatten sie sich erträumt, genau wie er kühne Gedanken zu entwerfen, um von Ängsten und Bedrückung frei zu werden! Doch niemand auf der Burg, niemand in ihrem Leben hatte sich vorzustellen vermocht, dass zwei einfältige Küchenmägde zu solch ungestümen Hoffnungen fähig wären.

Sie lehnte sich an die Wand der Getreidekammer, um zu Atem zu kommen. Der Mehlstaub kitzelte in der Nase, wie stets, wie all die Jahre. Niemanden hatte sie je wieder so geliebt wie Veronika. Daniel hatte sich sein Elend selbst zuzuschreiben. Veronika hatte nicht nachgedacht. Sie hatte gehandelt, und dann musste sie, Gesche, ihr helfen, den Leichnam fortzubringen. Sie hatten es für Notburg getan. Dann kam ein Zeuge. Barthel. Der sich seinen Anteil holte. Der glaubte, ein Recht auf das zu haben, was er forderte, im Gegenzug für sein Schweigen.

Den zweiten Mord hatten sie geplant.

Veronika hatte nicht überlebt. Genauso wenig wie Barthel.

Gesche zwang ihre schmerzenden Finger, den losen Stein aus der Mauer zu klauben. Sie legte das Buch in den Hohlraum. Unter Ächzen und leisen Wehlauten drückte sie den Stein wieder an seinen Platz. Nun konnte sie nichts mehr tun, außer auf den Allmächtigen und seine Gnade zu vertrauen.

Wenige Tage später, während ein Schneesturm um die Mauern der Veste Coburg heulte, hauchte sie ihr Leben aus, allein, ohne den Beistand einer Seele, die ihre Furcht vor dem, was kam, hätte mildern können. Niemand wusste genau, an welchem Tag Gesche gestorben war. Denn als man sich endlich aufmachte, um sie zu suchen, da sie seit Tagen nicht in der Küche gesehen worden war, lag sie, weiß wie Marmor, erfroren in ihrer Kammer.

39

28.6.2017, vormittags

»Er kriegt die Mauritius-Medaille in absentia.« Kiana sog am Strohhalm ihres Latte macchiato. »Ich habe es fast geahnt.«

»Verdammt, wie konnten die Behörden nur so schlafen!« Katinka wollte platzen vor Ärger.

»Tja, hätten wir beide das in die Hand genommen … Degenhard ist längst in Südamerika. Dort wird er erst mal abwarten.«

Katinka schüttelte nur den Kopf. Letzte Woche waren Hardo und sie tatsächlich noch nach Berlin gefahren. In der Annahme, Schilling und seine Leute würden den Sack zumachen. Von wegen! Degenhard war aus der Schweiz nicht zurückgekehrt. Hardo saß inzwischen wieder an seinem Schreibtisch in Bamberg, während sie mit Kiana auf dem Coburger Marktplatz ein spätes Frühstück einnahm. In den letzten Tagen hatte es abgekühlt. Die extreme Hitze war erst einmal Vergangenheit. Der Sommer glitt jetzt bei guten 20 Grad und erträglicher Luftfeuchtigkeit dahin.

»Hat ihn jemand gewarnt?«

»Möglich.« Kiana zuckte die Achseln.

»Ich verstehe nicht, wie man so einem Mann noch eine Ehrenmedaille überreichen kann.«

»Ich habe mich ein bisschen umgehört. Etliche Stadträte waren dagegen. Es kam zu heftigen Streitigkeiten, manche sprechen wegen dieser dämlichen Medaille nicht mehr miteinander. Aber die Pro-Fraktion hat sich durchgesetzt. Degenhard hat immer noch eine starke Lobby.«

»Obwohl sein Unternehmen offenbar in die roten Zahlen gerutscht ist.«

»Die Kollegen vom Wirtschaftsdezernat sind noch nicht zum Kern der Sache vorgedrungen, doch was sich abzeichnet, wirft kein gutes Licht auf Degenhard. Er hat seinen Betrieb in den letzten Jahren nur durch Mauscheleien gesteuert. Es wird kolportiert, dass sein Großvater das Unternehmen schon genauso geführt hätte.

Sprechen Sie mal mit alteingesessenen Coburgern, die den alten Heiner noch kannten.«

Katinka sah auf die Uhr. »Sollen wir?«

Sie betraten das Rathaus. Kiana in ihren schicken Klamotten fiel unter all den in Blazer und Anzug herumstehenden Honoratioren nicht auf. Katinka hatte die einzige Leinenhose, die sie in ihrem Gepäck gefunden hatte, angezogen und dazu eine bunte Tunika. Sie hoffte, in der Menge unterzugehen.

Im Saal herrschte aufgekratztes Gemurmel. Als eine Dame im Kostüm ans Rednerpult trat, schwoll das Raunen an. Überraschte Rufe, Fragen schossen durch den Raum.

»Meine Damen und Herren, Sie werden mir nachsehen, dass ich den als Redner vorgesehenen Oberbürgermeister vertrete …«

»Er hat Schiss«, flüsterte Kiana Katinka zu. Die grinste nur. Wo steckte Dante eigentlich? Verstohlen sah sie sich um. Dass er sich so eine Gelegenheit entgehen ließ!

»… sind hier, um einen verdienten Bürger der Stadt Coburg zu ehren. Frank Degenhard.«

Applaus.

Die Kostümfrau kam sich erkennbar fehl am Platz vor, während sie die vielen guten Taten des Unternehmers Degenhard pries. Wenn man ihr glaubt, hat Degenhard sich als Sozialarbeiter der Stadt verdingt, dachte Katinka gereizt, während die Auflistung aller Wohltaten des Unternehmers an ihr vorbeiplätscherte. Veranstaltungen dieser Art gingen ihr gegen den Strich. Sie waren verlogen, beschönigende, heuchelnde Betätigungsfelder für Menschen, die die große Politur fürs Ego brauchten.

»… umso mehr bedauern wir es, dass Frank Degenhard heute an seinem großen Tag nicht unter uns weilen kann. Wichtige Geschäfte haben ihn nach Südamerika gerufen.«

Getuschel im Saal. Neben Katinka brach Kiana in haltloses Kichern aus.

»Falsch!«

Eine scharfe Stimme zerschnitt das lauter werdende Raunen. Katinka fuhr herum. Ein nur zu bekannter Kopf zeigte sich drei Reihen hinter ihr. Haare. Nichts als Haare.

»Frank Degenhard hat sich der deutschen Justiz entzogen. Beihilfe zum Mord. Steuerbetrug. Steuerhinterziehung. Verstoß gegen Umweltauflagen. Und noch mehr.«

»Brandt! Wo hat er die Beihilfe zum Mord her?«, wisperte Kiana.

»Keine Ahnung. Er hat sich halt was zusammengepusselt, was brutal klingt.«

Tumult brach los. Von der Saaltür näherten sich zwei Securitytypen. Die Rednerin war vom Mikrofon zurückgewichen.

»Bitte bedenken Sie«, rief Sören in den Raum. Seine sonore Stimme füllte den Saal mit Leichtigkeit, übertönte sogar den anschwellenden Radau. »Es gab Zeiten in Deutschland, in denen die Zugehörigkeit einer über Ideologie und Loyalität definierten Elite darüber entschied, ob man *jemand* war. Ob man leben und lernen und arbeiten durfte, wie es einem selbst entsprach. Oder ob man abserviert wurde. Heutzutage ist es nicht mehr politische Loyalität, die einen in den engsten Kreis aufsteigen lässt, sondern vor allem Wirtschaftsmacht!«

Die Sicherheitsmänner quetschten sich durch die Sitzreihe, wo Sören Brandt nun auf einen Stuhl stieg.

»Als Volk ist es unsere Aufgabe, auf diesen Machtverhältnissen beruhende Missbräuche aufzudecken. Frank Degenhard verdient keine Medaille. Gegen ihn muss ein Strafverfahren eröffnet werden.«

»Ich dachte, das ist längst eröffnet?« Katinka sah Kiana fragend an.

Die zuckte die Achseln. »Sie wissen doch: Wer bezahlt, bestimmt die Musik.«

Die Sicherheitsfuzzis zogen Brandt von seinem Stuhl.

»Moment!« Katinka sprang auf. »Ich gebe Herrn Brandt recht. Frank Degenhard besitzt eine Mine in Brasilien. Der Gewinn aus dieser Mine sorgt für sein Einkommen. Aber hat jemand hier im Saal schon einmal über die Gesundheit der Arbeiter oder die Umweltverschmutzung nachgedacht?«

»Degenhard-Immobilien schreibt rote Zahlen!« Kiana drängte sich bereits nach vorn zum Rednerpult durch. Die Kostümfrau wich zurück, ein Handy am

Ohr. Offenbar rief sie gerade die Polizei. Kiana hatte das Mikrofon bereits erreicht. »Seine sozialen Wohltaten für die Stadt Coburg fußen auf den Einkünften aus einer Schmutzmine in Brasilien.«

Die anwesenden Journalisten waren ebenfalls aufgesprungen. Fragen schwirrten durch den Raum. Die Zweimann-Security starrte überfordert auf das Chaos.

Katinka hob den Daumen. Die Veranstaltung war endlich spannend geworden. Sie wandte sich um und drängte sich Richtung Ausgang durch den Aufruhr, als sie ein bekanntes Gesicht entdeckte. Philipp Heller stand da, ein selbst gemaltes Schild vor dem Bauch.

Wie starb Gerald Höchst?

Frank Degenhard nutzte sein Wissen über ein begangenes Unrecht brutal aus und trieb seinen alten Freund Manuel Schirrer so lange vor sich her, bis dieser zum Mörder wurde. Denn nur die Vernichtung des Zeugen verspricht Ruhe. Wie zu allen Zeiten! Lesen Sie ›Gesches Tagebuch‹.

Erste Handys waren bereits gezückt, um Heller mit seinem Schild abzulichten.

»Hallo, Frau Palfy!«, rief ein Journalist. »Was ist mit der Anzeige wegen Hausfriedensbruch gegen Sie?«

»Schirrer schlägt um sich. Aber ich vermute, er hat diese Anzeige nur erstattet, um nachvollziehbar zu machen, warum er mich in den Pick-up gezogen hat. Ich habe ihn auch angezeigt.« Katinka hob die Schultern. »Geplänkel.«

»Die Großen kommen davon!«, brüllte Brandt, während er sich gegen die Sicherheitsmänner zur Wehr setzte.

Das Durcheinander im Saal nahm chaotische Züge an.

»Machen wir, dass wir wegkommen.« Katinka winkte Kiana. »Und Sie machen sich besser auch auf die Socken, Herr Heller. Sonst werden Sie gleich noch aus dem Saal geführt wie Genosse Brandt.«

In der Ferne war das Heulen von Martinshörnern zu hören. Heller stellte das Schild auf den Fenstersims und hakte sich bei Katinka unter. Kiana tauchte neben ihnen auf. »Nichts wie raus hier.«

Sie bahnten sich einen Weg aus dem Saal und rannten ins Erdgeschoss. Schlüpften durch die Tür und eilten bereits über den Platz, als aus Ketschengasse und Rosengasse Streifenwagen schossen.

Grinsend ließ sich Kiana auf die Stufen des Prinz-Albert-Denkmals sinken. »Das ist doch mal ein schönes Spektakel. Immerhin wissen wir jetzt, warum Sören Sie mit dieser alten Geschichte behelligt hat.«

Katinka setzte sich neben sie. An ihrer anderen Seite ließ sich Philipp Heller ächzend nieder.

»Stimmt. Er hat mich benutzt. Um Degenhard fertigzumachen.«

»Kapier ich nicht.« Heller kratzte sich am Kopf.

»Er brauchte Frau Palfy, damit sie den Fall vorantreibt und am Ende Degenhard demontiert wird. Sören Brandt fühlt sich anscheinend als ewiger Oppositioneller. Agiert immer noch gegen die Mächtigen. Einst waren es die SED-Schranzen, heute sind es finanzstarke Unternehmer, die dafür zahlen, dass die Gesetze für sie nicht genauso gelten wie für andere.«

»Ach, du Schreck!« Katinka deutete auf die Hofapotheke. Aus der schmalen Gasse kam eine vertraute Gestalt mit Basecap gelaufen. »Einmal im Leben zu spät, Wischnewski.«

ENDE

NACHWORT

Alle Personen, die mitsamt ihren Machenschaften in diesem Roman herumwirtschaften, sind frei erfunden. Sollten Sie Ähnlichkeiten mit Personen und Handlungen der Realität feststellen, sind diese rein zufällig und mal wieder ein hinreichender Fingerzeig auf den Umstand, dass die Literatur mitunter realer ist als die Wirklichkeit. Die Stadt Coburg vergibt meines Wissens bislang keine Mauritius-Medaille, obwohl geeignete Kandidaten für diese Ehrung aufzutreiben wären. Zum Bratwurstessen am Coburger Marktplatz werden im Übrigen nicht nur die Royals eingeladen!

Weitere Krimis finden Sie auf den folgenden Seiten und im Internet:

FRIEDERIKE SCHMÖE
Zuträger

978-3-8392-1685-9 (Paperback)
978-3-8392-4647-4 (pdf)
978-3-8392-4646-7 (epub)

BEKLEMMEND Jana, die neue Klientin von Privatdetektivin Katinka Palfy, hat gerade eine Stelle beim Bamberger Ableger des IT-Unternehmens Kvintu bekommen. Ihr Traumjob! Sie trainiert sogar mit dem Kvintu-Team für den Weltkulturerbelauf. Doch sehr bald erweist sich die Stelle als Albtraum. Hanne, die sie in ihre Arbeit einweist, verschwindet spurlos aus der Firma, Jana wird massiv gemobbt. Und eines Tages treibt ein totes Mädchen in der Regnitz. Sie war Praktikantin bei Kvintu …

GMEINER SPANNUNG

FRIEDERIKE SCHMÖE
Rosenfolter

978-3-8392-1275-2 (Paperback)
978-3-8392-3879-0 (pdf)
978-3-8392-3878-3 (epub)

AUF ROSEN GEBETTET Bamberg, kurz vor Eröffnung der Landesgartenschau im April 2012. Auf dem Ausstellungsgelände werden kurz nacheinander ein Ohr, ein Finger und eine Hand gefunden, jeweils gebettet auf einem Kissen aus roten Rosen. Ein Rachefeldzug? Als schließlich noch eine Leiche im Fischpass, dem Öko-Vorzeigeprojekt der Gartenausstellung, liegt, bricht endgültig Panik aus. Privatdetektivin Katinka Palfy, Hauptkommissar Harduin Uttenreuther und Reporter Dante Wischnewski ermitteln …

FRIEDERIKE SCHMÖE
Spinnefeind

978-3-89977-782-6 (Paperback)
978-3-8392-3045-9 (pdf)
978-3-8392-3044-2 (epub)

STRENG GEHEIM Jens Falk, Mathematiklehrer und Hobby-Kryptoanalytiker, hat Angst um seinen Job: Im letzten Halbjahr sind nicht nur wichtige Klausuren und Schülerakten verschwunden, sondern auch sein Schüler Hannes Niedorf – während einer Exkursion mit Falk. Er sucht Hilfe bei Privatdetektivin Katinka Palfy. Da wird seine Ex-Verlobte ermordet, und der Lehrer ist dringend tatverdächtig. Katinka macht sich an die Aufklärung des Falls. Doch es scheint, als würde jemand gezielt versuchen, die einzige Person aus dem Rennen zu werfen, die an Falks Unschuld glaubt …

FRIEDERIKE SCHMÖE
Pfeilgift

978-3-89977-756-7 (Paperback)
978-3-8392-3077-0 (pdf)
978-3-8392-3076-3 (epub)

KEINE AUSZEIT FÜR KATINKA PALFY Privatdetektivin Katinka Palfy nimmt in den unterfränkischen Haßbergen an einem Kurs in Bogenschießen teil. Mit Paula Stephanus, einer anderen Teilnehmerin, freundet sie sich an. Nach einer durchzechten Nacht liegt Paulas Mann Hagen tot im Wald: In seinem Bein steckt ein Pfeil. Laut Obduktion starb er einen qualvollen Tod, verursacht durch das Pfeilgift Curare.

Während die Polizei den Mörder jagt, bittet die verängstigte Paula Katinka um Schutz. Doch auch Paula ist verdächtig, immerhin wollte sie sich von Hagen trennen. Und von seinen Geschäften mit gefährlichen Substanzen weiß sie auch mehr, als gesund für sie ist …

FRIEDERIKE SCHMÖE
Januskopf

978-3-89977-737-6 (Paperback)
978-3-8392-3351-1 (pdf)
978-3-8392-3350-4 (epub)

AUF DEN SPUREN E.T.A. HOFFMANNS Im unterfränkischen Königsberg stürzt eine Frau in den Tod. Der mysteriöse Todesfall wird Ewald Isenstein, einem Klienten der Bamberger Privatdetektivin Katinka Palfy, in die Schuhe geschoben. Isenstein leidet seit einem Unfall an einer Persönlichkeitsspaltung. Katinka hält ihn für unschuldig, doch dann geschehen zwei Morde, und er hat wieder kein Alibi. Als ein Anschlag auf Katinka verübt wird, macht Kommissar Harduin Uttenreuther eine erstaunliche Entdeckung: Der Mörder scheint E.T.A. Hoffmanns Die Elixiere des Teufels »nachzuspielen«. Doch wenn das stimmt, wird es einen dritten Mord geben …

FRIEDERIKE SCHMÖE
Schockstarre

978-3-89977-710-9 (Paperback)
978-3-8392-3307-8 (pdf)
978-3-8392-3306-1 (epub)

NEUES VOM TATORT BAYERN Jahresbeginn 2005. Privatdetektivin Katinka Palfy ist vom Pech verfolgt. Erst wird sie Opfer eines Anschlags, dann verschwindet ihre Beretta, um kurz darauf wieder aufzutauchen: als Mordwaffe in einem Fall ohne Beweise, dafür mit umso mehr Motiven. Katinka folgt der Spur in das mittelalterliche Städtchen Coburg …

GMEINER SPANNUNG

WWW.GMEINER-VERLAG.DE
Wir machen's spannend

Das Neueste aus der Gmeiner-Bibliothek

Unser Lesermagazin

Bestellen Sie das kostenlose Krimi-Journal in Ihrer Buchhandlung oder unter www.gmeiner-verlag.de

Informieren Sie sich …

www … auf unserer Homepage:
www.gmeiner-verlag.de

@ … über unseren Newsletter:
Melden Sie sich für unseren Newsletter an unter www.gmeiner-verlag.de/newsletter

f … werden Sie Fan auf Facebook:
www.facebook.com/gmeiner.verlag

Mitmachen und gewinnen!

Schicken Sie uns Ihre Meinung zu unseren Büchern per Mail an gewinnspiel@gmeiner-verlag.de und nehmen Sie automatisch an unserem Jahresgewinnspiel mit »mörderisch guten« Preisen teil!

GMEINER SPANNUNG

WWW.GMEINER-VERLAG.D
Wir machen's spannen